Trudi Graf

Das Backofenkind

Roman

Herstellung: Books on Demand GmbH, Norderstedt

Die vorliegenden Ausgabe ist als >Book on Demand< hergestellt worden und über den klassischen Buchhandel und Internet-Buchhandlungen zu beziehen.

ISBN 3-8311-3562-2

Covergestaltung: I.Graf
Photo: Privatarchiv J.Weiß, Faulbach

Die Frauen aus den Dörfern des Hochspessarts erzählten mir Lenes Geschichte, obwohl Lene Bromm nie wirklich gelebt hat. Aber es gab viele Frauen, die ein Stück ihres Lebens gelebt haben, auf die eine oder andere Weise. Ihnen ist die Geschichte Lenes gewidmet. Ein Dankeschön für die Zeit, die sie mir schenkten.

Prolog

Nach dem Tod ihrer Freundin Auguste änderte sich nicht nur Lenes Leben, auch sie selbst wurde eine andere. Ihr wacher Verstand hatte öfter und öfter mit schwerfälliger Trägheit zu kämpfen und ihrem Gedächtnis gingen immer häufiger Banalitäten des täglichen Lebens verloren. Der Verfall kam schleichend aber gründlich. Sie begann, unsinnige Dinge zu tun, die ihre Umgebung entsetzten und an die sie sich später nicht mehr erinnern konnte, so sehr sie sich auch bemühte. Als sie sich dessen bewusst wurde, fiel sie in depressive Zustände und der Verfall hatte noch leichteres Spiel.

Klaus kam zu Besuch und stand der Krankheit der Mutter so hilflos gegenüber, dass er sich ihr verweigerte. Er hielt es nicht aus in ihrer Nähe so sehr deprimierte ihn der Anblick der hinfälligen Mutter. Er flüchtete schon bald wieder, sie der Fürsorge seiner Schwester Monika überlassend, von Schuldgefühlen verfolgt.
Monika holte Lene zu sich und diese versprach in einem ihrer klaren Momente: “Es wird nicht lange dauern. Ich will bald gehen!” Ihren Kindern zur Last zu fallen, war ein unerträglicher Gedanke und mit ihrer ganzen Willenskraft drängte sie einem schnellem Ende entgegen.
Zwei Monate später als Klaus wieder an ihrem Bett stand und seine Feigheit reuevoll als Versagen empfand, erlebte Lene die letzten Tage bei klarem Verstand. Allein mit ihren Kindern dankte sie ihnen für die Freude, die sie in ihr Leben gebracht hatten und zog mit wehmütigem Lächeln Bilanz.
“Es war recht bunt gewürfelt, mein Leben. Vor allem euch beiden habe ich zu verdanken, dass es nicht nur Kummer und Sorgen gab. Ihr habt Freude in mein Leben

gebracht, mir Kraft gegeben weiterzugehen, auch wenn der Weg mühselig war. Außerdem hatte ich..."

Sie brach ab, sah ihre Kinder einen Moment unschlüssig an.

"Ihr müsst es irgendwann doch erfahren. Ich bin zu müde, zum Erzählen. In meinen Tagebüchern steht das Wichtigste. Das letzte findet ihr in der Speis im alten Küchenschrank, in einem der Vorratsgläser. Die anderen sind auf dem Dachboden, am letzten Balken vor dem kleinen Fenster gibt es einen kleinen Eingriff zum Fehlboden, dort müssten sie sein."

Sie habe die Tagebücher vor ihrem Mann in Sicherheit bringen müssen. Er hätte das missverstanden. Früher hätte wohl kaum einer hier im Dorf, verstanden, dass jemand freiwillig ein Tagebuch führt. Reine Zeitverschwendung und reichlich verrückt!

Lene lächelte leicht. "Auf der Jagd nach Mäusen bin ich an dieses Versteck geraten und falls die Mäuse sie nicht aufgefressen haben, dann liegen sie noch dort. Sie werden euch erzählen, warum es oft so schwierig war für eueren Vater und mich."

Am gleichen Abend noch begannen Monika und Klaus sich Lenes Tagebücher gegenseitig vorzulesen. Sie bestanden aus mehreren einfachen Schulheften und einem *richtigen* Tagebuch mit rotem Lackeinband, der durch die häufige Benutzung schon gesprungen war. Die Bücher waren für beide eine Offenbarung. Es war das Vermächtnis ihrer Mutter, das sie ihnen kurz vor ihrem Tode anvertaute.

Lenes Tod veränderte Klaus. Ein zweites Mal musste er von einem geliebten Menschen Abschied nehmen, der schmerzhaften Leere standhalten. Er verzieh es sich nicht, so selten zu Hause gewesen zu sein. So vieles hätte er

Lene noch gerne gefragt, über so vieles mit ihr geredet, doch jetzt war es nicht mehr möglich.
Er fand keine Ruhe und begab sich auf Spurensuche. Mit Hilfe von alten Chroniken und Kirchenbüchern, von Physikatsberichten und Unterlagen des Heimat- und Geschichtsvereins fand er zurück zu seinen Wurzeln. Er suchte das Gespräch mit den Alten, konnte gar nicht genug bekommen von ihren Geschichten. Der größte Schatz aber waren Lenes Tagebücher. Obgleich unregelmäßig geführt, oft mit Lücken über viele Jahre, enthüllten sie ihm unendlich viel über seine Mutter.
Es enthüllte sich ihm aber auch vieles über sein Dorf und das Leben seiner Bewohner während der letzten hundertfünfzig Jahre. Mehr und mehr wurde ihm bewusst, dass das Leben seiner Vorfahren sich kaum unterschied vom Leben der Menschen in den Entwicklungsländern. Seine häufigen Auslandsaufenthalte hatten ihn vertraut gemacht mit den Problemen der Menschen dort und er erkannte, sie unterschieden sich nur wenig von den Problemen seiner Vorfahren.
Armut, Unwissenheit und Krankheit mündeten in Hoffnungslosigkeit, Alkohol und Gewalt. Weil aber das Leben immer den Ausgleich sucht, gab es auch Mut, Liebe, Geborgenheit und Klugheit, kurz gab es Menschen wie seine Mutter und Großmutter, wie seinen Großvater und seinen Großonkel.
Weil er mit allen Sinnen erfahren wollte, was es bedeutete so zu leben wie seine Vorfahren, probierte er vieles aus. Er ging den Weg der Heidelbeerfrauen nach Wertheim, über den Sandacker zur Kartause nach Hasloch, dort über die Brücke - freilich ohne schweren Korb auf dem Kopf. Er holte sich einige Tage lang sein Trinkwasser von der Quelle, schnitt Gras im Wald, er machte Brennholz im Wald, suchte mit wenig Erfolg Pilze, und las Eicheln als es eine Eichelmast gab. Er kochte sich Krummbernsbrei

und Schnetz, oder Scheufeli. Sein Ruf im Dorf als Sonderling festigte sich und er pflegte fast nur Kontakt zu den Alten.

Die Zeit der Spurensuche war gleichzeitig eine Zeit der Heilung. Er lernte verstehen und er lernte loszulassen. Begriff, dass kein Mensch existieren kann, ohne schuldig zu werden.
Er hatte seine Recherchen abgeschlossen. Alles, was ihm vom Leben seiner Mutter verborgen war, hatten ihm ihre Tagebücher enthüllt. Das Leben seiner Vorfahren erschloss sich ihm mit Hilfe alter Chroniken und Akten.
Klaus war noch unentschlossen, was er mit all dem gefundenen Material anfangen sollte, was er überhaupt anfangen sollte: In Altenbuch bleiben, im Hause seiner Eltern leben, oder wieder in die Fremde, ruhelos umherziehen wie bisher?
An einem Sonntagnachmittag, er hatte gerade das Türschloss am Ferienhäuschen ausgebessert, stand plötzlich eine junge Frau im Hof. Sie war groß, hatte lange braune Haare, eine schlanke Gestalt und Klaus schloss aus ihrer Kleidung und ihrem Auftreten, dass sie ein Feriengast sei. Die Shorts, das karierte Hemd und die mächtigen Timberland-Schuhe an ihren Füßen, charakterisierten sie als Touristin aus Übersee. Sie schien nach etwas Bestimmtem Ausschau zu halten und musterte nun ihrerseits Klaus ganz genau.
“Suchen Sie etwa ein Ferienwohnung?”, fragte Klaus, um das schweigsame Beobachten zu beenden. “Meine Mutter ist verstorben und ich vermiete keine Ferienwohnung. Ich kann Ihnen aber sagen, wo Sie ein Zimmer oder eine Wohnungen finden.”
“Ihre Mutter ist gestorben? O, so bin ich zu spät!” Ihr Deutsch war ausgezeichnet, beinahe akzentfrei.

Klaus starrte sie überrascht an, gebannt von ihren strahlend blauen Augen.
“Ich sollte mich wohl zuerst vorstellen: Susan Völker. Ich komme aus Covington, Kentucky und bin...
“Sie sind eine Tochter von ‘Anton- Doud‘ – nein das kann nicht sein, wohl eher seine Enkelin.”
“Anton- Doud?, Mein Großvater hieß Anton Schneider. Falls Sie Ihn meinen?”
“Doch ja, den meine ich! Er war der jüngere Bruder meines Großvaters Johann Schneider.” Klaus streckte ihr die Hand hin. Flammende Röte hatte sein Gesicht überzogen, der unerwarteten Begegnung wegen.
“Klaus Bittner, der Sohn von Lene Bittner, geborene Bromm.”
Er bat Susan ins Haus, bot ihr ein Glas Apfelwein an und die nächsten drei Stunden vergingen mit Erzählen. Hauptsächlich war es Susan, die erzählte. Sie habe im Nachlass ihres Großvaters Briefe gefunden von seinem Neffen Anton. Diese Briefe hätten sie sehr beschäftigt, denn aus beinah jeder Zeile sei zu spüren, wie sehr sich die beiden mochten. Mit keinem seiner anderen Verwandten aus Wintersbach habe ihr Großvater einen ähnlichen Briefwechsel geführt und von keinem habe er soviel gesprochen, wie von seinem Patenkind Anton. Oft habe er ihr auch erzählt, wie schmerzlich Antons Tod für ihn gewesen sei, denn er wollte Anton nach Ende des Krieges oder spätestens nach Beendigung seiner Ausbildung zu sich holen. Auch von Antons Mutter Mathilde und seiner Schwester Lene habe er viel erzählt. Es sei den Dreien wohl nicht sehr gut gegangen.
“Ist das Leben denn später besser für sie geworden?”
Klaus runzelte die Stirn. Er konnte nicht gleich antworten. Susans Gegenwart hatte eine eigentümliche Wirkung auf ihn. Vor allem ihre Augen ließen ihn nicht mehr los.

“Nein das ist es nicht.” Er räusperte sich und versuchte sich zu konzentrieren. “Meine Mutter durchlebte eine ähnlich verhängnisvolle Ehe wie meine Großmutter, dazu kam noch der Krieg und die Armut...”
“Ich verstehe – ich will auch nicht neugierig sein und in den Gegenständen oder nein wie sagt man – in den Angelegenheiten deiner Familie herumsuchen. Es ist nur ..., ich bin auf der Suche nach der Geschichte meiner Vorfahren, ‚back to the roots‘, wenn du verstehst?”
“Und ob ich verstehe! Warte einen Moment!”
Klaus kam zurück und stellte die große Holzkiste, mit all seinen Unterlagen, vor Susan auf den Tisch.
“Die Arbeit eines knappen Jahres, meine Spurensuche, meine Ahnenforschung.” Klaus lächelte sie an. “Das Archiv steht zu deiner Verfügung.”
Sie waren ganz von selbst dazu übergegangen, sich zu duzen, was nicht so sehr am Verwandtschaftsgrad lag, sondern wohl eher an Susans unkomplizierter, herzlicher Art.

Am nächsten Tag schon war sie wieder da und während Klaus zur Arbeit ging, arbeitete sie sich durch Lenes Tagebücher, soweit sie für sie lesbar waren. Für die älteren, die noch in deutscher Schrift geschrieben waren, benötigte sie Klaus‘ Hilfe. Es war eigentlich selbstverständlich, dass sie nach drei Tagen ins Bittnersche Haus übersiedelte, denn Platz gab es da genug und mit Klaus verstand sie sich nicht nur sehr gut, das gemeinsame Interesse der Ahnenforschung verband sie und machte den Aufenthalt bei ihm ungleich interessanter als bei der alten Tante in Wintersbach, die Susan nur von einem Kaffeekränzchen zum nächsten schleppen wollte.
Klaus berichtete, von seinen Versuchen das Leben der Alten möglichst genau nachzuempfinden. Vom Weg der Heidelbeerfrauen, vom Grasschneiden, Pilzesuchen und

dem Wasserholen aus der Quelle. Auch davon, dass ihn die Leute für einen Spinner hielten.
"Ein Spinner? Was ist das?"
"A fool, what else!"
"Warum? Es ist eine wirklich gute Idee, etwas ungewöhnlich vielleicht, aber good! Wie sonst können wir richtig fühlen, was es heißt, so gelebt zu haben wie vor siebzig oder hundert Jahren." Susan schien mit Klaus merkwürdigen Einfällen keine Probleme zu haben, grub sie doch selbst gerne nach dem Verlorenen der Vergangenheit.
"Du möchtest also *fühlen*, wie es damals war? Gut, dann werde ich dir heute ein Gericht aus Großmutters Küche zubereiten, aber ich bin mir ziemlich sicher, dass es dir nicht sonderlich schmecken wird."
Susans Begeisterung über die ‚alte Küche' legte sich bei ‚Krummbernsbrei und Schnetz' schnell wieder. Sie stocherte eine Weile im Kartoffelbrei herum und Klaus sah ihr belustigt dabei zu.
"Könnte man vielleicht mit etwas Ketchup...?"
Streng schüttelte Klaus den Kopf. "Nein, das wäre eine grobe Verfälschung! Es gibt nur einen Ausweg: Wir servieren das Ganze Nachbars Hühnern und gehen Pizza essen!"
Seit Susan im Haus war ging es Klaus gut. Er wärmte sich an der herzlichen Art der jungen Amerikanerin, sie vertrieb seine Trauer und Melancholie.

Als Klaus Susan eines Abends von den dunklen Tagen in Lenes Leben vorlas, liefen der jungen Frau Tränen über die Wangen. Als sie von Lenes Martyrium in ihrer Ehe erfuhr wurde sie so wütend, dass sie, stellvertretend für alle Männer, Klaus zur Zielscheibe ihres Zorns erkor. Bis sie seine Traurigkeit spürte und sich schämte, denn ihre

Neugierde, mit der sie in das intime Leben seiner Familie eindrang, erschien ihr jetzt unpassend.
Erst als sie mehr und mehr von der Geschichte des Dorfes und seiner Bewohner erfuhr, begann sie zu verstehen.

Einmal, als Monika zu Besuch war, erzählte Susan, wie es dem jungen Auswanderer Anton Schneider ergangen war. Noch auf dem Schiff hatte der sich mit einigen Burschen aus Norddeutschland angefreundet, die ihm erzählten, sie wollen sich in Kentucky niederlassen. Anton schloss sich ihnen an und fand in Covington eine deutschstämmige Gemeinde vor. Die ersten zehn Jahre waren wohl sehr hart für ihn. Er versuchte sich in verschiedenen Berufen, arbeitete in einer Gießerei, einer Schneiderei und als Drucker.

"Er hatte auch kleine Probleme mit dem Alkohol. Darüber weiß ich nicht viel, er sprach nicht so gerne über seine ersten Jahre in den Staaten. Meine Mutter sagte nur einmal, es sei ein großes Glück für ihn gewesen, dass er Großmutter kennengelernt habe."

Nach seiner Heirat führte er sehr erfolgreich das Lebensmittelgeschäft seiner Schwiegereltern. Er war sportlich, ein begeisterter Jäger und Schütze und er liebte den Ringkampf.

Klaus und Monika grinsten sich verständnisvoll an. Anton-Doud war ein echter Waldspessarter, das erklärte alles.

"Hier hat fast jeder junge Mann den geheimen Wunsch zu jagen! Ganz legal, mit eigenem Gewehr zu jagen, das fand er sicher *great*."

"Anyway, er muss ein so guter Schütze gewesen sein, dass er von 'Peter Cartridge & Co.' einen Job als Vorführschütze angeboten bekam. Aber das behagte ihm nicht, er lehnte ab wegen seiner Ohren. Er hörte sehr schlecht, auch schon als er noch jünger war und die

Kunden im Laden mussten immer sehr laut sprechen, um verstanden zu werden. Trotzdem war er sehr beliebt bei Kunden und Nachbarn."
Hinter dem Laden, so fuhr Susan fort, gab es einen kleinen Raum mit Sitzmöglichkeiten, wo man ein Bier, ein Eis oder eine Limonade genießen konnte und wo eine der ersten 'Jukeboxes' stand. Hier fand so manches Fest statt, denn Großvater war kein Kind von Traurigkeit. Auf der Farm seines Schwagers Henry traf sich, nach alter Familientradition, am Wochenende die ganze Großfamilie. Hier wurde gejagt, gefeiert und Bier gebraut, so dass auch die Zeiten der Prohibition nicht zu entbehrungsreich gewesen waren.
Anton wurde Mitglied der ‚German Pioneer Society of Covington', einer Eliteorganisation der deutschen Auswanderer. Seine drei Kinder: Mary, Michael und John sprachen alle noch sehr gut deutsch, worauf er großen Wert legte.
"Meine Mutter Mary heiratete wieder einen Mann mit deutschstämmigen Vorfahren. Aber mein Vater, Harold Völker, sprach nur sehr schlecht deutsch. Ich habe nicht sehr viele Erinnerungen an ihn, denn ich war erst vier Jahre alt, als er erschossen wurde."
"Er wurde erschossen?"
"Ja, bei einem Hold-Up in seinem Geschäft in 1968. Großvater ersetzte mir den Vater und deshalb spreche ich auch deutsch, denn er sprach immer nur deutsch mit mir und meinem Bruder Henry, so dass auch meine Mutter wieder deutsch mit uns redete."
"Und das Geschäft, wer führt jetzt das Geschäft?"
Susan schüttelte den Kopf. Das Geschäft sei schon lange verkauft. Weder sie, noch ihr Bruder Henry, habe Interesse gehabt das Geschäft weiterzuführen. Außerdem habe die Konkurrenz der großen Supermärkte die Sache uninteressant werden lassen. Susan habe Informatik

studiert, ihr Bruder sei Biologe. Ihre Hobbies seien Reisen vor allem in Europa und in den letzten Jahren beschäftige sie sich mehr und mehr mit der Ahnenforschung. Als ihre Mutter vor einem Jahr gestorben sei und sie im Nachlass die alten Briefe ihres Großvaters gefunden habe, sei ihre Neugierde auf ihre Vorfahren im Spessart geweckt worden.

Monika freute sich dass, das ‚Cousinchen' aus USA, wie sie Susan nannte, ihren Bruder endgültig aus seiner Lethargie riss. Insgeheim hegte sie sogar die Hoffnung, dass zwischen den beiden mehr entstehen könnte als nur Freundschaft, aber Klaus zerstörte ihre Träume.

"Vergiss nicht, dass ich anders bin! Du musst dich damit abfinden, sogar Mutter hat es geschafft, meine Andersartigkeit zu akzeptieren!"

Susan war es schließlich, die die Geschwister ermunterte, Lenes Geschichte aufzuschreiben.

"Es geht alles verloren. Euere Mutter kann noch immer erzählen durch ihre Tagebücher. Das ist einmalig, oder glaubt ihr, dass sonst noch jemand im Dorf Tagebuch geführt hat?"

Klaus und Monika schüttelten den Kopf. Ziemlich unwahrscheinlich!

"So, wenn euch schon so kostbares Material in die Hände fällt, ist es doch euere Pflicht, es nicht einfach in einem Schrank zu lassen! Man muss es aufschreiben, festhalten für später. In ein paar Jahren wird es niemand mehr geben, der erzählen kann, wie sie damals gelebt haben, warum es so oft Kartoffeln zu essen gab, warum viele Leute in die Staaten ausgewandert sind und noch so viel mehr!" Susan hatte vor Eifer ganz rote Backen.

"Das ist so einfach nicht, Susan!", schließlich sind das die Tagebücher unserer Mutter, ihre Wünsche, Träume,

Hoffnungen ebenso wie ihre Enttäuschungen, Sorgen und Nöte. Haben wir das Recht, das alles der Öffentlichkeit preiszugeben?"
Susan drehte nachdenklich an einer Haarsträhne.
"Klaus hat doch so vieles zusammengetragen, auch von ganz Früher. Wenn ihr das ganz Persönliche euerer Mutter weglasst?"
"Dann fehlt wohl genau das Wichtigste. Die Banalitäten des Alltags alleine, sind nicht erhaltenswert."
"Ich denke auch, aufschreiben solltest du ihre Geschichte in jedem Fall. Und sei es nur für uns und später für meine Kinder. Wir müssen sie nicht sofort der ganzen Welt preisgeben, damit können wir noch warten."
"Good Idea! Wenn noch einige Jahre vergangen sind, werden diejenigen aus der Zeit deiner Mutter nicht mehr da sein und die anderen haben mehr Entfernung zu der Sache."

Von den beiden Frauen ermuntert und mit ihrer Hilfe begann Klaus, Lenes Geschichte zusammenzustellen. Um die Unbefangenheit nicht zu verlieren, redete er sich ein, sie nur für die eigene Familie aufzuschreiben.
Susan und er waren Freunde geworden. Ihre Freundschaft war deshalb so unkompliziert, weil sie frei von allen sexuellen Gefühlen war. Sie waren, wie er fühlte, Bruder und Schwester.
Das Bild von Pierre auf seinem Schreibtisch hatte seine Andersartigkeit verraten.
- Mein Lebensgefährte, Pierre. Ein tödlicher Verkehrsunfall –
Das genügte als Erklärung und Susan hatte mit wohltuender Gelassenheit akzeptiert.
- You are gay, are'nt you? –
Eine sachliche Feststellung, mehr nicht. Sie wahrte sein Geheimnis, genoss seinen ritterlichen Charme und machte

sich mit ihm über die wilden Spekulationen der Dorfbewohner lustig, welche bereits ein künftiges Paar sahen, was ohne moralische Bedenken möglich gewesen wäre, denn schließlich waren die beiden mindestens schon ‚Nachg'schwister-Kinn'.

Nach zwei Wochen reiste Susan für eine Woche in den Hunsrück auf Spurensuche nach ihren Ahnen väterlicherseits. Klaus gestand sich ein, dass er sie vermisste. Er konzentrierte sich ganz auf Lenes Geschichte und arbeitete die Nächte durch wie im Fieber. Als Susan zurückkam, hatte er Ringe unter den Augen und war blass. Auch Susan wirkte angestrengt, aber ihre blauen Augen leuchteten wie immer.
"Ich hatte anstrengende Tage und es ist schön wieder hier zu sein! Ich freue mich auf ein Glas Apfelwein!"
Klaus sah ihr zu, wie sie das Glas in einem Zug leerte. Ihre Energie und Lebensfreude schien das ganze Zimmer auszufüllen.
"Die Art wie du ein Glas Apfelmost leerst, verrät deine Spessarter Herkunft! Ich werde uns jetzt etwas kochen und inzwischen kannst du anfangen Lenes Geschichte zu lesen."
Während Susan zu lesen begann, bereitete Klaus Forellen zu.
Als sie beim Essen saßen, sah Klaus sie erwartungsvoll an.
"Köstlich, es ist von ausgezeichneter Qualität!"
"Köstlich? Du findest Lenes Geschichte köstlich?"
Susan grinste ihn herausfordernd an.
"O nein, ich finde die Forelle köstlich! Ich habe nie einen so guten Fisch gegessen."
Klaus runzelte ungeduldig die Stirn. Als er den Schalk in Susans Augen sah, grinste er breit und wohlgefällig.
"Dass ich ein guter Koch bin, weiß ich, aber wie bin ich als Schriftsteller?"

Jetzt wurde Susan ernst. “Gut wirklich! Es wird eine gute Story!”
“Es wird eine gute Story, weil sie das Leben schrieb!”
“Versuche nicht Bescheidenheit zu heucheln, sie ist gut geschrieben.”
Klaus strahlte, Susans Lob war ihm wichtig.
Am Tag vor ihrer Abreise führte er Susan auf die Anhöhe hinter dem ehemaligen Brommschen Haus. Jetzt im Frühsommer zeigte sich die Natur mit der selbstverständlichen, unbekümmerten Schönheit der Jugend. Susan wünschte, sie könne das Bild des üppigen frischen Grüns und die Pracht der blühenden Wiesen für immer bewahren. Klaus hatte den Fleck mit Bedacht gewählt. Hier hatte einst Lene mit Tante Paulines Hilfe die Sprache wiedergefunden, hier war sie mit Peter glücklich gewesen und hier hatte sie auch den Augenblick tiefster Verzweiflung verbracht.
An Stelle des Brommschen Hauses stand jetzt ein großes, fast quadratisches Wohnhaus mit Glasbausteinen in der Vorderfront. Auch der Backofen, das Refugium von Lene und ihrem Bruder Anton, hatte die Renovierung nicht überlebt und war einer Halle gewichen.
“Sie war ein ungewöhnliches Mädchen, deine Mutter. Die Frauen damals mussten erfinderisch sein, um sich und ihre Familien durchzubringen und – sie waren erfolgreich! Wenn ich es mir recht überlege, hatten sie Talent zum Top-Manager: Sie waren inovativ, creativ und vor allem – krisenfest. Richtige Power-Frauen!”
Klaus musste lachen.
“Wenn meine Mutter das hören könnte! Sie würde sich köstlich amüsieren! Aber du hast Recht, sie bewältigten all diese Belastungen ohne über Stress zu jammern, einen Psychologen aufzusuchen oder nach Selbsterfahrung zu spüren.”

Als Susan ihn kritisch ansah, hob er beschwichtigend die Hand.
“Ich werte nicht, Susan, ich stelle nur fest.”
“Weißt du, was ich sie gerne gefragt hätte, wenn ich sie getroffen hätte? Ich hätte sie gefragt, ob sie lieber in der heutigen Zeit aufwachsen würde. Was meinst du, hätte sie geantwortet?”
“Ja! Sie hätte ja gesagt! Lene war ehrlich genug, um nicht an einer verklärten Vergangenheit zu hängen. Mehr als einmal hat sie uns gesagt, wie sehr sie uns beneide um die Möglichkeiten, die uns offenstünden. Vor allem Monika, als Frau! Sie war allerdings auch einsichtig genug zu erkennen, dass der Preis dafür hoch ist. Konkurrenzkampf, Unzufriedenheit und Neid, waren ihr sehr zuwider, zumal wenn ihr diese Dinge im Dorf begegneten. Trotz allem ..., ich bin mir sicher, sie hätte getauscht.”

Lene Bromm

Leid, Angst und Not, die unvermeidlichen Begleiter eines jeden Krieges, waren zur Stelle, als Lene ein gutes Jahr vor Ende des Ersten Weltkrieges geboren wurde. Sie war eine junge Frau, als das Weltgeschehen erneut in ihr Leben eingriff. Der Zweite Weltkrieg tobte durch Europa und erfasste alle, auch die, die in den entlegensten Winkeln lebten. Aber auch ohne diese beiden Katastrophen wäre Lenes Leben nicht vergleichbar mit dem Leben einer Frau in heutiger Zeit.

Sie wuchs auf in dem Dorf und der Landschaft, die ihre Vorfahren seit Generationen bewohnt hatten. Geprägt vom bäuerlichen Leben am Wald und mit dem Wald, geprägt aber auch von Generationen von Frauen vor ihr, die als Mütter und Großmütter, nicht nur ihr Wissen, sondern auch ihre Verhaltensweisen an ihre Töchter und Enkeltöchter weitergaben.

Sie war ein Kind des Dorfes. Des Dorfes, das vom Wald nur widerwillig geduldet wurde. Der Wald umhalste das Dorf und seine kleine Feldflur, durch seine Größe immer an seine Überlegenheit mahnend. Altenbuch – selbst in seinem Namen hatte der Wald sich breit gemacht - war ein kleines Dorf im südlichen Teil des Hochspessarts gelegen, abseits wichtiger Handelsstraßen, Wasserwege oder sonstiger pulsierender Verbindungen zur großen Welt. Wie die meisten Dörfer im Hochspessart zog es sich entlang des schmalen Tales hin wie ein elender unterernährter Wurm.

Elend gab es reichlich zu Lenes Zeiten. Not und harte Arbeit um das täglich Brot waren die beständigen Begleiter der Dorfbewohner. Auch Kinder gab es genug in

dieser Zeit, soviele, dass die Mütter sich daran gewöhnen mussten, ein Drittel ihrer Kinder früh sterben zu sehen.
Also war Lenes Kindheit schwierig und erwartungsgemäß hart. Es war von je her mühsam, auf den steilen Buckeln des Spessarts sein Brot zu ernten. Das Weltgeschehen sollte dazu führen, die Leidensfähigkeit der Menschen bis ins Unermessliche auszuloten.
Nun gibt es Menschen, die behaupten, eine solche Kindheit schade nicht. Sie wäre vielmehr die beste Vorbereitung für das Erwachsenenleben. Lene hätte dem nicht zugestimmt, sie hätte ihre Kindheit, wäre dies denn möglich, sofort eingetauscht gegen eine weniger harte, weniger entbehrungsreiche und vor allem - weniger gewalttätige. Sie wusste, eine solche Kindheit zerbricht, zerbricht dich fürs ganze Leben.

Lene wurde 1917 geboren und wuchs auf als ältestes Kind von Mathilde und Konrad Bromm. Zu Beginn des zwanzigsten Jahrhunderts geboren zu werden, war schon schlimm genug, wie wir jetzt, da es zu Ende gegangen ist, wissen. In Altenbuch, einem kleinen Spessartdorf als ältestes Kind, dem noch sieben folgen sollten, aufzuwachsen bedeutete, ein arbeitsreiches Leben von Kindheit an. Aufzuwachsen mit einem Vater, der von seiner Mutter zu einem unheilvollen Tyrann erzogen worden war und sein Leben mehr und mehr dem Alkohol weihte, war eigentlich nicht zu ertragen. Jedenfalls nicht für ein Kind. Glücklicherweise hatte auch Lene einen Schutzengel, mehrere sogar, aber der allerwichtigste war ihre Mutter Mathilde. Eine seelenvolle, tapfere Frau, die Lene und ihren Geschwistern Liebe und Geborgenheit bot.

Lenes Welt war das Dorf, das sich entlang des Tals zog, die Wiesen, Felder und der Wald, der das Dorf umschloss. Das kleine Wohnhaus saß auf einem hohen

Sandsteinsockel, der zu ebener Erde unterkellert war. Im Untergeschoss lagerten Kartoffel und Rüben, aber auch die Ziege und das Schwein hatten hier ihren Platz.
Das Wohngeschoss über dem Stall war ein Fachwerkbau, der schon an einigen Stellen schadhaft war und dessen Lehmflechtwerk mit billigen Tuffsteinen nachgebessert worden war. Eine steile Freitreppe aus Buntsandstein führte vom Hof hoch zu den Wohnräumen. Sie war in schlechtem Zustand, ausgetreten und an manchen Stellen wakelig. Das Dach des kleinen Häuschens hatte sich vor Altersschwäche in eine eigenartig wellige Form gelegt.
Im Wohngeschoss befand sich die Küche, die gute Stube und dahinter gelegen eine winzige Schlafstube, die die Großmutter genutzt hatte solange sie noch am Leben war. Eine steile Treppe führte hinauf zu den drei Schlafstuben, von denen eine den Eltern und die beiden anderen den sechs Kindern zustanden. In je zwei Betten schliefen die drei Buben und drei Mädchen, die das Säuglingsalter überlebten und erwachsen wurden. Dachte Lene in späterer Zeit an ihre Schlafstube zurück, so verband sie die Erinnerung stets mit Enge und stickiger Luft. Im Sommer heizte die Sonne das Dachstübchen auf, wie eine Sauna, während im Winter die Eiszapfen von der Decke hingen.
Direkt an das Wohnhaus war die kleine Scheune angebaut. Der Backofen schmiegte sich in den rückwärtigen Hang hinein. Für Lene war er das wichtigste aller Gebäude.

Findig musste man sein, um in der damaligen Zeit das Überleben für sich und die Seinen zu ermöglichen. Lene wusste aus Erzählungen ihrer Mutter, wie hart die Zeiten gleich zu Beginn ihres jungen Lebens waren. 1918, als der Erste Weltkrieg das letzte Jahr tobte und Not und Mangelwirtschaft das Leben prägten, waren so gut wie alle Lebensmittel rationiert. Im Januar dieses Jahres gab es auch in Altenbuch eine Hausdurchsuchung nach Getreide,

um den Überschuss an behördlich genehmigter Menge abzuführen. Aber die Altenbücher waren vorgewarnt und hatten sich gute Verstecke ausgesucht: Versteckt im Steinbruch, vergaben im Feld, ja sogar im Beichtstuhl der Kirche verborgen, retteten sie das kostbare Gut vor dem Zugriff der Obrigkeit.
Es war die Zeit, in der zwei fleischlose Wochen pro Monat eingeführt wurden, um der Not Herr zu werden. Der Fett- und Ölmangel war katastrophal und erst als im Herbst das Schicksal Einsehen zeigte und eine reiche Bucheckernernte schickte, konnten die Leute aufatmen. Die Schule schloss schon um zehn Uhr vormittags, damit die Kinder zum ‚Büchelsammeln' gehen konnten. Ein Teil der gesammelten Bucheckern musste ans Forsamt geliefert werden, erst dann erhielt man den begehrten Schlagschein, mit dem man in der Ölmühle aus den verbliebenen Früchten Öl schlagen lassen konnte.

Was Lene aus ihrer Kindheit an Schönem ins Erwachsenenleben mitgenommen hatte, war nicht allzuviel, ganz sicher gehörte dazu aber das Lachen ihrer Mutter Mathilde. Wenn ihre Mutter so richtig lachte, dann wackelte die ganze Frau und das war einiges, was da in Schwingung geriet. Mathilde war klein und kräftig, ihr Gesicht rosig, die Haut glatt und selbst im Alter wagten sich nur wenige Runzeln und Falten in ihr Gesicht. Dabei wäre Anlass genug gewesen für Sorgenfalten!
Wie viele Tränen hatte sie wohl vergossen, als sie zwei ihrer Kinder schon als ganz kleine Würmer verlor? Wie oft hatte sie nicht gewusst, womit sie den Hunger ihrer Kinder stillen sollte, woher das Geld zu nehmen war, für neue Schuhe wenn der Winter vor der Tür stand? Hungrige Mäuler und nackte kalte Füße gab es schließlich genug, wenn sechs Kinder zu versorgen waren. Wenn sie an

kalten Herbsttagen nach ihren Kindern rief, tönte nicht selten die Antwort aus dem Stall.
"Im Stall sind wir, Mama, die Füss` wärme!" Dann hatten die Kinder ihre blaugefrorenen Füße im warmen Mist versteckt, um sie wieder aufzuwärmen.
Und trotzdem, hat sie nie verlernt zu lachen - nicht einmal Konrad, ihr Mann, hat es geschafft, ihr sonniges Gemüt zu zerstören und der hat sich wahrhaftig Mühe gegeben.
Wie die meisten Männer aus dem Dorf, war auch Konrad ein ‚Wanderarbeiter'. Da die Landwirtschaft die Familien nur unzureichend ernährte, suchten sich die Männer ein Zubrot. Nur wenige hatten das Glück, als Waldarbeiter oder Schwellenmacher Arbeit vor Ort zu finden. Die meisten waren gezwungen weiter entfernt Arbeit zu suchen und fanden als Bauarbeiter, Schipper', genannt ihr Auskommen. Die Dörfer des Hochspessarts entwickelten sich zu sogenannten ‚Weiberdörfern', in denen die Männer nur während der Wintermonate für längere Zeit zu Hause waren. Frauen und Kinder mussten die Landwirtschaft alleine bewältigen und einen großen Teil der Waldarbeit dazu.

Vor allem zu Beginn eines Monats zeigte sich Konrad von seiner schlimmsten Seite. Dann hatte er Geld, kam also gar nicht erst nach Hause, sondern ging direkt von der Arbeit ins Wirtshaus, wo ihn der Wirt freudig begrüßte. Manchmal schaffte er es nicht einmal, zu warten, bis er das Dorf erreicht hatte. Gleich nachdem er in Stadtprozelten den Zug verlassen hatte, soff er sich die Hucke voll. Der Fuhrmann erbarmte sich zuweilen seiner und zog ihn aus dem Straßengraben.
"Auf, Konrad komm mit haam! Aber lass die Mathilde in Ruh', wenn du dahaam bist!"
Es war auch schon vorgekommen, dass er die ganze Nacht irgendwo entlang der Landstraße verbracht hatte. Das war

ein besonderer Glücksfall für die Familie Bromm, fast so schön wie Weihnachten, fand Lene.
Dann nämlich hatte der Vater seinen Rausch schon ziemlich ausgeschlafen, wenn er nach Hause kam. Er war zwar brummig und knurrig oder manchmal auch traurig und sentimental, aber er hatte keine Lust mehr zu prügeln. Kam er hingegen direkt aus dem Wirtshaus vom Dorf, musste er brüllen und prügeln. Zuerst als die Kinder noch klein waren, prügelte er nur die Mutter. Später dann ....

Im Dorf gab es seit etwa siebzig Jahren eine Schwesternstation der ‚Armen Schulschwestern'. Die Schwestern versuchten die ärgste Not in den Spessartdörfern lindern zu helfen und kümmerten sich vor allem um das Schulwesen und die Krankenpflege. Vom Kindergartenalter an betreuten sie die Dorfjugend, teilweise bis zum Ende der Schulzeit. Für die Mädchen hielten sie Handarbeitskurse, das einzige Angebot an beruflicher Weiterbildung.
Auch Lene und ihr Bruder Anton kamen in die Obhut der Nonnen, als sie die 'Kinnerschul' besuchten. Dort, im Kindergarten, erzählten ihnen die Schwestern viel von Gottes Gerechtigkeit und vom himmlischen Paradies, in das nur der gelangen könne, der ein gottesfürchtiger Mensch sei und seinen Nächsten liebe.
Lene und Anton sorgten sich um das Seelenheil ihres Vaters, denn dass einer, der seine Frau prügelte nicht in den Himmel kommen würde, lag auf der Hand. Zunächst versuchten sie mit Gebeten sein Seelenheil zu retten, als dies keine Wirkung zeigte, wollten sie ihn bekehren.
Mutig traten sie dazwischen, als der Vater auf die Mutter losging und missachteten die verzweifelten Versuche der Mutter, sie aus dem Weg und damit aus der Gefahr zu schaffen. Es dauerte eine kleine Weile, bis der alkoholumnebelte Verstand des Vaters begriff, was sie von

ihm wollten. Als ihm die Ungeheuerlichkeit, von den eigenen Bälgern belehrt zu werden, bewusst wurde, explodierte sein Zorn. Vervielfachte sich, genährt durch das Gefühl der Macht, das ihm der Alkohol verlieh.

“Ihr Bettseicher, ihr Elendi, was wöllt ihr?”, schrie er und starrte sie böse an. Einen schrecklich langen Moment herrschte tiefe Stille in der Küche. Nur das Brummen einer dicken Schmeisfliege lag als immer gleich bleibendes Geräusch in der Luft. Dann gab es einen lauten Schlag und Lene wurde mit großer Wucht auf den Boden geschleudert. Die klatschenden Schläge und das verzweifelte Schreien ihrer Mutter drangen nur mehr durch dichten Nebel an ihr Ohr. Dann, nach einer Weile noch die tiefe Stimme des Nachbarn: “Konrad, du Ochs! Hör uff, um Christi Willen! Du erschlägst die Kinn`!”

Ob es das Eingreifen des Nachbarn war oder ob der Jähzorn des Vaters von alleine verpufft war, konnte später keiner mehr sagen. Zu diesem Zeitpunkt war Lene längst in einen See gefallen, einen roten See, tief und dunkel. Sie war in einer seltsam frohen Stimmung und als die Stimme ihrer Mutter an ihr Ohr drang, weigerte sie sich, den warmen roten See zu verlassen. Es war, wie an einem kalten Wintertag aus dem warmen Bett steigen zu müssen. Erst als sie in all dem Jammern und Weinen das leise Wimmern ihres Bruders wahrnahm, versuchte sie, die Augen zu öffnen. Es gelang ihr nur mühsam, denn ihre Augen waren bereits dick eingeschwollen. Verwundert sah sie, dass der rote See jetzt auch in der Küche war.

Lene zuckte zusammen, als die Mutter ihr etwas nasses, kaltes auf die Stirn legte. Mit einem Schlag war er da, der Schmerz. Überall im Körper. Es gab keine Stelle an der ganzen Lene, die nicht schmerzte.

Sie sah ihrer Mutter in die Augen und las in ihren Augen Angst, Schmerz und Trauer. Sie wollte ihr etwas sagen,

etwas Schönes, das sie tröstete, aber sie konnte nicht sprechen. So sehr sie sich auch bemühte, es kam kein Wort über ihre Lippen.
Viele Wochen sollten vergehen, bis Lene wieder ein Wort sprach.

Die Krankenschwester, die die Nachbarin zu Hilfe geholt hatte, nahm Lenes Mutter beiseite.
"Mathilde, wenn der Konrad die Kinder nochmal so in die Hände kriegt, überleben sie das nicht! Lass' dir was einfallen, wenn er aus dem Wirtshaus kommt und ist besoffen! Schaff die Kinder beiseite!"
Mathilde ließ sich was einfallen. Verzweiflung und Angst gaben ihr die notwendige Schläue und die Zuflucht für Lene und Anton war fortan - der Backofen. Ihre Mutter achtete peinlich genau darauf, am Freitag mit dem Backen fertig zu werden, damit im Notfall das Versteck auch zu nutzen sei.
Eng aneinander gekauert saßen sie, geschützt vor den Tobsuchtsanfällen des Vaters. Das Klatschen der Schläge und das jähzornige Brüllen freilich, hörten sie oft genug bis in den Backofen hinein, obwohl sie sich die Fäuste auf die Ohren pressten.
Für die beiden war der Backofen zum Lebensretter geworden, denn seit Lene nicht mehr sprach und Anton beim Gehen leicht hinkte, riss das schlechte Gewissen den Vater erst recht zu wildem Jähzorn hin. In nüchternem Zustand dagegen war er oft von einer fast scheuen Zurückhaltung gegenüber seinen beiden Großen.

So tapfer Mathilde die Ausfälle ihres Mannes auch ertrug, dieser Zwischenfall ging auch über ihre Kräfte. Schwanger mit dem dritten Kind, abgearbeitet und erschöpft, konnte sie das Kind nicht länger behalten. Es kam mehr als zwei Monate zu früh auf die Welt und starb kurz nach der

Geburt. Es war ein Mädchen und wurde bei der Nottaufe ‚Katharina' genannt.
Die Schwester legte das tote Baby mit großer Zärtlichkeit in die Arme seiner Mutter.
"So kleines Käth`sche, jetzt bist du im Himmel bei unserem Herrgott. Du musst dich schon nicht plagen hier auf der Erde in all` der Mühsal!"
"Du musst net mit so em Vater aufwachse` und aach später wird dich kaa Mannsbild drangsaliere`!", flüsterte Mathilde der Kleinen ins Ohr. Traurig war Mathilde über den Verlust des Kindes, aber sie war nicht verzweifelt, sie sah es ganz nüchtern. Für Mädchen war es, ihrer Erfahrung nach, sehr viel besser, als kleiner Engel im Himmel zu leben, denn hier auf Erden zur Frau heranzuwachsen.
Die Erwachsenen erzählten Lene und Anton, dass ihre kleine Schwester als Engel beim lieben Gott sei und dass es ihr dort so gut gehe, wie nirgendwo hier auf Erden.
"Warum hat se uns dann net mitg`nomme`, in de` Himmel", fragte der kleine Anton,der für sein Alter schon erstaunliche Überlegungen anstellte.
Niemand erfuhr übrigens je, ob die Schläge und Misshandlungen Konrads der direkte Auslöser für die Frühgeburt waren. Zwar hatte Mathilde ein blau geschlagenes Gesicht, aber sie verweigerte jede Auskunft darüber. Konrad hingegen fuhr der Schreck derart in die Glieder, dass er viele Wochen lang keinen Tropfen Alkohol mehr anrührte.

Dass Lene überhaupt wieder mit dem Sprechen anfing, war allein Tante Pauline zu verdanken.Tante Pauline war eine unverheiratete Schwester von Mathilde und war in Frankfurt ‚in Stellung'. Sie war groß und schlank und hatte das selbstsichere Auftreten einer Frau, die an Unabhängigkeit gewohnt ist. Die beiden Schwestern

hingen sehr aneinander und an Konrad nagte deshalb die Eifersucht.
Pauline war Haushaltshilfe in einem Arzthaushalt und da sie finanziell auf eigenen Füßen stand, ledig war und keine Kinder hatte, eine sehr selbstständige und unabhängige Frau. An sie wandte sich Mathilde immer dann, wenn Not oder Sorgen übermäßig zu werden drohten. Konrad hasste Pauline und fürchtete sie zugleich, denn sie war die einzige, die ihm die Stirn bot. Da er seine Ablehnung und Wut ihr gegenüber jedoch nicht offen zu zeigen wagte, reagierte er sich meist an Mathilde oder den Kindern ab, wenn Tante Pauline das Haus wieder verlassen hatte. Pauline war klug genug, sein feiges Verhalten zu durchschauen und beschränkte daher ihre Besuche auf das Notwendigste. Lenes Unvermögen zu sprechen allerdings, war ein Notfall, der sie auf den Plan rief. Schließlich war sie Lenes ‚Gote', ihre Patentante und hatte als solche auch eine besondere Verantwortung für ihr Patenkind. Zwei Tage lang beobachtete sie Lene aufmerksam. Die Kinder vergötterten die Tante aus der Stadt und schenkten ihr bedingungsloses Vertrauen.
Am dritten Tag nahm sie Lene beiseite und ging mit ihr Richtung Wald. Gleich hinter dem Haus führte ein steiler Weg, ein soggenannter Trieb, durch die Wiesen mit den Apfelbäumen zum Wald hin. Nach dem ersten steilen Stück bog der Weg scharf nach rechts und Tante Pauline musste eine kleine Atempause einlegen.
"Ich bin es nicht mehr gewohnt, Lene", sagte sie schnaufend und deutete mit der Hand die Steigung an.
Es war ein herrlicher Tag im Oktober. Der Wald hatte sich in leuchtende Farben gehüllt und der Himmel ein Blau aufgelegt, das fast schon unwirklich anmutete.
"Schön ist es hier, Lene. In Frankfurt siehst du nie so eine Farbenpracht und so einen weiten Blick hast du auch nicht.

Immer nur Häuser, Häuser ... .” Aufmerksam beobachtete sie das Kind.
“Ist das nicht schön hier Lene? Gefällt dir das nicht?” Lene nickte folgsam und sah sie mit traurigen Augen an. Pauline legte den Arm um die Kleine und zog sie an sich. Eine Weile hielt sie sie ganz eng umschlungen. Dann stieß sie einen lauten Juchzer aus. Einen, zwei und immer noch einen. Lene sah sie erstaunt an und als sie das Lachen im Gesicht ihrer Tante sah, verzog auch sie das Gesicht zu einem Lächeln. Die Tante riss die Arme nach oben und rief: “Lach Lene, lach! Heut ist so ein schöner Tag, lass sie ‘raus die Freude in dir drinn, lass sie ‘raus, sonst erstickst du daran!”
Einen Augenblick lang zögerte Lene, dann fing sie an zu lachen und beide mussten sich nur ansehen und schon brachen sie wieder in lautes Lachen aus, bis sie erschöpft nach Luft rangen.
“Siehst du, Lene, auch wenn was Schlimmes war in deinem Leben, es gibt doch immer noch eine Freude tief in dir und die musst du aufheben. Das ist was ganz Kostbares, das darfst du dir nie kaputt machen lassen!” Und dann, nach einer kleinen Weile, befahl sie Lene: “Und jetzt Kind schrei, schrei dir die ganze Wut aus dem Bauch! Los, brüll!”
Zögerlich machte Lene den ersten Versuch und heraus kam ein klägliches Krächzen. Aber angefeuert von ihrer Tante steigerte sie sich mehr und mehr und brüllte schließlich mit hochrotem Kopf solange, bis ihr die Stimme versagte. Danach warf sie sich schluchzend in Paulines Arme und weinte so bitterlich, dass auch dieser die Tränen über die Backen rollten. Als sie sich beide wieder beruhigt hatten, sah ihr die Tante eindringlich in die Augen.
“Merk es dir, Lene Kind, in deinem Herzen kannst du dir immer was Schönes aufbewahren. Das kann dir keiner

kaputtmachen, auch nicht der Vater mit seine Schläg'. Und wenn die Wut dich niederdrückt, dann such dir einen Platz, wo du allein bist und schrei dir alles von der Seele. Schrei und schimpf, bis du dich wieder besser fühlst und lass nicht den ganzen Kummer auf deiner Seele liegen!"
Sie war eine kluge Frau, die Tante Pauline, und ihre Therapie war erfolgreich.
Von Stund' an konnte Lene wieder sprechen und der Vater fürchtete Pauline noch mehr.

Noch einen Wohltäter gab es für die Geschwister: Antons Patenonkel, sein ‚Doud'. Wenn er zu Besuch kam, war es jedesmal wie Weihnachten. Er hatte nicht nur ein Geschenk für Anton dabei, sondern stets auch für Lene. Viel wichtiger aber war, dass er die Kinder aufrichtig mochte und diese erwiderten seine Zuneigung. Er war ein gütiger Mensch und immer zu einem Späßchen aufgelegt. Anton trug seinen Namen und immer wenn der ‚Anton – Doud' zu Besuch kam war für die Kinder Festtag. Er war wohl zehn Jahre jünger als Konrad und Mathilde und seine jugendliche Unbekümmertheit tat den Bromm`schen Kindern gut. Leider wohnte er nicht im Dorf, sondern war aus Wintersbach. Das war zwar nur zwei Dörfer weiter, aber dazwischen lag ein großer Berg und reichlich Wald.
"Dout, warüm kommst du net öfters zu uns?", fragte Anton einmal und hing sich ihm an den Hals.
"Ei, ich muss doch schaffe`, Bub! Ich bin doch die meist` Zeit net da!", war die Antwort, denn auch Anton Schneider war Wanderarbeiter.

Als Lene älter war, fiel ihr auf, dass bei den Besuchen von ‚Anton – Doud' immer eine ganz eigentümliche Stimmung herrschte. Vor allem dann, wenn der Vater zu Hause war. Die Mutter wirkte dann immer etwas unruhig, ja fast ängstlich und der Vater war wortkarg. Das war

ungewöhnlich, denn wenn sonst Besuch im Hause war, pflegte er, das große Wort zu führen und anzugeben.
War der Vater jedoch nicht zu Hause, hatten sie eine vergnügte Zeit miteinander und auch Mathilde war fröhlich, scherzte mit Anton – Doud und wischte sich seufzend die Lachtränen aus den Augenwinkeln.
Oft schon, hatte der Patenonkel sie eingeladen, sie sollten ihn besuchen, wenn er im Winter stempeln täte und also zu Hause wäre. Zu diesen Besuchen kam es jedoch nie. Warum, erfuhr Lene zufällig, als sie die letzten Sätze eines heftigen Wortwechsels zwischen ihren Eltern mitbekam.
"Wenn du da dübbe` en Besuch machst, kannst du glei` dübbe` bleibe`! Dann brauchst gar nimmer hamkomme` mit deiner Brut!" waren Konrads letzte Worte und seine Stimme klang so böse, dass Lene Angst bekam.
Sie verstand nicht, warum der Vater so böse war, aber sie verstand, dass er Anton – Doud nicht mochte, genauso wie er sie und ihren Bruder nicht mochte.

Ein gutes Jahr später wurde wieder ein kleines Kind geboren, diesmal ein Junge. Aber auch der, er wurde Johann getauft, fand das Leben im Bromm`schen Haus zu mühselig und beschloss, nach einem halben Jahr, diese Welt wieder zu verlassen.
"Soll ich denn nur die Bälger aufziehe`? Ist mir denn gar koo eigenes vergönnt?", hörte Lene den Vater sagen und der Satz irritierte sie. Da sie aber gleichzeitig sah, dass der Vater weinte, vergaß sie es schnell wieder. Der Vater weinte - , das war so ungewöhnlich, dass Lene zunächst nicht wusste, wie sie damit umgehen sollte. Der Tod des kleinen Johann traf den Vater offensichtlich hart, er mochte Kinder also doch! Obwohl er sie und Anton beinahe erschlagen hätte, weinte er jetzt über den Verlust des kleinen Johanns. Schüchtern versuchte Lene, den Vater zu trösten, der aber reagierte abweisend, ja fast

verstört auf ihre Versuche, so dass sie entmutigt aufgab. Zusammen mit Anton kam sie zu dem Schluss, dass der Vater den kleinen Johann einfach lieber gehabt hatte als sie beide.
"Vielleicht weil der Johann noch so klaa war", mutmaßte Lene und das Erlebnis trug nicht dazu bei, das Verhältnis zu Konrad zu verbessern.

Im Kindergarten wurden die Kinder einmal gefragt, was sie Gutes täten hier auf Erden, wenn sie eine gute Fee wären. Lene antwortete, sie würde alle Väter auf einen Stern weit weg von der Erde zaubern. Verwundert fragte die Nonne, was denn das für eine gute Tat sein solle.
-Väter sind zu gar nichts zu gebrauchen und sie tun nur weh, war die knappe Antwort der Kleinen.
"Wenn das bei euch zu Hause so ist, dann musst du für deinen Papa beten oder recht lieb sein", schlug Schwester Friedegundis vor.
Der Blick, mit dem Lene sie daraufhin ansah, ließ Schwester Friedegundis die Gänsehaut aufziehen: In ihm lag das Wissen und die Resignation einer Greisin.

Früher hatte der Vater auswärts gearbeitet. Das war eine herrliche Zeit. Nicht, weil der Vater nicht zu Hause war, nein weil er anders war. Obwohl Lene damals noch sehr klein war, wusste sie es ganz genau - der Vater war anders. Wenn er zu Besuch nach Hause kam, erzählte er ihnen Geschichten von Hexen, Wilderern und guten Geistern. Er schnitzte für Anton ein Pfeifchen und bastelte für Lene eine Puppenstube.

Aber dann kam die Zeit, wo er immer mehr Geld mit nach Hause brachte und seltsamerweise darüber nicht glücklich zu sein schien. Wütend knallte er der Mutter ganze Bündel Geldscheine auf den Tisch und schrie sie an, sie solle

sehen, was sie dafür noch bekäme oder sie solle sich besser gleich den Arsch damit abwischen.
Seit dieser Zeit wusste Lene, dass Geld allein nicht glücklich macht, genauso wie es Schwester Friedegundis in der Kinnerschul' gesagt hatte. Lene wusste aber auch, dass kein Geld zu haben nicht froher, sondern hungrig macht. Denn jetzt hatte der Vater endgültig keine Arbeit mehr und nur sehr selten hatte die Mutter Geld. Immer stärker suchte der Vater Trost im Alkohol und immer mehr wurde er seiner Familie fremd.

Was, wenn in all dem Elend nicht die Liebe ihrer Mutter gewesen wäre? Nach dem schlimmen Erlebnis mit ihrem Vater war Lene zunächst böse auf die Mutter. Wie konnte sie zulassen, dass ihren Kindern solch ein Schmerz widerfuhr? Sie, die doch immer Rat wusste, immer trösten konnte und immer mit einem Spaß aufzuheitern wusste, wie konnte sie gegen diesen Nichtsnutz von einem Vater nur so verlieren? Lene hatte das Vertrauen in die mütterliche Allmacht verloren. Erst, als sie das erstemal im Backofen sitzen und mitanhören musste, wie die Mutter der klatschenden Wut des Vaters standhielt, um ihre Kinder zu schützen, begann sie zu ahnen, wie stark ihre Mutter war.

Auch Mathilde hatte Freude am Geschichtenerzählen und der Reichtum, aus dem sie ihre Geschichten wählte, schien unerschöpflich. Nymphen und Elfen, Burgfräulein und Hexen, Zauberer und Mönche und natürlich Wilderer ließ sie vor den Kindern lebendig werden. Eine von Mathildes Lieblingsfiguren war Hasenstab, ein berühmter Wilderer des Spessarts aus dem 18. Jahrhunderts. Eine Art Robin Hood, der nicht nur ein Herz für die Armen hatte, sondern die Obrigkeit durch tolldreiste Streiche narrte.

“Wisst ihr, dass der Hasenstab ganz besondere Schuh g`habt hatt? Er hat vorne am Fuß den Abdruck der Ferse g`habt und hinten die Spitze, damit hat er seine Verfolger getäuscht. Es hat so ausg`sehe, als wär er in die anner Richtung auf und davon!”, erzählte Mathilde.
So oder ähnlich gab es Dutzende von Geschichten, in denen Hasenstab dem einfachen Volk bewies, dass es keinesfalls immer nur, geduldig wie Schlachtvieh, der Willkür der Regierenden Stand zu halten hatte. Das war der Grund für die Verehrung die Hasenstab noch heute bei den Spessartern genießt. An der Stelle, an der er von Forstmeister Sator erschossen wurde, fand sich nicht nur schon bald ein mächtiges Kreuz aus Buntsandstein, sondern im Sommerhalbjahr auch oft ein Strauß frischer Blumen.

Der Wald prägte das Leben in den Dörfern. Wie kleine Inseln ragten sie, zusammen mit der Feldflur, aus dem großen zusammenhängenden Meer von Bäumen. Vor Jahrhunderten hatten die Vorfahren in mühsamer Arbeit dem Wald kleine Flecken abgerungen, sie gerodet, um darauf das Lebensnotwendige anzubauen. Nicht freiwillig taten sie das - Oh, nein! Wer wäre schon so dumm, seine Kraft an diese kargen Böden zu verschwenden! Die Landesherren, Erzbischöfe, Kurfürsten, Grafen und wer sonst noch in der langen wechselvollen Geschichte das Sagen hatte, brauchten Personal für ihre aufwendigen Jagden. So wurden denn die Leute zwangsweise angesiedelt, mit dem Recht, oder besser mit der elenden Pflicht, sich ein Stück Feld zu roden. Vom Wald, der sie umgab hatten sie nicht viel. Die Landesherren standen ihnen nur widerwillig die allernötigsten Nutzungsrechte zu, wie etwa das Brennholzrecht, das Recht Streu zu rechen oder das Grasrecht.

Förster, Jäger und Waldaufseher in landesherrlichem Dienst wachten wie Bluthunde darüber, dass die Rechte nicht übertreten wurden. Die Arbeit im Wald bedeutete meist schwere körperliche Anstrengung, aber die Spessarter hätten ohne den Wald nicht überlebt.
Wie auch, da immer mehr Menschen von immer kleinerem Grundbesitz leben mussten, seit in der Mitte des 18. Jahrhunderts das Mainzer Erbrecht von den Landesherren eingeführt wurde. Der Grundbesitz wurde mehr und mehr zerstückelt, da alle Nachkommen erbberechtigt waren.
Das war auch zu Lenes Zeiten noch so. Nicht nur für die Landwirtschaft war der Wald lebensnotwendig, er half auch, die Menschen zu versorgen. Im Sommer war die ganze Familie draußen, um Heidelbeeren, Himbeeren und Brombeeren zu sammeln, auch die ganz Kleinen mussten schon mithelfen. Es gab Heidelbeerferien für die Schulkinder, denn der Verdienst aus der Heidelbeerernte war einfach zu wichtig, um darauf verzichten zu können. ‚Naus die Haddelbeern', war für einige Wochen die wichtigste Beschäftigung. Eine Arbeit, die zu einem großen Teil die Kinder zu erledigen hatten und die Lene nicht besonders mochte: es war so mühsam einen Eimer ganz voll zu bekommen, dazu die Hitze, wenn sich die Sonne in die lichten Kiefernbestände legte und obendrein der Kampf gegen Mücken und ‚Zeckeböck', wie die Zecken genannt wurden.
Kaum dass sie und ihr Bruder Anton rechtschaffend laufen konnten, band ihnen die Mutter die ‚Pflockbüchs' um den Bauch und sie mussten mit ‚in die Haddelbeeren'. Ausgerüstet mit dieser Pflockbüchs, einer leeren Büchse oder Dose, die mit einer Schnur um den Bauch getragen wurde und in die die Beeren ‚gepflockt', also gepflückt wurden und einer Schnur, an der die Trinkflasche hing, um den Durst löschen zu können, zogen sie los.

Erträglicher wurde diese Arbeit durch die Geschichten, die die Mütter dabei erzählten.
Bei solch einer Gelegenheit hörte Lene zum erstenmal von Oberbayern. Eine Dorfbewohnerin, eine der wohlhabenderen versteht sich, hatte ihre dort verheiratete Schwester besucht und berichtete nun begeistert von den hohen Bergen, der Volksmusik, den Trachten und der lustigen Sprache. Lene war tief beeindruckt und der Grundstein für ihre lebenslange Liebe zum Gebirge war gelegt.
" Waast du, wo ich hiegeh, wenn ich groß bin?", fragte sie ihre beste Freundin Auguste, "ins Gebirg`, da wo's so schöi is`. Wo die Leuit` so schöini Kleider trache` und wo`s e` Schloss geit mit vieli Türm`!"
Dort habe ein ganz unglücklicher Königssohn gewohnt. Die Menschen seien dort immer lustig, so lustig, dass sie beim Singen Lachen müssen und dann ganz lustige Purzler aus ihrer Kehle lassen.
In ihren Träumen entfloh sie dem heimischen Elend. Als Prinzessin auf dem Schloss mit den vielen Türmchen, kam sie dem unglücklichen Königssohn zu Hilfe und bewahrte ihn vor der Schwermut.

Der Wald musste auch dem Vieh beim Überleben helfen. Die kärglichen Äcker gaben nicht viel her und so holten die meisten Kleinbauern als Zusatzfutter Gras aus dem Wald, um damit im Sommer das Vieh zu füttern. Das Heu von den Wiesen wurde ausschließlich für Winterfutter gebraucht.
"Warum müsse mir jeden Tag in de` Wald, Gras höle, Mutter?", fragte Anton eines Tages und griff lustlos nach der Sichel.
"Wir müsse net jeden Tag, Bub! Sonntags habbe mer frei, hast` scho vergesse?"
"Wiesbauers müsse net in Wald 'raus, grase!"

“Wiesbauers habbe ihr Jahrbrot, weil se viel mehr Feld habbe wie mir, dummer Bub!” Mit diesen schlichten Worten brachte sie ihren Kindern die soziale Struktur im Dorf nahe. Es gab nicht nur die Unterteilung in Küh- und Ziegenbauern, es gab auch noch einige wenige Höfe, die ausreichend große Wiesen und Äcker hatten, so dass das Zufüttern mit Gras aus dem Wald unnötig war. Die Meisten aber hatten nicht nur viel zu wenig Grundbesitz, sondern plagten sich überdies mit schlechten Böden und deren geringen Erträgen.
Hatten sich die Frauen also eine Erlaubnis zum Grasschneiden geholt, so durften sie auf den ausgwiesenen Flächen mit der Sichel, aber nur mit der Sichel, nicht mit der Sense, das Gras schneiden. Entlang der Wege und an den Bestandsrändern war es erlaubt und wenn die Not groß war, vergriff man sich auch an den Verjüngungsflächen. Doch das war verboten und daher riskant. Wenn dann noch versehentlich ein junges Pflänzchen mit abgesichelt wurde, war der Schreck groß, denn jederzeit konnte der Förster beim Kontrollgang auftauchen.

Als Lene und Anton das erste Mal die Sichel in die Hände gedrückt bekamen und von der Mutter ermuntert wurden, sich an der Arbeit zu versuchen, waren auch einige Kiefernpflänzchen zu beklagen. Aber Mathilde wusste auch hier Rat.
“Auf her mit, mir vergrabe’ se, dass se der Förster ‘net find!”.
So lernten die Kinder auch gleich die wichtigsten Kniffe sich gegen die Obrigkeit zu behaupten. Das Leben war schließlich schon schwer genug, ganz ohne Schläue - wer hätte da bestehen wollen. In einem großen Tuch wurde das Gras gesammelt und die Mutter trug es auf dem Kopf nach Hause.

Eines Nachmittags, sie hatten den Weg über die ‚Scheesen-Drehe' nach Hause genommen, die Mutter schien fast unter dem großen Tuch zu verschwinden und die Kinder trotteten müde hinterher, tauchte der Förster auf. Die Schultern der Mutter spannten sich unwillkürlich noch mehr.

"Na Mathilde", pöbelte er sie an, "schon wieder trägst ein Balg im Bauch? Außer Kinder machen und saufen kann dein Konrad auch nicht viel, was?"

Mathilde gab keine Antwort und schaute den Förster nur lange an. Direkt in die Augen schaute sie ihm, bis eine leichte Röte seine Wangen überzog und er ihrem Blick nicht mehr länger standhalten konnte. Ungeduldig klopfte er mit einer Buchengerte an seine Lederstiefel. Das half ihm seine Fassung wieder zu finden.

"Kontrolle, Mathilde!", befahl er mit barscher Stimme, "Lass sehen, was du im Tuch hast!"

Mathilde wuchtete das schwere Tuch vom Kopf und löste die Knoten. Noch immer sprach sie kein Wort. Der Förster durchwühlte das Gras, schleuderte dabei eine Menge neben das Tuch, fand aber nicht, wonach er suchte. Mit einem kurzen Kopfnicken signalisierte er, dass alles in Ordnung war und ging seiner Wege. Mathilde ballte zornig die Faust hinter ihm her und Lene verspürte den heftigen Wunsch, den Förster zu schlagen. Müde sammelten sie das verstreute Gras zusammen und gingen nach Hause.

Erst am Abend im Bett als Lene über den Zwischenfall nachdachte, wurde ihr bewusst, wie hilflos sie alle gewesen waren. Und sie Lene, hätte am liebsten geprügelt! Als sie sich dessen bewusst wurde, erschrak sie zutiefst.

"Dann wär' ich ja genauso schlecht wie der Vater!", dachte sie betroffen. Nein, so wollte sie nie werden! Niemals! Lieber aushalten, lieber ertragen, als selber zum Wüterich werden!

“Vielleicht”, spann sie ihre Überlegungen weiter, “wehrt sich deshalb ja auch die Mutter nicht! Vielleicht weil sie selbst nicht prügeln will! Und vielleicht kommt dem Vater so eine große Wut nur, weil er eigentlich nicht weiter weiß, so wie ich heute!”
Lene begann zu verstehen und mit dem Verständnis kam die Resignation.

Jahre, in denen durch die Unbill des Wetters die Früchte des Waldes nicht oder nur spärlich flossen waren Notjahre. Nicht nur dass, der eigene Speiseplan darunter litt, es fehlte vor allem das Geld aus dem Verkauf der Naturalien. Wovon sollten Schuhe und Kleiderstoffe für die Kinder angeschafft werden, wenn nicht vom Verkauf der Heidelbeeren, Steinpilze und Rehlinge? Die Händler aus Frankfurt und Aschaffenburg kamen, bemäkelten die Ware, um den Preis zu drücken und setzten dann den Hungerlohn für die viele Arbeit fest. Achtzehn Pfennig für ein Pfund Heidelbeeren, war der bescheidene Lohn für die Arbeit.
Als eines Tages ein Händler mit Auto auftauchte und seine Familie dabei hatte, beäugten die Dörfler die Besucher wie Außerirdische, die eben mit ihrem Raumschiff gelandet waren.
Lene beneidete die fremden Kinder um ihre großstädtische Kleidung, aber als sie die hochmütige Herablassung spürte, mit denen ‘die Frankfurter’ ihnen begegneten, schlug ihre Bewunderung in Ablehnung um.
Schnell bildete die Dorfjugend eine solidarische Gruppe und begann, die Fremden herauszufordern. Am Ende des Nachmittages waren die beiden Matrosenanzüge der Jungen dreckverschmiert. Sie hatten die Mutprobe gegen den ‘Ganter’, den großen Gänserich von Lenes Nachbarn, natürlich nicht bestanden und waren auf der Flucht vor dem Tier auf den feuchten Wiesen am Bach mehrmals

ausgerutscht und hingefallen. Klar dass, auf dieser Wiese alles voller Gänsescheiße war.... . Die Dorfjugend hatte ihre Befriedigung.
“Hey, du Frankfurter!”, war jedenfalls ein Schimpfwort im Dorf, mit dem keiner gern betitelt werden wollte.
Trugen die Waldbäume Früchte, gab es also ausreichend Eicheln und Bucheckern, atmeten die Spessarter auf, denn jetzt gab es eine weitere Einnahmequelle für die Frauen und Kinder.
Auch Mathilde holte sich einen Leseschein am Forstamt und zog mit ihren Kindern in den Wald, um Eicheln und Bucheckern zu sammeln. Lene fand das Eicheln- und Bucheln-Lesen angenehmer als die Arbeit in den Heidelbeeren. Zwar war es in den frühen Morgenstunden oft empfindlich kalt, aber wenn die Sonne sich gegen die Herbstnebel behauptet hatte, lag alles im goldenen Licht des Oktobers und Lene fühlte sich glücklich und reich. Hier draußen im Wald war die Arbeit zwar hart, aber es gab kein Geschrei und keine Schläge. Der Vater ging recht selten mit in den Wald, nur gelegentlich zum Brennholzmachen. Fürchten musste man im Wald nur die Kontrolle durch die Förster.

Als Lene ins Schulalter kam, arbeitete Mathilde in solchen ‘Mastjahren’ als Waldarbeiterin und säte Eicheln und Bucheln. Auf Lenes kleinen Schultern ruhte dann schon ein großer Teil der Hausarbeit. Noch vor der Schule versorgte sie das Vieh, kümmerte sich um ihre jüngeren Geschwister und lernte dann bei Schwester Beata was ein gottesfürchtiges Leben sei.
Die gute Schulschwester brachte ihnen zwar Lesen und Schreiben bei, belastete die Mädchen ansonsten aber nur spärlich mit ‘unnützem Wissen’, wie sie sich ausdrückte. Stattdessen machte sie Lene und ihre Altersgenossinnen bibelfest und schulte sie frühzeitig im Umgang mit Nadel

und Faden. Streng war sie die Schulschwester und auch kleine Vergehen wurden hart bestraft.
Einmal musste Lene vor die Tür weil ihr Griffel nicht ordentlich angespitzt war. Im Flur des Schulhauses stand ein großer alter Eichenschrank zum Aufbewahren der wenigen Unterrichtsmaterialien. Lene sank zwischen Flurwand und Schrank auf den Boden und träumte vor sich hin. Nach einer Weile kam die Schulschwester aus dem Klassenzimmer und lief an Lene vorbei zu den Schwesternwohnungen. Sie rief nach der Küchenschwester, einer jungen schmächtigen Schwester, die auch gleich erschien. Die Schulschwester, die zu dieser Zeit auch die Oberin des Schwesternhauses war, geriet mit der Küchenschwester in einen heftigen Disput. Lene in ihrem Versteck konnte nur schlecht verstehen, worum die Auseinandersetzung ging, aber die Oberin wurde zusehends aufgebrachter. Der klatschende Schlag einer Ohrfeige beendete den Streit und mit wehender Kutte rauschte Schwester Beata zurück in ihre Klasse.

Lene in ihrem Versteck, unfreiwillige Zeugin dieses hässlichen Auftritts, erstarrte.

"Lieber Gott!", betete sie still, "gib, dass sie sich nicht ausgerechnet jetzt an mich erinnert!"

Ihr Gebet wurde erhört. Die Schwester war viel zu aufgebracht, um sich an Lene zu erinnern. Sie war vielmehr beschäftigt, ihren Zorn nicht zu schnell verrauchen zu lassen, damit auch die Kinder noch etwas davon hätten.

Lene in ihrem Versteck hatte viel nachzudenken. Schwester Beata war eine Frau und auch sie schlug! Natürlich hatte sie schon erlebt, dass die Schulschwester während des Unterrichts erzieherische Maßnahmen ergriff, die unter den 'Begriff' Prügelstrafe fielen. Kopfnüsse austeilen, an den Zöpfen ziehen, mit dem Rohrstock eine über die Finger ziehen, all das nahmen die Kinder als

gottgegeben hin. Erwachsene durften das. Aber unter ihresgleichen schlagen? Offensichtlich durfte man auch das, wenn man, wie die Schulschwester, die Oberin war. War das wirklich richtig? Noch dazu, wenn man eine Nonne war?
"Es ist genauso falsch, wie wenn der Vater uns schlägt. Und es muss eine Sünde sein, egal ob man Nonne ist oder nicht!", dachte Lene und empfand heftiges Mitleid mit der armen Schwester Aquilina.
In der Pause gelang es ihr, sich wieder unbemerkt unter ihre Mitschüler zu mischen. Sie pflückte ein Sträußchen Veilchen und brachte es nach dem Unterricht der jungen Schwester vorbei. Diese war überrascht und gerührt, konnte sich aber den Anlass für das Geschenk nicht erklären. Lene ihrerseits hütete sich, darüber ein Wort zu verlieren.
Die junge Küchenschwester blieb übrigens nicht lange im Dorf. Sie erkrankte schwer und wurde ins Mutterhaus zurückberufen. Ihre Mitschwestern erzählten, sie sei von zu zarter Konstituition gewesen, um es hier im Dorf aushalten zu können. Lene wusste es besser, aber sie wurde glücklicherweise nicht gefragt.
Gierig saugte Lene das bisschen Wissen auf, das sie von ihrem Bruder Anton mitbekam. Diesen unterrichtete ein Lehrer. Die Buben lernten mehr und interessantere Dinge, aber sie waren dem Jähzorn und den Launen eines desillusionierten und verbitterten Dorfschullehrers ausgesetzt. Pädagogik fand meist mit dem Rohrstock Anwendung und Einfühlungsvermögen hatte er keines. Er erlag der Versuchung, Macht und Überlegenheit auszukosten.
Keiner seiner Schüler konnte je die Augenblicke vergessen, wenn er gelegentlich morgens am Pult ungerührt eine Tafel Schokolade auspackte und sie sich vor den Augen seiner Schüler schmecken ließ.

Nichts Besonderes in der heutigen Zeit, aber als Lene zur Schule ging, kannten viele Kinder Schokolade nur vom Anschauen auf des Lehrers Pult. Nicht einmal kam es vor, dass er ein Stückchen verschenkt, oder als Belohnung für besonders gute Leistungen verteilt hätte. Er ließ sich den Genuss auf der Zunge zergehen und die Kinder erstarrten in sehnsuchtsvollem Verlangen nach der Köstlichkeit. Empfand er ihre Blicke als lästig, so herrschte er sie an, sie sollen nicht blöder glotzen, als Wiesbauers Ochse.
Oft hörten die Mädchen seine keifende Stimme durch die Räume des Schulgebäudes hallen. Ein beliebtes Mittel des Lehrers, seine Zöglinge zu disziplinieren, war der Einsatz der Holzkiste. War Lehrer Müller schlechter Laune und wurde überdies von seinen Schülern geärgert, so packte er den Hauptschuldigen und sperrte ihn in die Holzkiste. Einmal als seine Wut noch immer nicht ausreichend besänftigt war, nahm er die Waschschüssel mit Wasser und schüttete sie über die Kiste, die er zuvor zugenagelt hatte.
Anton bekamen solche Auftritte überhaupt nicht. Er wurde regelmäßig kalkweiß im Gesicht, musste nach draußen in den Hof und sich nicht selten übergeben. Lene erkannte die Gemütsverfassung ihres Bruders sofort, wenn sie nach Hause gingen.
"Hat er wieder getobt, der Müller?", fragte sie mitfühlend und wenn Anton dann noch eine Spur weißer im Gesicht wurde, wechselte sie schnell das Thema und versuchte ihn aufzuheitern.
"Hat er euch nichts erzählt von den Sternen und Planeten?", versuchte sie das brennende Interesse ihres Bruders für die Naturwissenschaften auszunutzen, doch Anton verneinte mit traurigem Kopfschütteln.
"Er war saumäßig wütend heut, den ganzen Tag lang. Hat einfach nur seinen Zorn loswerden wollen und ich denke, das hat er geschafft!" Anton erzählte, dass bei der

morgendlichen Kontrolle der Taschentücher eines dabei gewesen sei, das nicht sauber war. Mork, so wurde Lehrer Müller bei seinen Schülern genannt, habe daraufhin schon seinen ersten Tobsuchtsanfall bekommen und die Waschschüssel mit dem Schwamm zum Tafelreinigen quer durch das Zimmer geschmissen. Lene nickte wissend.

“Die Großen, die dürfen des. Wenn die zornig sinn`, dürfe se schreie, brülle und schlage, und wenn se Männer sinn erst Recht. - Du Anton”, setzte sie nach einer Weile zögerlich nach, “wenn du groß bist, also wenn du aach en Mann bist und en Vatter, prügelst du dann aach?”

“Nie, nie mach ich des!” Anton verfärbte sich aufs neue, “wie kannst´e dir sowas Blödes einbilde`, Lene? Wenn ich groß bin, dann verdien’ ich ganz viel Geld und dann kauf’ ich e` Haus und hol’ dich und die Mama, die Mechthild, die Hedwig, den August, den Otto, alle, uns alle hol ich, nur den Vater ‘net! Dann Lene, gibt’s kaa Schläg’ mehr und mir habbe immer ‘was zum Essen, weil ins Wirtshaus zum Saufen geh’ ich net!”

Lene schaute ihren sonst so stillen Bruder überrascht an.

“Meinst du, du kannst gegen den Vater uffkomme`, der is so wild!”

“Mit Geld kannst`e alles, Lene”, erwiderte Anton ruhig und so überzeugt, dass Lene tief beeindruckt war. Längst hatte sie die intellektuelle Überlegenheit ihres Bruders anerkannt, der obwohl ein Jahr jünger als Lene, immer schon am Unterricht der Fünft- und Sechstklässler teilnehmen durfte. Das machte ihm das Leben nicht eben leichter, denn er war dadurch bei seinen Mitschülern nicht beliebt.

Anton war stets auf der Suche nach Büchern und die zerfledderten Exemplare der Schulbibliothek hatte er längst mehrfach durchgearbeitet. Wenn Lehrer Müller gut

gelaunt war, lieh er ihm hin und wieder ein Buch, aber das passierte nur sehr selten. Lene war daher richtig glücklich, dass sie gerade heute ihrem Bruder eine Überraschung bieten konnte, über die er sich sicher sehr freuen würde.
“Schau Anton, was mir Schwester Beate ausgeliehen hat!”, Lene schwenkte triumphierend ein kleines braunes Heft vor Antons Nase. ‘Die Arbeit der Schwestern vom Hl. Erlöser in der Mission Afrikas’, stand darauf zu lesen und Anton riss es ihr fast aus den Händen.
“Was sind Schwestern vom HL.Erlöser?”
“Heiligen, das heißt vom Heiligen Erlöser und ist ihr Name! Also, so heißt der Orden in dem diese Schwestern sind.” Anton vertiefte sich in das Heftchen und jetzt, das wusste Lene war er nicht mehr ansprechbar.

Zu Hause empfing sie der Vater mit barschen Worten.
“Wo bleibt’s so lang? Los an die Arbeit! Anton, ich brauch dich zum Holzmache` und du Lene, schau zu, dass bald was auf den Tisch kommt, mir habbe` Hunger!”
Seufzend fachte Lene das Feuer im Herd an, stellte einen großen Topf Kartoffeln auf, und holte die ‚Dicke – Milch‘ aus dem Keller.
Anton mühte sich, im Stall die Kuh anzuspannen. Da er noch zu klein war, das Geschirr aufzulegen, musste er den Melkschemel zu Hilfe nehmen.
Gleich nach dem Essen ging Lene zu einem der Dorfbrunnen, Wasser holen. Oft ging sie zusammen mit ihrer Freundin Auguste und die beiden Mädchen schienen unter der Last der Wasserbutten fast zu zerbrechen. Natürlich schafften sie es nicht, die Butte vollständig gefüllt nach Hause zu tragen. Sie gingen am Abend ein zweitesmal, denn es war wichtig, über die Nacht frisches Trinkwasser im Hause zu haben. Das Brauchwasser konnte man gleich gegenüber vom Bach holen.

Es war eine Arbeit, die Lene gefiel. Man hatte Zeit für einen kleinen Plausch und erfuhr Neuigkeiten. Nur im Winter, wenn die Brunnen, obwohl sie mit Stroh umwickelt waren, zufroren und das Wasser nurmehr als spärliches Getröpfel freigaben, und die klammen Finger fast an der Butte festfroren, war das Wasserholen beschwerlich.
Die ungeliebteste Arbeit war das Futterschneiden, das allabendlich zu erledigen war. Das Futter wurde immer geschnitten auch das frische Gras im Sommer, und immer wurde Stroh untergemischt, um das Futter zu strecken. Das Stroh musste man zuvor erst brühen, damit es die Kühe verwerten konnten. Die Kühe sahen entsprechend aus: Magere Gestalten, die nicht nur alljährlich ein Kalb liefern mussten und täglich gemolken wurden, sondern die auch noch als Zugtiere zum Ziehen schwerer Lasten eingesetzt waren. Trotzdem konnte sich glücklich schätzen, wer eine Kuh besaß und nicht nur Ziegen. Es war eine rechte Plage die große Futterschneidmaschine in Gang zu bringen und im Winter wenn es kalt war, kamen Lene und Anton völlig durchgefroren aus dem Stall zurück.
Oft erledigten die Kinder aus der Nachbarschaft diese Arbeit zusammen. Dann ging es von Stall zu Stall und alle halfen mit, bis das Futterschneiden in der ganzen Gasse getan war.
Lene und ihr Bruder Anton mussten schon bald das Pflügen übernehmen und plagten sich, einigermaßen gerade Furchen zustande zu bringen. Lediglich das ‚Abzackern', das Ziehen der letzten Furche an der Grenze übernahm die Mutter oder, wenn er zu Hause und nüchtern war, der Vater. Denn die letzte Furche musste mit besonderer Sorgfalt gezogen werden. Weder durften Grenzsteine beschädigt, noch beim Nachbarn ins Feld geackert werden. Obwohl sich die Kinder alle Mühe gaben, war der Vater nie zufrieden mit ihrer Arbeit und

besonders Anton handelte sich mehr als eine schlimme Ohrfeige ein.

Einmal waren Lene und Anton unterwegs ins ‚Stadtprozeltner‘, dort mussten sie ein Los Holz auflesen und nach Hause bringen. Sie hatten ‚zusammengespannt‘, das heißt die Kuh vom Nachbarn ausgeliehen, was es schwieriger machte, das Fuhrwerk zu lenken, denn die beiden Tiere waren nicht gewohnt, zusammen im Gespann zu gehen. Sorgsam gaben die Kinder acht, am richtigen Los anzukommen und als sie es endlich geschafft hatten, stellten sie entsetzt fest, dass sie keine ‚Remkette‘ zum Bremsen dabei hatten. Die Remkette,eine starke Eisenkette, die zum Bremsen in die Speichen gehängt wurde, war nötig, um sicher mit beladener Fuhre die steilen Hänge herunter zu kommen.
“Anton, was mache mer jetzt bloß? Ohne die Remkette komme mer nie den Buckel nab!”, Lene war den Tränen nahe und auch Anton war ziemlich ratlos, wollte es sich aber nicht anmerken lassen.
“Holzprüchl! Mer suche uns feste Holzprüchl und stecke se `nei!”
Sie schafften es, heil anzukommen und Lene, die den ganzen Weg über ein Vaterunser nach dem anderen zum Himmel geschickt hatte, kam sich vor wie die Gretel aus dem Märchen, die zusammen mit Hänsel glücklich der Gefahr entronnen war.

Anton musste zweimal die Woche ins Forsthaus Sylvan hochlaufen, um der Förstersfamilie frisches Brot zu bringen. Der Weg führte steil den Berg hoch durch den Wald, durch eines der Parktore des Wildparks. Es war heilige Pflicht, die Tore immer gewissenhaft zu schließen, hätte doch sonst das Wild auf die angrenzenden Felder wechseln und dort schlimmen Schaden anrichten können. Vor allem die Wildschweine waren gefürchtet.

Im Herbst, zur Zeit der Kartoffelernte war es oft schon dämmrig, bis Anton vom Acker kam und sich auf den Weg zum Sylvan machen konnte.

Einmal als er durch den Wald lief, sah er nur wenige Meter neben dem Weg einen riesigen Keiler stehen. Anton klopfte das Herz bis zum Hals. Was sollte er tun? Umdrehen? Dann würde er zu Hause Schläge vom Vater bekommen, weil er seine Arbeit nicht erledigt hatte. Sollte er einfach weiterlaufen, so tun als würde er den Keiler nicht bemerken? Würde der ihn dann verfolgen, angreifen? Während Anton fieberhaft überlegte, stand der Keiler da und schaute Anton unverwandt an. Fast schien es, als sei er neugierig. Es war ein Riesenkerl und plötzlich fiel es Anton ein: Das musste der ‚Max' sein, ein riesiger alter Keiler halb zahm, der bisher immer Gnade fand vor den Gewehren der Jäger.

"Wenn das der Max ist, kann ich wohl auch vorbei laufen", machte Anton sich Mut und mit klopfendem Herzen ging er an Max vorbei, der sich nicht von der Stelle rührte.

Im Sylvan empfing ihn Förster Bucher und Anton überlegte, ob er ihm von Max und seiner Angst erzählen sollte. Aber der Förster war als barscher und harter Mann bekannt und Anton fand nicht den Mut, sich ihm anzuvertrauen.

Auf dem Rückweg stand Max ja immer noch an der gleichen Stelle!

"Das glaubt mir doch keiner, wenn ich das erzähle", dachte Anton resigniert. Er zog die Schultern hoch, ballte die Fäuste in den Jackentaschen und ging laut vor sich hinpfeifend an dem Keiler vorbei. Als er glaubte, genügend Abstand zwischen sich und das Tier gebracht zu

haben, rannte er los und blieb erst stehen als er das Parktor hinter sich gelassen hatte.
"Du tust mer nix mehr!", schrie er erleichtert in Richtung Keiler, froh und glücklich, das Abenteuer überstanden zu haben.

Bald war Allerheiligen, dann waren es nurmehr wenige Wochen und das Leben würde wieder leichter. Die Mutter war fertig mit der Waldarbeit, die Felder und der Garten waren abgeerntet und die Abende waren gemütlich und abwechslungsreich. Man traf sich allabendlich bei einem anderen Nachbarn zum Säckestopfen, Stricken oder Spinnen. Dabei wurden Geschichten erzählt, die Neuigkeiten aus dem Dorf weitergegeben und der frische Apfelmost, der gerade zu blubbern aufgehört hatte, also mit dem Gären fertig war, gekostet.
Manche der Geschichten waren gruselig und unheimlig, besonders wenn sie von Leuten aus dem Dorf handelten, die im Verdacht standen, Hexerei oder schwarze Magie zu betreiben.
'Des Nitsche'eine kleinwüchsige, alleinstehende, alte Frau war ein beliebtes Objekt für Erzählungen, Vermutungen und böser Nachrede aller Art. Sie war keine Einheimische, wohnte am Rande des Dorfes in einem kleinem verwahrlosten Haus und nicht einmal die ganz Alten erinnerten sich, woher das Nitsche eigentlich kam. Die Natur hatte es nicht gut mit ihr gemeint. Nicht nur ihre kleine krummbuckelige Gestalt stieß die Leute ab, sie war auch ausgesprochen hässlich mit einer reichlich großen Nase und dicken wülstigen Lippen. Hier hatte die Natur großzügig ausgeglichen, was sie an Nitschens Körpergröße eingespart hatte. Sie wurde von allen gemieden, trotzdem aber von allen mitversorgt. Kaum einer wagte, ihr eine Bitte abzuschlagen, wenn sie an die Tür pochte. Niemand wollte ihren Unmut auf sich ziehen, denn man fürchtete

ihre magischen Kräfte. Eines Tages trug das Nitsche den Arm in einer Schlinge und hatte blaue Flecken im Gesicht. Am Abend bei Kerzenlicht in der Stube, sorgte Marie, Augustes Mutter, für Aufklärung.

“Wisst ihr was war, die letzt` Nacht beim Wiesbauer im Stall?”

Sie legte eine kleine Pause ein, um die Spannung zu steigern, während ihre Zuhörer sie gespannt anschauten.

“Die Hex` war daa!” Es hätte kein besseres Stichwort geben können, um das Interesse ihrer Zuhörer vollends zu gewinnen.

Mitten in der Nacht, so erzählte sie, sei der Wiesbauer wach geworden weil das Vieh so erbärmlich geschrieen habe. Als er nachgesehen habe, seien die Pferde schweißnass gewesen und hätten gezöpfte Schwänze gehabt. Eine schwarze Katze sei im Stall herumgestrichen. Nach der habe er mit dem Besen geschlagen und sie auch getroffen.

“Zwaa, drei richtig feste Schläg` hat se wohl kriecht, is auf un davo un hat g`schriee. Heut` am Tag dann, sieht man es Nitsche mit verschlachene G`sicht und en Arm in der Schling. Es war ja a Vollmond...”, bedeutungsvoll zog Marie die Luft ein und sah erwartungsvoll in die Runde. Die Kinder hatten Mund und Augen aufgesperrt und warteten gespannt auf den Fortgang der Geschichte. Nur Anton runzelte unwillig die Stirn und zog verächtlich die Mundwinkel nach unten.

Lenes Mutter mochte die Geschichten ebenfalls nicht und versuchte abzuwiegeln.

“Geh` Marie lass doch die dummen Geschichten über das arme Nitsche! Die is g`straft genug so wie se is. Die brauch net noch den ganzen Hexentratsch am Hals.”

Aber Marie war jetzt gerade so schön in Fahrt.

“Ja was Tratsch! En bessere Beweis gibt`s doch net! Die alte Hex` hat als Katz` in der Vollmondnacht ihr Unwese

getriebe. Der Wiesbauer hat gleich den Stall mit Würzbüsch ausgeräuchert und Recht hat er g`habt! Er muss jetzt uffpasse, dass ihm die Alte nix Böses uffs Vieh oder uff de Hof wünscht."
Die wenigen Männer, die der Runde beiwohnten, machten einige spöttische Kommentare über den Aberglauben, der nicht auszurotten sei, aber sehr überzeugt klangen ihre Bemerkungen nicht.
Die Mütter, Großmütter und Tanten sparten nicht mit guten Ratschlägen, wie sich die Kinder zu verhalten hätten, wenn ihnen eine Hexe über den Weg liefe. Das wichtigste war, der Hexe keine Möglichkeit zu geben, Macht über dich zu bekommen. Deshalb waren als vorbeugende Abwehrmaßnahmen einige Tricks und Kniffe gebräuchlich: Dreimal ausspucken wenn die Hexe an dir vorbei gelaufen ist, dreimal eine Abwehrformel murmeln wie zum Beispiel: ‚leck dich, leck dich selber am Arsch' oder wenn der Verdacht bestand, dass sie bereits ihre böse Macht wirken ließ: drei Haare der Hexe besorgen und diese in der Pfanne rösten.

Sogar die Religion war in den Aberglauben mit eingesponnen. Als Otto, Lenes Bruder geboren wurde, war auch sein Lebenswille sehr schwach. Das dritte Kind in Folge drohte die Familie Bromm zu verlieren und Konrad ging in seiner Verzweiflung beim Nitsche Rat holen. Diese riet ihm, das Kirchenbuch des Pfarrers zu besorgen, eine bestimmte Seite des Johannesevangeliums aufzuschlagen und zu beten, und dabei geweihte Kräuter abzubrennen. Mathilde weigerte sich, bei dieser Sache mitzutun. Da sie außerdem noch durch Geburt und Wochenbett geschwächt war, holte sich Konrad die Hilfe seiner Nachbarin Marie, die der Sache sehr viel aufgeschlossener gegenüberstand.
Der Messner wurde eingeweiht und mit einer Flasche billigen Fusel bestochen, um das Kirchenbuch ausleihen

zu können. Als sie streng nach den Anweisungen beisammensaßen und beteten, ging die Türe auf und eine Frau aus einem der Nachbardörfer stand auf der Schwelle. Der Anweisung gemäß begann Konrad sie wüst zu beschimpfen und ihr Prügel anzudrohen, sollte sie das Kind nicht in Ruhe lassen. Stumm drehte sich die Frau um und verschwand, während der kleine Otto jämmerlich zu brüllen anfing. Er brüllte fast noch die ganze Nacht, aber von der Stund an entschloss er sich, auf der Welt zu bleiben und gedieh prächtig.

Den Verdacht eine Hexe zu sein, brachte das arme Nitsche ihr Leben lang nicht los, ja sogar über den Tod hinaus blieb dieser Ruf hartnäckig bestehen. Als nämlich die Nachbarn ins Haus kamen, um dem Nitschen Weihwasser zu spenden und mit einem Gebet ihrer Seele zu gedenken, geschah erneut Erschreckendes. Die Totenfrau hatte das Nitsche für ihren letzten Weg zurechtgemacht. Sie lag aufgebahrt in ihrer winzig kleinen Stube. Als Lene an der Hand ihrer Mutter das Stübchen betrat, hörte sie einen unterdrückten Aufschrei ihrer Nachbarin Marie.
"O liebber naa! Die Hex` kümmt widder aus`m Sarg `raus!"
Erschreckt zuckte auch Mathilde zurück, als sie sah, wie sie die Verstorbene halbsitzend im Sarg erwartete, so als wolle sie eine letzte Audienz halten. Schnell wurde nach der Totenfrau geschickt, die erst ungläubig den Kopf schüttelte, dann aber eine plausible Erklärung bot.
"Des Nitsche ihr`n krumm Buckel zieht sich jetzt zamme un` so bleit se net lieche!"
An diesem Abend holte sogar Mathilde die geweihten Kräuter hervor und räucherte das ganze Haus aus. Die Kinder aber, hatten reichlich Gesprächsstoff – schön gruselig, Nervenkitzel für die langen Winterabende!

Einmal nur erlag auch Anton der Furcht des Geisterglaubens. Oft waren die Kinder gewarnt worden, nicht bei Dunkelheit über den Bach zu laufen, sonst hole sie der Unk. An einem nebeligen Abend im Spätherbst als Anton mit dem Nachbarjungen auf dem Weg nach Hause war, machten sie sich über diesen Aberglauben lustig.
"Auf, Anton, laafe mer vor zur Brück` und rufe mer de Unk, dann wolle mer sehe, ob er uns höilt!"
Kaum an der Brücke angekommen, ertönte ein Gurgeln und Plätschern aus dem Bach und im Dunkeln erkannten sie eine große Hand, die den Rand der Brücke abtastete. Dann zog sich eine große Gestalt unter viel Schimpfen und Fluchen aus dem Bach auf die Brücke und suchte torkelnd nach Halt. Die Buben fasste blankes Entsetzen. Einen kurzen Moment noch starrten sie die Gestalt an, dann spurteten sie los und hörten nicht auf zu laufen, bis sie zu Hause angekommen waren.
"War er des? War des der Unk?", keuchend fasste sich Edmund an den Hals, denn der schnelle Lauf und die Angst schnürten ihm fast die Kehle zu. Auch Anton japste nach Luft und konnte nicht sofort antworten.
"Er hat ausg`schaut wie en Mann, wie en ganz normale Mann! Ich maan sogar, er hätt` ausg`schaut wie der Nösters Otto!"
Das war das Stichwort, das Anton benötigt hatte, um seine Gedanken wieder zu ordnen. Nachdenklich kaute er an seiner Unterlippe. Jetzt, da der schlimmste Schreck vorbei war, kam ihm die Sache mit dem Unk doch merkwürdig vor. Ein Unk, der aussah wie Nösters Otto, der fluchte und schimpfte wie Otto und der ganz offensichtlich betrunken war wie Nösters Otto so oft auch...
"Der Unk war der Otto und der war widder emal b`soffe! Er is in de Baach gekippt un mir habbe gedacht..." Anton brach in erleichtertes Gelächter aus und Edmund stimmte

zögerlich ein. So ganz überzeugte ihn, Antons Erklärung noch nicht.
Anton nutzte die erste Gelegenheit, die sich ihm bot, in der Dunkelheit über den Bach zu gehen und den Unk herauszufordern – nichts geschah. Edmund hingegen vermied es lange Zeit sorgfältig, den Bach in der Dunkelheit zu queren.

Im Herbst hatte Lene auch mehr Zeit mit ihrer Freundin Auguste vom Nachbarhaus zu spielen. Die Gesellschaft von Auguste tat Lene gut, denn ihre Freundin war eine ausgesprochene Frohnatur. Auguste war klein und stämmig, hatte rote Pausbacken und lebhafte dunkelbraune Augen. Wenn Lene verzagt oder ängstlich war, riss Augustes Unternehmungslust und ihr Optimismus sie mit. Diese hatte ja auch nicht mit den Schwierigkeiten zu kämpfen, wie Lene und ihre Geschwister. Zwar war auch Augustes Vater zu Hause als der Familienvorstand die bestimmende Autorität, aber er war nie gewaltätig und er versoff sein Geld nicht.
Zuammen mit Auguste ging Lene auf den Flügeln der Phantasie auf Reisen. In den Höfen oder den Wiesen, im Stall oder in der Scheune, nirgendwo hörten die Kinder, dass sie unerwünscht seien, kein Platz für sie da sei oder, dass sie zu laut seien. Wenn die Arbeit es zuließ, hatten sie reichlich Platz und Möglichkeiten, um sich auszuspielen. Dann wurde Lenes Welt zum Paradies.

Ihr bevorzugtes Spiel war, Prinzessinnen auf einem Schloss zu sein und da keine von beiden so genau wusste, wie Prinzessinnen leben, kam es öfters zu lebhaften Diskussionen, wie die Spielhandlung zu laufen habe.
So wollte einmal Prinzessin Theresa, alias Lene, ein Festmahl kochen für eine Feier auf dem Schloss. Auguste

hielt dagegen, dass eine Prinzessin unmöglich selbst kochen könne, dafür hätte sie schließlich ihre Dienstboten.
"Aber was soll ich dann mache?", fragte Lene enttäuscht, "immer nur rumsitze in feine Klaader ist doch langweili`!"
Auguste beharrte auf die Einhaltung ihrer Anweisung und Lene schlüpfte in die Rolle der Köchin, um mit schöpferischem Eifer aus rotem Sand, Steinchen Blättern und Blüten ein Festmahl zu kochen.
Wurden sie sich überhaupt nicht einig über die Etikette am Hof, holten sie stets Antons Rat ein, der mit großer Geduld erklärte und richtig stellte.
Spielten sie aber die Abenteuer des Wilderers Hasenstab, so waren sie meist eine große Schar Kinder, denn hierzu konnten auch die Geschwister als Räuberbande gut eingesetzt werden.
Die Buben spielten besonders gern die Szene, in der der arme Hasenstab vom Förster Sator rücklings erschossen wird. Tränenüberströmt mussten die Mädchen den Wilderer für seine Beerdigung herrichten. Einmal entspann sich eine heftige Diskussion darüber, ob dem Hasenstab überhaupt ein kirchliches Begräbnis zustände.
"Der war en Gesetzesbrecher, der kann net mit dem Segen vom Pfarrer ins Grab", war Edmund, Augustes Bruder, überzeugt.
"Aber er hat doch soviel Gut`s getan, für die arme Leut`", nahm Lene ihren Helden in Schutz.
"Er war kaan Mörder unn kaan Selbstmörder, also wieso ka normales Begräbnis?", auch Auguste wollte den Helden würdig bestattet sehen.
"Der Mörder war der Jäger! Wenn aaner kaan Sege` vom Pfarrer zu kriege` hätt`, dann *der*!", es war natürlich Anton, von dem diese revolutionäre Überlegung kam.
Der Jäger ein Mörder! Den Kindern blieb vor Erstaunen der Mund offen und eine Weile hatten alle darüber nachzudenken.

“Quatsch, der ist aach kaa Mörder, der hat des halt tu müsse`, eben weil er Jäger ist!”
“Hat er *wirklich* müsse`? Er hätt` den Hasenstab ja auch nur g`fangennehme` könne`.”
“Ja dann wär er ihne widder entwischt, wie scho` hundertmal vorher”, lachte Lene schadenfroh.
“Und genau deshalb hat er sterbe` müsse! Die Förster und Jäger habbe sich scho zuviel über em geärchert. Er hat immer en Hanswurst aus ihne` g`macht, des konnte se net länger hienehme!"
Antons Beweisführung überzeugte die Kinder und sie beschlossen einhellig eine würdige Bestattung für den Hasenstab zu gestalten; mit dem Segen der Kirche und sogar mit Musikkapelle. Anton schlüpfte in die Rolle des Pfarrers, da er Ministrant war, kannte er die Messe in lateinischer Sprache fast vollständig auswendig. Lene und Auguste wurde gnädig gestattet, Ministranten zu spielen, eine Aufgabe, um die sie ihre Brüder und Freunde im wirklichen Leben glühend beneideten. Die kleineren Geschwister bildeten das Fußvolk, das laut zu jammern und zu klagen hatte. Es war eine so ergreifende Szene, dass Lene nur mit Mühe ihre Tränen zurückhalten konnte.
Fast wie damals als König Ludwig der Dritte gestorben war. Die Mutter hatte sie mitgenommen zum feierlichen Seelenamt, das für den König gelesen wurde. Die Schulschwestern hatten den Katafalk mit Blumen geschmückt und es war solch eine feierliche Messe, dass Lene und Anton es nicht vergessen hatten, obwohl sie damals noch recht klein waren.

Kam dann die Adventszeit, war es besonders schön. Die Geschichten von ‚Illwertritsche‘, den Kobolden und Geistern, die in dieser Zeit ihr Unwesen trieben machten die Runde und erzeugten prickelnde Spannung.

‚Der wilde Jäger auf seinem weißen Ross jagt durch die Nacht. Musst dich ganz flach auf den Boden legen, wenn er dir begegnet, dann übersieht er dich.‘ Aber auch von harmloseren Irrlichtern, Feen und Kobolden handelten die Geschichten.
Der ‚Niklaus‘, hingegen kam nur einmal ins Brommsche Haus. Eigentlich war es nicht der Nikolaus, der kam, sondern der ‚Hulleboutz‘, sein wilder Begleiter. Es war der Vater, der sich in eine furchterregende Gestalt verwandelt hatte. Mit dem ‚Bannes‘, einem dicken schweren Bauernmantel, einem wilden Bart aus Stroh, der fast das ganze Gesicht verdeckte und einem Schlapphut auf dem Kopf. Er ließ die Rute auf die Kinder niedersausen, drohte sie im Sack fortzubringen und bot noch mancherlei, um die kleine Lene und ihren Bruder in Angst und Schrecken zu versetzen. Sie waren so verstört, dass sie sich kaum an den mitgebrachten Leckereien freuen konnten: Äpfel, Nüsse, gedörrte Zwetschgen und Birnenhutzel, alles Köstlichkeiten, die es nur selten gab. Von da an sorgte Mathilde dafür, dass die Kinder im Nachbarhaus den Nikolausbesuch miterleben konnten. Auch dieser Nikolaus glich in seinem Äußeren eher dem furchterregenden Knecht Ruprecht, war jedoch weniger rüde und viel humorvoller.
Noch viel schöner, da friedfertiger, war das Weihnachtsfest. Viele alte Sagen und Gebräuche rankten sich um diesen wichtigen Tag. Man schrieb der Weihnachtsnacht besondere Segens- und Wunderkraft zu. Auch Mathilde legte in der Weihnachtsnacht Fett auf die Fensterbank ins Freie. Von diesem Fett wurde das Jahr über eine kleine Menge den Mahlzeiten beigegeben, oder es wurde zur Heilung von Verletzungen benutzt.
“Da bleibe mer g`sund, des Christfett schützt vor Krankheit”, erklärte sie dem wissensdurstigen Anton.

Kam das Christkind dann mit seinem Weihnachtsesel in die Stube waren, die Kinder gänzlich im Banne des Weihnachtszaubers. Der Weihnachtsesel war eine mit einem weißen Betttuch verhüllte Gestalt, einen Reisigbesen als Schwanz. Ihn führte das Christkind mit sich.

"Warum ist der Esel nicht braun und wo sind seine Ohren?", natürlich war es Anton, der diese Fragen stellte.

"Das Christkind hat halt nicht einen Esel wie jedermann! Das Christkind hat einen weißen Esel, das is` was besonderes."

Die Geschenke waren bescheiden. Es gab die gleichen Leckereien wie schon zu Nikolaus und dazu meist etwas Handgefertigtes: eine gestrickte Puppe, einen Holzball, gestrickte Strümpfe oder ähnliches. Außer sich vor Freude waren Lene und ihr Bruder Anton, als an einem Weihnachtsfest ein Paket von Tante Pauline eine echte Puppe und einen kleinen Stahlbaukasten für Anton enthielt. Das war eine wirkliche Sensation und die beiden Kinder, vom Leben nicht gerade verwöhnt, glaubten sich im Paradies.

Konrad gönnte seinen Kindern soviel Freude nicht und verfügte, dass das kostbare Spielzeug nach den Weihnachtstagen weggeräumt wurde, um es, wie er sagte, zu schonen.

"Die Hex` soll ihn holen!", zischte Anton und ballte in ohnmächtiger Wut die Fäuste. Aber Mathilde sorgte dafür, dass die Kinder in Konrads Abwesenheit das kostbare Spielzeug nutzen konnten.

Die Religion spielte eine große Rolle im Leben von Lene und ihrer Familie. Sie gab die Kraft, den Alltag zu bewältigen und sie hielt die Menschen in der nötigen Demut. Man erwartete keine Wunder vom Leben, nein,

man beschied sich mit einem halbwegs gesichertem Überleben und nahm Schicksalsschläge als unabwendbares Übel ergeben hin. Kein Tag verging, an dem die Kinder nicht vor dem Schulunterricht erst die Heilige Messe besucht hatten.
Die Kinder, allem Luxus und Reichtum fremd, waren vor allem durch den Prunk und die Pracht in der Kirche beeindruckt. Messgewänder, Fahnen, die prunkvollen kirchlichen Gebrauchsgegenständ wie Kelch, Weihwasserkessel und Monstranz, all das hinterließ nachhaltig Eindruck.
Die Not war gewaltig in dieser Zeit und so ist es zu erklären, dass auch die moralischen Werte sanken. Groß waren Aufregung und Fassungslosigkeit im Dorf, als im Juni des Jahres 1919 zwei Tabernakel am Hochaltar und einer am Seitenaltar aufgebrochen und ausgeraubt wurden. Die schöne Monstranz und zwei Speisekelche waren gestohlen und die Dorfbewohner außer sich über soviel Frevel und Gottesverachtung. Am folgenden Sonntag schon gab es in der Kirche eine Kollekte für eine neue Monstranz und es war selbstverständlich, dass jeder den letzten Groschen gab. Trotz der Armut erbrachte die Kollekte genug, um Ersatz zu beschaffen.

Glühend beneidete Lene die Buben um ihr Vorrecht, kirchliche Aufgaben übernehmen zu dürfen. Ministrieren, die Kirchenglocken zu läuten und an den Kartagen zu klappern, all das war ihr verwehrt, bloß weil sie ein Mädchen war. Besonders die letzte Aufgabe war nicht nur interessant, sie war auch einträglich. Mit der Klapper oder auch Leier, einem Holzkasten, der durch ein hölzernes Zahnrad großen Lärm verursachte, wurden an den

Kartagen vor Ostern die Kirchenglocken ersetzt und die Gläubigen zur Kirche gerufen oder an die Gebete erinnert.
Am Ostersamstag gingen dann die Leierbuben von Haus zu Haus und wurden für ihre Dienste entlohnt. Nicht mit Geld, sondern mit Eiern oder Selbstgebackenem. Hin und wieder war sogar ein ‚Gutsle' dabei, etwas Süßes zum Naschen, um das wilde Kämpfe entbrannten.
Wenn die Brüder beschenkt nach Hause kamen, sah Lene neidvoll zu, wie sie ihre Schätze auf dem Küchentisch ausbreiteten. Heute würde man es als eher bescheidenen Beutezug werten, aber damals...
Es deprimierte sie, zu erkennen, wie sehr sie benachteiligt war, nur weil sie ein Mädchen war. Andererseits kam sie nie auf die Idee, die bestehende Ordnung anzufechten. Von klein auf hatte sie durch das Verhalten ihrer Mutter, Großmutter und Tanten gelernt, sich mit der Situation abzufinden und nichts anderes zu erwarten.
"So sind sie halt`die Kerli", war einer der Standardsätze, mit denen die Frauen die Fehler und Verfehlungen der Männer entschuldigten.
Auch Mathilde hätte nie ernsthaft in Erwägung gezogen, ihren Mann zu verlassen, weil er soff und sie verprügelte. Die Möglichkeit stellte sich nicht einmal theoretisch. Wo hätte sie hingehen sollen, wie sich und die Kinder ernähren und wie schließlich wie mit dem Status der davongelaufenen Ehefrau leben sollen? Letzeres vor allem hätte eine gesellschaftliche Ächtung nach sich gezogen, der sich keine Frau aussetzen wollte.
Was also blieb anderes übrig, als auszuhalten, sich mit der Situation abzufinden?
Mathilde konnte sich über die kleinen Dinge des Lebens freuen und die Kinder konnten das auch. Auch erfuhren sie die Liebe und Zuneigung ihrer Mutter unmittelbar und nicht wie heute so oft, versteckt in einer Flut von Geschenken, mit denen mangelnde Hingabe aus Zeitnot

zugedeckt wird. Kinder und Mutter waren eine kleine verschworene Gruppe und entwickelten füreinander das nötige Feingefühl für die Bedürfnisse des anderen.
Die Bedürfnisse waren bescheiden, man ließ sich nicht ständig durch neue Wünsche peitschen. Die großen Verführer, Werbung und Fernsehen, konnten nicht schon die Kleinsten aus der Ruhe bringen.

Als einmal an der Schule eine Vorführung stattfand, bei der exotische Schlangen zu sehen waren, bettelte auch Lene um das nötige Fünfpfennigstück für den Eintritt. Die Mutter schüttelte traurig den Kopf.
"Es geht net Lene, die Woche hat erst ang`fange`und der Säckel is` scho leer!"
Lene wollte sich nicht damit abfinden und hörte nicht auf zu bitten und zu betteln. Mathilde sagte nichts mehr, schüttelte nur noch den Kopf und wandte sich ab. Nicht mehr rechtzeitig genug, denn im Wegdrehen sah Lene, wie sie sich verstohlen eine Träne von der Wange wischte. Das genügte, um Lene bis ins Mark zu erschüttern. Die Mutter weinte! Die Mutter, die all den Bösartigkeiten des Vaters standhielt, ohne mit der Wimper zu zucken, weinte – und sie, Lene, war schuld! Sie fühlte sich schlecht und gemein, hatte sie doch nur an sich gedacht. Ein echter ‚Allmei' war sie! So schimpften sie hier einen ausgewachsenen Egoisten. Schnell drängte sie sich an die Mutter.
"Ich will ja gar nimmer, Mama! Es wär` scho` schön gewest, aber es ist net so schlimm, wenn es net geht." Als Mathilde sie mit einem traurig – dankbarem Lächeln anschaute, bekräftigte Lene nochmal, "wirklich Mama!"
Die eigene Enttäuschung über das entgangene Vergnügen verschwand hinter der Sorge, der Mutter unnötigen Kummer bereitet zu haben.

Anton war es zu verdanken, dass Lene die Reptilien doch noch zu Gesicht bekam. Anton hatte sich das nötige Geld organisiert, wie er seiner Schwester stolz mitteilte.
"Vom Wiesbauers Peter! Dafür muss ich ihm zwei Monat lang die Hausaufgabe` mache`!", triumphierend streckte er Lene das Geld hin. Ihre Traurigkeit aber dämpfte auch seine Freude. Er versuchte zu trösten.
"Ich erzähl dir hinterher alles genau! Vielleicht fällt mir ja auch noch en Trick ei`. Bleib auf jeden Fall an der Schul`, bis die Vorstellung vorbei is`!"
Anton, der dem Schlangenbeschwörer gleich durch seine klugen Fragen und Antworten aufgefallen war, durfte am Ende beim Einpacken der Reptilien mithelfen. Da tauchte dann auch zufällig seine Schwester auf und legte mit Hand an ....

Ein wichtiges Ereignis in Lenes Kindheit war die Feier der Erstkommunion. Lene musste ein Jahr länger auf ihr großes Fest warten, denn da Anton nur ein Jahr jünger war als sie, wurde beschlossen, die beiden Feste zusammen zu feiern.
Außerdem war in diesem Jahr August, der jüngste Spross der Familie Bromm auf die Welt gekommen und so war bereits eine Tauffeier auszurichten. Lene, Anton, Otto, Hedwig, Mechthild und August, sechs Kinder waren es jetzt, für die Mathilde zu sorgen hatte.
Es war Lene schwer gefallen, zuzusehen, wie ihre Mitschüler ein Jahr vorher auf das Fest vorbereitet wurden und sich darauf freuten.
Eine der Nonnen versetzte Lene mit einer unüberlegten Bemerkung in große Angst.
"Ein Jahr länger lassen dich deine Eltern auf Gottes Gnade warten? Na hoffentlich stößt dir nichts zu in diesem Jahr, damit du nicht, ohne das Brot des Lebens empfangen zu haben, vor das Angesicht des Herrn treten musst!"

Die Angst legte sich wie ein Mühlstein auf Lenes Seele. Schlimmer noch, sie konnte ihrer Mutter nichts davon erzählen, denn die hätte sich dann sicher auch Sorgen gemacht. Sie hatte doch Lene erklärt, dass sie für dieses Jahr einfach nicht das Geld zusammenbringe, für das Fest, die Kleider und was sonst noch nötig sei. Es war ein schlechtes Jahr gewesen, was Pilze und Beeren aus dem Wald betraf, es hatte keine Eicheln und Bucheckern gegeben und Mechthild, Lenes kleine Schwester war ernsthaft erkrankt, so dass sogar der Doktor kommen musste, was den Notgroschen der Familie endgültig verbraucht hatte.
Als Lenes Alpträume immer schlimmer wurden, vertraute sie sich Anton an und ihr Bruder erwies sich als besserer Kenner des Kirchenrechts als Schwester Immanuela.
"Quatsch, Lene! Lass dir net Angst mache`, von der Imm! Du bist schließlich getauft und durch die Taufe gehörst du zu Gott, egal ob mit oder ohne Kommunion."
Lene beschloss, ihrem Bruder zu glauben, es hatte keinen Wert weiter in Angst zu leben, ohne etwas daran ändern zu können.

Als das Fest dann ein Jahr später endlich auch für sie Wirklichkeit wurde, war ihre Freude groß. Mit heiligem Eifer bereitete sie sich vor und sogar Anton, der kirchlichen Dingen gegenüber eine eher kritische Distanz zeigte, ließ sich von ihrem Eifer anstecken.
Richtig aufregend wurde es, als sich die Kinder auf ihre erste Beichte vorbereiteten. Sie hatten einen Beichtzettel anzulegen, auf dem sie alle ihre Sünden notierten. Äußerst gewissenhaft begannen sie ihr bisheriges Leben nach Verfehlungen zu durchforschen, hatte man ihnen doch gesagt, dass es eine schwere Sünde sei, irgend etwas zu unterschlagen.

Der Beichtzettel von Edmund, Augustes jüngerem Bruder, fiel dessen Mutter in die Hände und als sie ihn in mütterlicher Neugier gelesen hatte, fing sie lauthals an zu lachen und konnte sich fast nicht beruhigen. Sie berichtete Mathilde und einigen anderen Freundinnen unter viel Gelächter von dem Beichtdialog zwischen ihrem Sohn und dem 'Paarre', wie man den Pfarrer hier nannte.
Edmund: "Ich habe Unkeusches gegessen!"
Der Pfarrer: "Du hast was?"
Edmund, leicht verunsichert,: "Ich habe Unkeusches gegessen."
Der Pfarrer: "Was, um alles in der Welt, hast du gegessen, Bub!"
Edmund: "Einen Entenarsch, Herr Pfarrer - an Weihnachten."
Unnötig zu erwähnen, dass der arme Edmund noch viel Spott einstecken musste, dabei hatte er sich nur bemüht, für *jedes* der zehn Gebote auch eine passende Sünde zu finden.

Das Fest jedenfalls war für Lene das Schönste, was ihr in ihrem bisherigen Leben widerfuhr. Sogar Tante Pauline aus Frankfurt konnte kommen und sorgte durch ihre bloße Anwesenheit dafür, dass der Vater nicht aus der Rolle fiel. Lene kam sich in ihrem weißen Kleid vor, wie eine Prinzessin, aber als einer der Gäste sie mit einer kleinen Braut verglich, wehrte sie sich energisch dagegen.
"Naa, e Braut will ich net sei`!"
"Warüm net? Du wirst dir später aach een Mann suche` und heirate`, wart` nur."
Lene schüttelte heftig den Kopf. Einen Mann suchen, heiraten, nein, niemals! Das wollte sie nicht! Als sie gefragt wurde, was sie denn wolle, wenn nicht heiraten, antwortete sie: "Ich will so lebe` wie Tante Pauline. Selber für mich sorche`, ohne Moo!"

Eine kurze Weile schwiegen alle verblüfft, dann polterte der Vater los: “Was sind denn des für dumme Ideen! Dir werd` ich helfe`! Solche Flausen im Kopf! Natürlich tust auch heirate`, wie jede vernünftige Fraa!”

“O, es fließt ja noch viel Wasser den Main `runter, bis Lene soweit ist”, versuchte Tante Pauline die aufkommende Spannung zu entschärfen, “bis dahin kann sie ihre Meinung noch überdenken.”

Später beim Zubettgehen nahm Tante Pauline Lene zur Seite.

“Lene, deinen Wunsch so zu leben wie ich, versteh`ich gut. Du hast Angst davor, einen als Ehemann zu kriegen, der so ist wie Konrad, richtig?”, und als Lene heftig nickte, fuhr sie fort, “aber nicht alle sind so wie er, Lene! Du musst sie dir genau anschauen und dir ganz gut überlegen, ob es einer ist, mit dem du es ein Leben lang aushalten kannst. Wenn du daran auch nur den leisesten Zweifel hast, dann lass die Finger davon! Lieber bleibst alleine, so wie ich. Das ist zwar auch nicht immer lustig, aber tausendmal besser als so bös` reinzufallen wie deine Mutter! Und noch was, Lene, sprich nicht darüber, halte an deinen Plänen fest, aber erst wenn es Zeit ist, rückst du damit heraus und ich werde dir dann helfen, einverstanden?”

Lene nickte begeistert und kam sich wie ein Verschwörer vor. Ein wunderbares Gefühl, ein Geheimniss zu haben und einen Beistand gegen den Vater.

An den Tagen nach dem Fest als Lene und Anton den neuen Kreisel geschickt über den Hof trieben, rief der Vater nach Lene.

“Lene, bring mir des Osterwasser!”

Gehorsam brachte ihm Lene das Wasser, das die Mutter in der Osternacht vors Fenster gestellt, und das dadurch besondere Heilkraft erhalten hatte.

“Sieht aus, als hättest du die Krätze”, diagnostizierte Mathilde, die in die Küche gekommen war, “wenn das Osterwasser nach ein paar Tagen nicht hilft, gehst zur Krankenschwester und holst dir e Salbe!”
“Zur Krankenschwester?”, Konrad sah seine Frau entrüstet an, “ich bin doch net krank! Des Bissche` geht wieder weg, ich bin doch kaa Waschlappe`, dass ich wegen so em Dreck gleich zur Schwester renn!”
Mathilde schmunzelte insgeheim, denn sie wusste wohl, wie sehr ein Besuch bei Arzt oder Krankenschwester Konrad schreckte. Als er einmal nach jenem bitterkaltem Winter ernsthaft an Grippe erkrankte, verbot er Mathilde energisch die Schwester zu holen. Es hätte ihn viel zu sehr beschämt, wenn ihn die Schwester so gesehen hätte: krank daniederliegend und auf ihre Hilfe angewiesen. Es fiel Mathilde nicht schwer, ihn auszutricksen und über Ferndiagnose die richtige Therapie anzuwenden. Die gute Schwester hatte Verständnis für Konrads Probleme mit der Männlichkeit!
Meist wandten sich die Leute im Dorf sowieso lieber an die Krankenschwester denn an den Arzt. Nicht nur, weil der nächste Arzt in Stadtprozelten weit weg war und weil es erschwinglicher war sich der Hilfe der Schwester zu bedienen, sondern auch weil der ‚Herr Doktor‘ von etwas rüder Natur war, an den Umgang mit Menschen ebenso gewohnt, wie an den mit Säuen oder Kühen.
“Das war bei meinem Hund genauso!”, war seine Standarddiagnose, ziemlich gleichgültig, ob es sich um Angina, Masern oder Leberzirrhose handelte.
Die Krankenschwester war in der Regel nicht nur die cleverste von allen Nonnen, sie war auch die menschlichste, mitfühlendste. Sie kam in die Familien, schaute hinter die Fassade und wusste um Not und Leid.

Sie war es auch, die Anton zuweilen mit zusätzlichem Lesestoff versorgte, denn sie hatte den Wissensdurst und die Intelligenz des Jungen schnell erkannt.

Zwei Jahre später kamen der Herr Pfarrer und der Herr Lehrer zu Lene ins Haus. Das war ein unerhörtes Ereignis, denn Lenes Familie zählte zu den sozial Schwachen und Geächteten, mit denen der Pfarrer und der Lehrer keinesfalls Umgang pflegten. Sie unterhielten sich längere Zeit mit Lenes Eltern. Anton, der wohl mehr darüber wusste als die anderen Kinder, ging mit blassem Gesicht unruhig in der Küche auf und ab. Noch einer war nach langer Zeit wieder einmal ins Haus gekommen, um an dem Gespräch teilzunehmen: ‚Anton – Doud'. Und das war gut so.
Ein, zwei Mal hörten sie, wie der Vater laut wurde, aber die feste Stimme des Pfarrers und die Autorität ‚der Herren', ließ ihn schnell klein bei geben.
Als alle aus der guten Stube kamen, nickte die Mutter Anton kurz zu, worauf dieser vor Erleichterung knallrot anlief.
"Nun Anton", sagte der Pfarrer ernst und strich Anton dabei über den Kopf, "jetzt liegt es an dir zu zeigen, was in dir steckt. Deine Eltern sind einverstanden, du darfst zum nächsten Schuljahr in die Klosterschule nach Würzburg. Denk immer daran, Anton, so eine Möglichkeit bekommt man nur einmal im Leben, also nutze sie!"
Anton nickte eifrig, mit blassem Gesicht, sprechen konnte er vor Aufregung nicht.
"Der Bub macht sei Sach`! Der Anton ist tüchtig, da is` mir net Angst d`rum!" Antons Patenonkel nickte ihm aufmunternd zu. Auch er hatte, ohne zu zögern, einen Beitrag für Antons Ausbildung geleistet.

Es war das letzte Mal, dass Lene Anton - Doud sah. Der junge Bursche kapitulierte vor der aussichtslosen Lage in der Heimat und beschloss, auszuwandern.
Mathilde und ihren Kindern fiel der Abschied schwer und als der Patenonkel um die Kurve der Dorfstraße verschwunden war, sahen die Kinder, wie sich Mathilde verstohlen eine Träne aus den Augenwinkeln wischte.

Die Nachricht von Antons Schulwechsel war eine Sensation, nicht nur für Antons Familie. ‚Priesterschüler', wurde Anton fortan gehänselt, aber zugleich waren die anderen nicht mehr so unbefangen im Umgang mit ihm. Antons schwieriger Weg zwischen den Welten hatte bereits begonnen, noch bevor er sein Dorf verlassen hatte.
Für Lene kam die Nachricht einer Katastrophe gleich. Nicht nur vom Alter her stand ihr der Lieblingsbruder am nächsten, es verband die beiden auch sonst sehr viel. Sie verstanden sich ohne viel Worte, erkannten meist schnell, wie es um den anderen bestellt war und waren nicht zuletzt durch das schlimme Erlebnis in ihrer frühen Kindheit miteinander verbunden.
“Anton, wieso willst du Pfarrer werde`?”
“Ich will doch net Pfarrer werden, Lene! Ich will auf die Schule und viel lerne`. Weil das net anners geht, gehe ich eben zu den Patres. Ich kriege ein Stipendium dort. Naja, sie zahlen für mich en Teil vom Schulgeld”, erläuterte er die stumme Frage Lenes.
“Aber Anton dann musst du zu die Stadtfräck`, die sind bestimmt net gut zu dir! Kannst du net Zimmermann werde`, oder Schreiner? Die verdiene` aach gut und du kannst hier bleibe`.”
“Als Zimmermann oder Schreiner nimmt mich vielleicht kaaner. Vergess net, dass ich e weni hink`! Außerdem will ich lerne`, ich kann gar net genug krieche` von Bücher. Freilich”, Antons Stimme wurde jetzt eine Spur leiser,

“einfach werd` ich es net habe`. Sie werde` über mich herfalle`, einfach nur weil ich bettelarm bin und vom Dorf. Damit muss ich lebe`, aber dafür werde ich irgendwann en gutte Beruf habe`, Lene und euch alle hier `raushole`!”
Antons Traum! Lene nahm ihren Bruder bei der Hand. Obgleich er ihr schrecklich fehlen würde, begriff sie, dass seine Entscheidung richtig war.
“Wenn es zu schlimm wird, Anton, dann denk einfach an mich oder an Tante Pauline oder an die Mama. Und in den Ferien kannst du ja haamkomme`, oder?”, ängstlich sah sie ihn an.
“Sicher net jedesmal, dafür wird des Geld net reiche`. Aber in de` große` Ferien und zu Weihnachten hoffentlich scho`.”
Weihnachten ohne Anton – eine schlimme Vorstellung!
“Vielleicht kann ich ja auch was dazuverdienen. Ich könnte sonntags beim Wirt helfen.”
“Nein Lene”, fuhr Anton ungewöhnlich heftig dazwischen, “versprech mer, dass du des net mäichst!” Seine Schwester sonntags zwischen all den angetrunkenen Männern – für Anton ein schlimmer Gedanke.
“Scho` gut, ich find` was anneres”, beruhigte sie ihren Bruder.

Zwölf Mark Schulgeld waren für Anton aufzubringen und Mathilde würde künftig noch viel öfter als sonst sorgenvoll die Tischschublade aufziehen und in das kleine Emailleschüsselchen sehen. Darin war die gesamte Barschaft der Familie aufbewahrt. Häufig war es leer und wenn sich etwas darin fand, dann waren es nur Pfennigsbeträge. Es waren die Einnahmen aus dem Eier- und Butterverkauf, die darin gesammelt wurden.
“Wenn nur die Buchner`sche wieder emal käm und e paar Eier kaffe tät!”, seufzte Mathilde wenn das Schüsselchen allzulang leer blieb. Die Familie selbst aß das Brot ohne

Butter, um die Butter verkaufen zu können. Die Grundnahrungsmittel erwirtschafteten sie selbst aus der Landwirtschaft und dem Wald, zum Kaufmann geschickt wurden die Kinder nur selten. Gekauft wurde Salz und Zucker, gelegentlich als besonderer Leckerbissen ein Salzhering.

"Laaf nab zur Kuhne-Marie und hol en Salzhering, aber sieh zu, dass du en ‚Röchner' bringst!", wurde Lene zum Kaufmannsladen losgeschickt. Aber nach einem Röchner, einem Fisch, der Eier trug und deshalb einen dicken Bauch hatte, suchten alle und es störte sich keiner daran, dass alle in dem offenen Heringsfass herumfischten auf der Suche nach dem dicksten Röchner. Salz desinfiziert schließlich!

Trotz aller Sparsamkeit wäre es nicht möglich gewesen, Anton ins Gymnasium zu schicken, wenn nicht Tante Pauline hilfreich eingegriffen und einen Teil von Antons Ausbildung finanziert hätte.

Der Tag des Abschieds von Anton kam schneller als Lene lieb war. Anton hatte neue Hosen und neue Schuhe bekommen und in der Schuhschachtel fanden seine wenigen Habseligkeiten Platz. Blass verabschiedete er sich von seiner Familie. Die kleineren Geschwister drückte er fest an sich, Lene reichte er die Hand und nickte ihr zu und von der Mutter ließ er sich ohne Widerstand fest an ihren großen Busen drücken.

Verlegen reicht er dem Vater die Hand.

"Bleib bloß brav und werd` mir net hochnäsig, bloß weil du jetzt zu die Studierten gehst! Wenn ich da was merk`, hau ich dir den Hochmut mit`m großen Rattel aus!"

Antons Gesicht versteinerte bei diesen Worten. Er sah den Vater kurz an, nickte mit blassem Gesicht und wandte sich schnell ab. Ein Rattel, ein großer Holzprügel, war eigentlich dazu da, die Eisenkette um eine Holzladung festzuspannen und so die Fuhr Holz auf dem Wagen zu

sichern. Mit so einem Rattel bedrohte ihn der Vater zum Abschied! Es war ja eigentlich auch nichts anderes zu erwarten von diesem Vater, aber weh tat es dennoch.
"Er maant es net so, Anton. Er ist nur so unbeholfe` jetzt und waas es net anners zu sage`", flüsterte Mathilde ihrem Sohn zu.
"Er meint es so", hielt Anton mit fester Stimme dagegen, "jedenfalls wenn er besoffen ist und das ist er ja meistens."

Lene dachte noch lange über diese Szene beim Abschied nach. Warum nahm die Mutter den Vater in Schutz? Die Wirklichkeit hatte es doch oft genug gezeigt, Anton hatte Recht! Und doch spürte Lene, dass auch die Mutter nicht Unrecht hatte. Sie konnte es nicht erklären, sie erspürte mehr, was in ihrem Vater vorging. Seine Minderwertigkeitskomplexe und sein Egoismus, die ihn gefangenhielten in einer Höhle der Einsamkeit, aus der er nur mit Hilfe des Alkoholes ausbrechen konnte, was wiederum das eigene Versagen deutlich machte. Die Enttäuschung und die Wut darüber konnte er dann nur über die Gewalt an anderen loswerden.

Als Anton zum ersten Weihnachtsfest nach Hause kam, war er nicht nur ein großes Stück gewachsen, sondern war ihnen zunächst auch seltsam fremd. Der Vater bemühte sich, Anton mit Arbeit einzudecken, besonders mit schwerer körperlicher Arbeit. Beim Brennholzmachen im Wald ließ er ihn schuften, bis die Nachbarn protestierten und von Konrad verlangten, die Schinderei an dem Buben einzustellen. Anton biss die Zähne zusammen und verkniff sich Tränen und Jammern. Die Verachtung für seinen Vater stand ihm aber deutlich im Gesicht.
So kam es, dass Lene und Anton kaum Zeit für einander hatten.

Nur einmal bei der Stallarbeit konnten sie sich ungestört unterhalten.
“Wie ist es dort bei den Klosterbrüdern, Anton?”
Anton verzog das Gesicht und starrte nachdenklich auf die Heugabel in seiner Hand. Was sollte er seiner Schwester erzählen? Von den Besuchssonntagen, die von den meisten seiner Mitschüler heftig herbeigesehnt wurden, die ihm, Anton, aber immer nur Kummer verursachten? Seine Mitschüler genossen den Tag mit ihren Angehörigen, grapschten gierig nach dem Paket mit Leckereien und setzten am Abend die, von der Mutter sorgsam gestärkten frischen Hemden und Hosen in den Schrank. Niemand kam, um nach Anton zu sehen, keiner, der ihm Plätzchen oder Kuchen brachte und seine Hose musste durchhalten, bis er wieder nach Hause kam, erst dann wurde auch ihr der Luxus einer Reinigung zu teil. Davon wollte er Lene lieber nicht erzählen, das würde ihr nur das Herz schwer machen. Mit einem tiefen Seufzer wandte er sich ihr zu.
“Die Schule ist gut, nicht so langweilig wie hier. Die Patres... sie sind streng und einige sind dabei, die sind beinah so schlimm wie der Vater. Die älteren Schüler ärgern uns auch nur zu gern, aber es gibt einige Patres, die sind wirklich großartig!”
“Großartig?”, wiederholte Lene und wunderte sich insgeheim über den erlesenen Wortschatz ihres Bruders. Der nickte eifrig.
“Pater Ignatius, zum Beispiel. Der gibt uns Mathematik- und Lateinunterricht. Er macht das ganz gut und er ist fast wie ein Freund für mich. Du kannst zu ihm kommen, wenn du Sorgen hast.”
“Und einen Freund, ich meine einen Mitschüler als Freund, hast du den schon gefunden?”
Anton schüttelte traurig den Kopf.

“Wie denn, Lene? Mich nennen sie ‚Armenhäusler‘ oder ‚Hinkefuß‘ und mit dem will keiner was zu tun haben.” Lene drückte ihm mitfühlend den Arm.
“Das wird schon noch, Anton. Die werde` scho noch merke`, was du für en feiner Kerl bist und dann isses ihne grad e worscht, ob du Geld hast oder net.” Lene sollte Recht behalten, aber es sollte noch einige Zeit vergehen bis dahin.
“Auf jeden Fall bin ich tausendmal lieber im Internat, als hier beim Vater, dem Leutschinder!”, Anton ballte unwillkürlich die Faust bei seinen letzten Worten.

Die Jahre vergingen ohne besonderes Ereignis und schneller als Lene gedacht, war das Ende ihrer Schulzeit gekommen. Von Tante Pauline aus Frankfurt kam das Angebot, Lene eine Stelle im Haushalt zu vermitteln. Aber die Frauen hatten die Rechnung ohne den Vater gemacht. Sein Groll auf Lene war nach wie vor ungebrochen, er gönnte seiner Ältesten diese Chance nicht.
“Nach Neuebuch geht se, zum Simonsbauern. Da kann ich mir am End` vom Jahr den Lohn abhole und waß, was se treibt. Mer brauche des Geld für die Steuer un in Frankfort haut ses vielleicht uf de Kopp!”
Eine völlig unberechtigte Befürchtung, wie jeder wusste, denn Lene war sich natürlich der Verantwortung für die Familie bewusst und wäre nie auf den Gedanken gekommen, ihren Verdienst ausschließlich für sich selbst zu verbrauchen. Mathildes Kampf gegen diese Entscheidung ging verloren und Lene musste gehen.
Zuvor kaufte ihre Mutter noch neuen Stoff beim ‚Leiser‘, einem Juden aus Fechenbach, der eigentlich Lesar hieß und mit Vieh, Stoffen, Kurzwaren und mancherlei mehr handelte. Er war, gewissermaßen, ein früher Vorläufer der

großen Einkaufsmärkte und was er nicht vorrätig hatte, konnte er doch irgendwie besorgen. Lesar hatte ein Herz für die Armen und immer einen besonderes Angebot für die Bedürftigen.

Auch Lenes Habseligkeiten fanden in einem Schuhkarton Platz und nach Ostern des Jahres 1930 trat Lene ihre neue Arbeitsstelle an.

An harte Arbeit war sie von zu Hause gewohnt, aber was sie in Neuenbuch auf dem Simonshof erwartete, überstieg ihre schlimsten Vorstellungen. Der Arbeitstag begann morgens beim ersten Tageslicht und endete, zumindest an den langen Sommertagen, nicht vor halb elf nachts. Manchmal blieb ihr kaum Zeit, ihr Essen hinunterzuwürgen. Hinunterzuwürgen deshalb, weil die Bäuerin vom Simonshof eine schlechte Köchin und das Essen für die Knechte und Mägde stets `zweite Wahl`war.

Ein Sonntag im Monat war frei und dann lief Lene über den Hohen Berg nach Hause. Nie hatte sie geglaubt, sich so nach zu Hause sehnen zu können, aber verglichen mit dem Leben auf dem Simonshof, schien es ihr zu Hause fast paradiesisch. Die Mutter beobachtete ihre Tochter besorgt und fragte oft, ob sie denn schlecht behandelt werde, aber Lene sprach nicht über die harte Arbeit und die Boshaftigkeit der Simonsbäuerin, der sie ausgesetzt war. Sie wurde zusehends magerer und immer öfter plagte sie ein bellender Husten.

Im Herbst kam die Kartoffelernte und Lene war mutterseelenallein auf einem großen Acker, um die Kartoffeln zu ernten, sie in Säcke zu füllen und die schweren Säcke auf den Wagen zu laden. Sie hatte bereits aufgehört zu zählen, wieviele Säcke sie auf den Wagen gewuchtet hatte, als ein Mann aus dem Dorf vorbeikam.

"Mädle, Mädle!", rief er erschüttert aus und packte mit an, "lasse` se dich die schwere Arbeit ganz allaa schaffe`!

E Schand` is des! Der Simonsbauer is` en echter Leutschinder. Zu dem tät` ich mei` Kind nie schicke`. Habe` deine Eltern des net g`wusst?" Lene schüttelte schwach mit dem Kopf, dachte aber ‚wohl hat er das gewusst der Vater! Deshalb hat er mich ja daher geschickt'.
Zwei Tage später war Lenes freier Sonntag und sie schleppte sich mit letzter Kraft nach Hause. Sie war krank. Die viel zu schwere Arbeit, das schlechte Essen und das feuchte kalte Wetter forderten ihren Preis. Hohes Fieber und der Husten setzten ihrem ausgemergelten Körper zu und die Mutter schickte sogar nach dem Doktor. Der wurde sehr zornig als er Lenes Zustand sah und verbot den Eltern energisch, Lene nochmals auf den Hof zurückzuschicken. Endlich war der Vater besiegt!
Mathilde pflegte ihre Tochter aufopferungsvoll und auch die Nachbarn nahmen lebhaft Anteil an Lenes zögerlicher Genesung. Zu Allerheiligen kam Auguste zu Besuch, die das Glück hatte, in Würzburg bei der Familie eines Rechtsanwaltes ‚in Stellung zu sein.'
Begeistert erzählte sie Lene vom Leben in der Stadt, aber Lene schien nicht mehr die Kraft zu haben, sich über irgend etwas zu freuen oder sich für irgend etwas zu interessieren. Eine seltsame Apathie hatte sie befallen. Es schien ihr zu mühsam, dieses Leben fortzuführen.

Während das Fieber sie gepackt hatte, hatte sie immer wieder den gleichen Traum: Eine wunderschöne Frau in einem langen weißen Kleid erschien ihr und winkte ihr, ihr zu folgen. Um sie herum war alles in ein helles, warmes Licht gehüllt und Lene meinte auch, eine leise Musik zu hören. Dann empfand sie ein wunderbares Glücksgefühl, ähnlich wie vor langer Zeit, als sie, nach den brutalen Schlägen des Vaters, in dem roten See gebadet hatte. Sie wollte der weißen Frau so gerne folgen, aber irgend etwas

hielt sie zurück. Dass es die Stimme und die Hände ihrer Mutter waren, wurde ihr erst viel später bewusst.
Der Arzt bestand darauf, Lene in ein Lungensanatorium zu schicken und so kam es, dass Lene in die Rhön reisen durfte. Es schien ihr wie ein unwirklicher Traum, zu schön, um wahr zu sein.
Als sie, kurz vor Weihnachten, nach Hause zurückkehrte, überschüttete sie der Vater mit Verachtung und Spott.
"Ah, die feine Dame ist zurück aus den Ferien. Genug krank gefeiert! Jetzt wird wieder gearbeitet! Wer Brot essen will, muss auch schaffe`".
"Das sagst ausgerechnet du, Konrad? Du, der du noch nie freiwillig ‚hier' geschrieen hast, wenn die Arbeit verteilt wurde!", die energische Stimme im dunklen Hausflur machte Lene ungeheuer froh. Sie gehörte Tante Pauline! Sie fiel der Tante um den Hals und diese flüsterte ihr ins Ohr: "Keine Angst, du gehst auf keinen Fall zurück nach Neuenbuch."

Sie feierten ein wunderschönes Weihnachtsfest zusammen mit Tante Pauline und Anton. Anton und der Vater hatten eine heftige Auseinandersetzung wegen der jüngsten politischen Ereignisse im Land. Der Vater begeisterte sich zusehends für Adolf Hitler und als Anton Kritik am Führer zu üben begann, spitzte sich die Situation so zu, dass der Vater Anton als Volksverräter beschimpfte. Prügel wagte er seinem ältesten Sohn, der ihn um mehr als einen Kopf überragte, wohl nicht mehr anzudrohen.
Tante Pauline nahm Lene kurzerhand mit nach Frankfurt, mit der Versicherung, für sie zu sorgen und eine passende Stelle für sie zu finden. Damit begann für Lene ein neuer Lebensabschnitt. Es sollte der glücklichste in ihrem Leben werden.

Pauline hatte bereits eine Stelle für Lene gefunden, es aber wohlweislich dem Vater verschwiegen. Denn die Familie des Bankiers, bei denen Lene als Küchenmädchen Arbeit fand, war jüdisch. Niemals hätte Konrad seiner Tochter erlaubt zu einem ‚Jüd' zu gehen, viel zu sehr stand er schon unter dem Einfluss Hitlers Ideologie.
Die ersten Tage verbrachte Lene nur mit Staunen und Wundern. Tante Pauline führte sie in die Stadt, kleidete sie neu ein und brachte ihr das Wichtigste bei, damit sie sich zurechtfinden konnte. Lene konnte sich nicht sattsehen, an den vielen wunderschönen Dingen, die in den unzählig vielen Geschäften angeboten wurden.
"Wer kauft das alles? Wo haben die Leute nur das viele Geld her?", erkundigte sie sich fassungslos und gleich darauf: "Tante Pauline, was ist ein Re-stau-rant?" Sie buchstabierte das fremde Wort vor sich hin.
"Eine Wirtschaft, mein Kind, wo du essen gehen kannst", antwortete die Tante amüsiert. Lene war überzeugt, sich in einem wunderschönen Traum zu befinden, aus dem sie sicher bald wieder erwachen würde.
Dann überraschte sie Tante Pauline noch mit einem kleinen Geschenk. Während Lene aufgeregt das Päckchen auspackte, erklärte die Tante: "Das ist ein Tagebuch. Da kannst du alles hineinschreiben, was dich bewegt. Man hat nicht immer einen Zuhörer, dem man seine Freude oder seinen Kummer mitteilen kann. So ein Tagebuch ersetzt ein wenig einen Freund."
Sie war eine kluge Frau, Lenes Tante Pauline.

Schließlich kam sie zu Familie Wolkenstein, ihrem neuen Arbeitgeber. Lene war bang ums Herz und die Anstrengung, nichts falsch zu machen, sich korrekt zu benehmen und 'ordentlich', also nicht im Dorfdialekt, zu sprechen, überforderte sie beinahe.

Albert Wolkenstein und seine Frau Esther waren glücklicherweise das genaue Gegenteil vom Simonsbauern und seiner Frau. Sie empfingen das junge Mädchen mit der herzlich nonchalanten Art der Leute, denen Wohlstand und Bildung so selbstverständlich waren, wie anderen die nicht enden wollenden Sorgen um die eigene Existenz.
Als Lene das erste Mal das Ankleidezimmer der gnädigen Frau in Ordnung zu bringen hatte, war sie wie vom Donner gerührt, ob der Menge an Kleidern, seidener Unterwäsche, Pelzen und Hüten.

Drei Töchter hatte das Paar, von denen Hannah, die älteste in Lenes Alter war. Ihre zwei Jahre jüngere Schwester Ruth, war die lebhafteste und die sechsjährige Lea genoss ihre Rolle als Nesthäkchen. Zu ihr fand Lene am schnellsten Kontakt, nicht nur weil sie oft in der Küche war und sich von der Köchin mit Leckerbissen verwöhnen ließ, sondern auch, weil Lene das Bemuttern jüngerer Kinder von zu Hause her längst in Fleisch und Blut übergegangen war.

Anna, die Köchin, war eine Freundin von Tante Pauline und Lenes Chefin. Mit ihrer mütterlichen Art gewann sie schnell Lenes Vertrauen und nahm dem Dorfkind die Angst vor ihrer neuen Aufgabe. Sie erkannte, dass Lene gewohnt war hart zu arbeiten und zupackte, wo es nötig war. Gleichwohl konnte Anna auch streng sein, wenn die Regeln der Hygiene oder ähnliches nicht eingehalten wurden. Als Lene nach dem Ausfegen der Küche das Gemüse putzen wollte, schaltete sich Anna energisch ein.
"Wirst du dir wohl erst die Hände waschen, bevor du nach dem Ausfegen Lebensmittel anfasst!"
An Lenes erstauntem Gesicht bemerkte sie, dass hier noch Schulung nötig war und hielt Lene lange Vorträge über Sauberkeit, Hygiene und Krankheitserreger.

“Wenn das stimmt, müssten wir zu Hause ständig alle krank sein”, dachte Lene bei sich, nahm aber willig den Unterricht an. Überhaupt lernte sie schnell, fügte sich immer besser ein in den Wolkensteinschen Haushalt und durfte bald schon auch andere Aufgaben erledigen, als nur den Küchendienst. Wenn das Hausmädchen nicht da war oder wenn viele Gäste geladen waren, durfte Lene beim Bedienen der Gäste helfen. Eine Aufgabe, die ihr besonders gefiel, denn Wolkensteins hatten sehr interessante Gäste.

Die Arbeit empfand sie als angenehm und leicht. Jeden Morgen wenn sie in ihrer kleinen Dachkammer erwachte, durchströmte sie ein ungeheueres Glücksgefühl. Sie hatte jetzt sogar ein eigenes Zimmer und ein Bett mit Matratze, wie es zu Hause im Dorf nur die Wohlhabenden besaßen.Wenn sie sich jetzt müde ins Bett legte, stachen keine harten Halme mehr durchs Leinen. Zu Hause hatte sie Zimmer und Bett mit ihren zwei jüngeren Schwestern teilen müssen. Jetzt hatte sie ein Zimmer ganz für sich alleine! Es war zwar winzig, das Bett kauerte sich unter die Dachschräge, ein schmaler Kleiderschrank gleich neben der Tür und eine Kommode mit dem Waschgeschirr darauf, aber es war ihr ganz persönliches Reich. An dem kleinen Tisch führte sie Tagebuch, schrieb ihre Briefe an Anton, die Mutter und Auguste, oder sie las ein Buch.

Ehrfurchtsvoll hatte sie nach etwa einer Woche das neue Tagebuch von Tante Pauline aufgeschlagen. Ein rot glänzender Lackeinband, dessen rechte untere Ecke schwarz abgesetzt war und dessen Blätter im Goldschnitt gebunden waren. Sie wollte die vielen neuen Eindrücke festhalten, die in den letzten Tagen auf sie eingestürmt waren. Doch dann zögerte sie.

“Wenn das Tagebuch tatsächlich so etwas wie ein verschwiegener Freund werden sollte, dann muss es mich zuerst kennenlernen”, befand sie und begann das Wichtigste aus ihrem bisherigen Leben aufzuschreiben. Jeden Tag ein Stückchen und nach etwa einer Woche war sie soweit, mit dem Tagesgeschehen fortzufahren.
“Sie haben hier von allem sehr viel! Sehr viel zu essen, viele Kleider, viele Schuhe und viele Zimmer in einem riesigen Haus. Ich hätte nie geglaubt, dass ein einziger Mensch soviele Bücher besitzen kann!”, schrieb sie in ihr Tagebuch nachdem sie das erstemal die Wolkensteinsche Bibliothek abgestaubt hatte.

Lene hatte neue Freunde gefunden: Bücher. Eines Tages hatte Wolkenstein sie dabei überrascht, wie sie beim Abstauben in einem der Bücher geblättert hatte. Erschrocken hatte sie das Buch zurückgestellt und sich entschuldigt. Hatte ihr doch Tante Pauline fest eingeschärft, ihre Nase aus den Privatsachen ‚der Herschaften‘ herauszuhalten. Zu ihrer Überraschung war Herr Wolkenstein aber kein bisschen böse.
“Es freut mich, dass du Gefallen an Büchern findest, Lene. Bücher sind Freunde fürs Leben. Du kannst dich jederzeit hier in der Bibliothek bedienen, nur solltest du das Lesen besser in deine Freizeit verlegen”, meinte er lächelnd und reichte ihr ein Buch, “ich denke du kommst jetzt in das Alter, wo du dich für derartige Geschichten begeisterst, viel Vergnügen also damit.”
“Vielen Dank Herr Wolkenstein – und es wird ganz sicher nicht wieder vorkommen, dass ich während meiner Arbeitszeit lese”, beeilte sich Lene zu versichern. ‚Romeo und Julia‘, las sie auf dem Bücherrücken, geschrieben von einem Herrn mit dem unaussprechlichen Namen ‚Shakespeare‘. Lene ließ sich vom ersten Liebesroman fesseln. Sie litt mit Julia unter der Unvernunft ihrer Eltern

und fand die Lösung des vorgetäuschten Freitodes genial. Sie haderte mit dem Schicksal, das die beiden Liebenden so grausam täuschte und sie erst im Tod vereinte.

Wie gut konnte sie jetzt Anton verstehen und seine Liebe zu Büchern. Die Bücher waren es, die in Lene den Wunsch weckten nach einem glücklichen Leben, die sie gewisse Ansprüche stellen und Hoffnungen keimen ließen. Damit begann Lene, wenn auch zögernd, eine andere Einstellung zum Leben zu finden als noch ihre Mutter und Großmütter, die sich auf ein geduldiges Hinnehmen des Schicksals beschränkt hatten. Sie begann, wenn auch zaghaft, Träume zu spinnen.

Die Wolkensteins führten ein offenes Haus. Dank ihres Wohlstandes waren sie in der Lage, Künstler zu unterstützen und zu fördern. Esther Wolkenstein war eine ungewöhnliche Frau. Klugheit gepaart mit Schönheit und reichlich temperamentvoller Herzlichkeit machten sie zum Mittelpunkt eines exclusiven Kreises aus Künstlern und Literaten, kurz aus ungewöhnlichen Menschen, die unbürgerlich, unterhaltsam oder auf erfreuliche Art außergewöhnlich zu sein hatten, um dazu zugehören. Als Lene das erste Mal einen musikalischen Abend erlebte, den Esther Wolkenstein regelmäßig veranstaltete, kamen ihr die Tränen, so schön fand sie die Musik. Albert Wolkenstein lud öfter zu einer Art philosophisch-literarischem Zirkel ein, die ‚durchgeistigten Kamingespräche', wie er sie zu nennen pflegte. Durchgeistigt auch deshalb, weil er immer auch einen guten Tropfen kredenzte. Oft ging es dabei um aktuelle politische Ereignisse und Lene fing so manche Idee und so manchen Gedanken auf, der auch sie beschäftigte und von dem sie dann in den Briefen an Anton berichtete.

Als Lene das erste Mal eine der Künstlerinnen einen Zigarillo rauchen sah, fiel ihr vor Schreck fast das Tablett aus der Hand und nur mit Mühe konnte sie ihrer Pflicht, die Gäste zu bedienen, nachkommen. Die alten Beschwörungsformeln gegen Hexen fielen ihr wieder ein und sobald sie das Zimmer verlassen hatte, spuckte sie imaginär dreimal auf den Boden. Man konnte nie wissen!

Lene war schon im zweiten Jahr bei Familie Wolkenstein, als sie das erste Mal nach Hause zu Besuch kam. Es war ein zwiespältiges Erlebnis. Einerseits die Freude, die Mutter und die jüngeren Geschwister wiederzusehen, andererseits die Beklemmung angesichts der Armut und der Angst vor dem Vater.
Die jüngeren Geschwister beäugten Lene mit mundoffenem Staunen und bejubelten die Geschenke. Für ihre Mutter hatte Lene einen warmen Wollschal mitgebracht und Mathilde war so gerührt über das kostbare Geschenk, dass sie mit den Tränen zu kämpfen hatte.
“Die Äpfel schmecke net gut”, der kleine August, der jüngste der Familie Bromm reichte Lene enttäuscht die mitgebrachte Orange zurück.
“Ja hast du da einfach `reingebissen?”, Lene musste lachen, “dummer Bub, die muss man doch erst schälen!” Sie bereitete den Geschwistern die unbekannte Frucht zu und jetzt genossen alle die neue Köstlichkeit.
Dem Vater brachte sie eine Schachtel Zigarren, die er mit gnädigem Kopfnicken entgegennahm. Er hatte jetzt wieder Arbeit und wurde nicht müde, Adolf Hitler als den großen Wohltäter der Deutschen, wenn nicht der Menschheit schlechthin, zu preisen.
“Ich denke, wenn einer immer so schreit wie der, dann steckt nicht viel dahinter. Dann will er von irgendwas ablenken oder hat nicht viel zu sagen”, antwortete Lene offen, als sie von ihrem Vater nach ihrer Meinung über den Führer gefragt wurde.

Konrads Gesicht lief knallrot an, er ballte die Faust und Lene war schon auf Schläge gefasst, als sie sich ihm zuwandte und ihm direkt in die Augen sah. Mit einem Mal fühlte sie eine starke Kraft in sich, ein Gefühl, das sie noch nie verspürt hatte, schon gar nicht gegenüber dem Vater. Konrad schien die Veränderung ebenfalls zu spüren. Ziemlich unsicher polterte er los.

“So also dankt die deutsche Jugend unserem Führer seinen Einsatz!”

“Ich glaube, die deutsche Jugend kommt ohne seinen Einsatz besser aus, ich jedenfalls habe nie darum gebeten.”

“Bravo, gut gesprochen! Ich kenne ja meine große Schwester gar nicht mehr wieder!”, polternd ließ Anton seine Tasche fallen und Lene fiel ihm in die Arme.

“Bangert, elende! Was hab` ich da nur großgezogen! Erschlache hätt` ich euch solle, ihr habt als Bettseicher scho` die Weisheit mit dem Löffel g`fresse. Aber das merkt ihr euch, unter meinem Dach wird der Führer net länger beschimpft, ihr Volksverhetzer!”

Anton hatte schon zu einer Erwiderung angesetzt, als er das schreckensbleiche Gesicht und die angstvollen Augen seiner Mutter sah. So drehte er sich wortlos um und ging.

Zwei Tage vor Weihnachten musste Lene wieder zurück nach Frankfurt. Die Familie Wolkenstein hatte an den Festtagen viele Gäste und bedurfte ihrer Hilfe. Lene war erleichtert, dem Dorf den Rücken kehren zu können und Armut, Engstirnigkeit und Gewalt zu entfliehen.

Die Zeichen der Zeit standen auf Sturm und es sollte für lange Zeit das letzte Weihnachtsfest gewesen sein, das Lene unbeschwert feiern konnte. Hitler war an der Macht und begann diese unverzüglich zu nutzen. Auch die Familie Wolkenstein bekam immer stärker zu spüren, was

es bedeutete, als Juden unter Adolf Hitler in Deutschland zu leben.
Eines Tages kam die vierzehnjährige Ruth schluchzend aus der Schule nach Hause gelaufen, stürmte in ihr Zimmer und schloss sich dort ein. Wütendes, aber auch verzweifeltes Weinen drang durch die geschlossene Tür und sie weigerte sich irgend jemand einzulassen. Erst als ihr Vater gebot aufzuschließen, öffnete sie die Tür.
Sie war in der Schule gehänselt worden, weil sie Jüdin war und Irmtraud, ihre Schulkameradin ging sogar soweit, zu fordern, dass sie von der Schule zu verweisen sei, da die Juden an allem Schlimmen schuld seien. Die stolze Ruth hatte sich verzweifelt gewehrt, aber zu ihrem Entsetzen festgestellt, dass sie ganz alleine gegen alle stand. Ihre Freundinnen wagten nicht, ihr beizustehen, denn Irmtrauds Vater war ein einflussreicher Parteibonze. Auch ihre Lehrerin stand offensichtlich auf Seiten der anderen, denn sie unternahm nichts, um Ruth von dem schlimmen Vorwurf zu entlasten.
"Mes enfants, taissez- vous! Wir haben jetzt Französisch und darauf wollen wir uns konzentrieren und nicht auf die große Politik!", war alles, was sie dazu zu sagen hatte. Für Ruth stürzte ihr ganzes bisheriges Weltbild ein, sie verstand nicht, warum gerade sie plötzlich zur Außenseiterin wurde, die man gefahrlos quälen konnte, weil sie keinerlei Schutz und Unterstützung mehr genoss.
"Ich werde es ihr zeigen, dieser Irmtraud! Bisher hat die doch kaum einer gemocht und jetzt kuschen alle vor ihr! Ich verstehe das nicht Papi! Sind wir wirklich Juden und sind wir wirklich an allem schuld?"
"Du wirst es ihr nicht zeigen, mein Kind! Das wäre nicht nur unklug, das wäre ausgesprochen dumm", Albert Wolkenstein stand der Kummer im Gesicht als er seine Tochter zu sich auf den Schoß zog und sie beruhigend streichelte. "Die anderen sind an der Macht und

missbrauchen sie, und zur Zeit können wir nichts dagegen tun. Jede, aber auch wirklich jede offene Auflehnung oder Gegenwehr bringt dich in höchste Gefahr, mein Kind. Und nicht nur dich, sondern uns alle.” Die Eindringlichkeit mit der er Ruth zum Stillhalten beschwor und der ernste Blick ließen das Mädchen seinen Zorn vergessen. Erschrocken schaute sie ihren Vater an. Statt der erhofften Unterstützung, also auch Rückzug von ihm!

“Wenn das so ist, dann will ich nicht jüdisch sein! Was ist das überhaupt? Ich habe noch gar nichts davon bemerkt!”

Die Frage Ruths war berechtigt, denn die Kinder waren tatsächlich mit der Religion und der jüdischen Kultur noch kaum in Berührung gekommen. Wolkensteins waren nicht religiös und so hatten sie auch keinen Wert auf eine religiöse Erziehung ihrer Töchter gelegt. Sie hatten sie zu weltoffenen, gebildeten Menschen zu erziehen versucht, ohne das Korsett einer religiösen Verpflichtung.

Jetzt musste Albert Wolkenstein seinen Töchtern beibringen, dass all die Ideale und Grundsätze, nach denen sie sich zu leben bemühten offensichtlich nicht für alle Menschen galten. Ja, dass es darüber hinaus sogar unterschiedliche Wertigkeitsklassen für Menschen gab. Und ihre Familie gehörte furchtbarerweise jetzt zu denen, die man gefahrlos ächten und quälen konnte, ohne schlimme Folgen befürchten zu müssen.

Lene, die damit beschäftigt war, Kakao und Gebäck zu reichen, konnte einen Teil des Gespräches mitverfolgen und die Angst griff seit langer Zeit wieder nach ihrer Seele. Am Abend im Bett konnte sie lange nicht einschlafen, zuviele Gedanken gingen ihr durch den Kopf. Voller Mitgefühl dachte sie an die arme Ruth, deren Stolz so verletzt wurde und die doch an so eine Behandlung überhaupt nicht gewohnt war. Sie, Lene, hatte mit Gewalt und Demütigung von klein auf leben und sich damit abfinden müssen, aber ein Mädchen wie Ruth! Schön, stolz, lebhaft und vom Leben immer nur verwöhnt, wie sollte sie damit zurecht kommen? Und was würde noch alles kommen? Herr Wolkenstein hatte angedeutet, dass es die Familie noch viel schlimmer treffen könnte. Wie ein Mühlstein legte sich die Sorge um die geliebte Familie auf Lenes Seele, auch ihr Schicksal war mit dieser verknüpft.

Ein Jahr später wechselten Hannah, Ruth und Lea in ein Internat in die Schweiz. Es war ein harter Abschied von der Geborgenheit des Elternhauses, besonders für Lea, die Jüngste. Lene versuchte zu trösten.
"In der Schweiz sind ganz hohe Berge, Lea. Das ist wunderschön."
"Ich weiß, ich war auch schon am Genfer See zur Sommerfrische mit Mama und Papa, aber jetzt muss ich alleine!", verzagt sah sie Lene an.
"Du bist doch nicht alleine! Hannah und Ruth sind doch bei dir und ganz sicher wirst du auch Freundinnen finden. In der Schweiz gibt es keinen solchen Hass auf die Juden wie hier."
"Hannah und Ruth sind im Schlafsaal für die älteren Mädchen, ich bin ganz alleine bei den jüngeren und wenn ich Angst bekomme..."

Angst bekamen viele in dieser Zeit, nicht nur die, die Juden waren, auch die, die anderer Meinung waren als die Nationalsozialisten oder die aus anderen Gründen auf deren schwarzer Liste standen. Angst bekamen auch die Menschen mit Weitsicht. Angst vor einem neuen Krieg. Auch Anna hielt mit ihrer Abneigung gegen Hitler nicht hinter dem Berg.
"Ich habe Angst, dass uns der Verrückte in einen neuen Krieg führt. Ihr werdet schon sehen, dieser Größenwahn, das geht nicht gut aus!", prophezeite sie. Als sie dann aber Lenes angstvolle Augen sah, schwenkte sie um.

“Nun lass mal Kindchen, ich bin eine alte Frau und alte Leute unken immer! Mach dir nicht so viele Sorgen! Du bist doch jung und hübsch, du solltest dich etwas mehr amüsieren und nicht immer nur mit Büchern in deiner Kammer sitzen!”
Lene wurde flammend rot. Dass sie hübsch sei, hatte ihr noch nie jemand gesagt und sie selbst hatte noch kaum einen Gedanken an ihr Äußeres verschwendet. Anna beobachtete sie belustigt und beschloss, auf diesem Gebiet etwas Entwicklungshilfe zu leisten. So kam es, dass bald schon Annas Neffe in der Wolkensteinschen Küche auftauchte, um seine Tante zu besuchen. Ein hübscher junger Mann, groß und schlank, der dem nationalsozialistischem Schönheitsideal leider nicht völlig entsprach, weil er zwar blond, aber braunäugig war.
Lenes Schönheitsideal entsprach er durchaus. Sie war sehr beeindruckt von Peter, aber gleichzeitig bemüht, Gleichgültigkeit vorzutäuschen. Peter hatte Humor. Er flachste mit seiner Tante, klaute die frischen Törtchen vom Blech und war so unbeschwert heiter, dass er alle anderen damit ansteckte.
“Wie gefällt Ihnen eigentlich Frankfurt, Fräulein Lene”, versuchte er schließlich mit Lene direkt ins Gespräch zu kommen.
“Was soll sie darauf schon antworten, sie kennt die Stadt ja noch kaum. Immer sitzt sie hinter ihren Büchern, statt auszugehen und sich zu amüsieren!”, schaltete sich Anna ein.
“Na das lässt sich doch ändern!”, Peter rieb sich unternehmungslustig die Hände, “wann ist Ihr nächster freier Nachmittag?”
So kam Lene zu ihrer ersten Verabredung. Am Abend in ihrer Kammer grübelte sie darüber nach, ob es richtig war, die Einladung anzunehmen. Sie erinnerte sich an ein Gespräch mit Tante Pauline vor knapp zwei Jahren. Lene

hatte zum erstenmal ihre Menstruation bekommen und sich voll Entsetzen an Tante Pauline gewandt, in der Meinung krank zu sein. Tante Pauline hatte ihr ein Päckchen mit Binden in die Hände gedrückt und ihr, einigermaßen verlegen, den Gebrauch erklärt.
"Du meinst das kommt wieder?", hatte sich die ahnungslose Lene erkundigt und sich gewundert, dass Tante Pauline so verlegen war.
"Alle vier Wochen", hatte die knapp geantwortet, "und wenn es nicht kommt, dann ..., na dann ist Feuer unter`m Dach!"
Lene konnte mit dieser Antwort wenig anfangen, da sie spürte wie unangenehm das Gespräch ihrer Tante war, verzichtete sie auf weitere Fragen.
"Noch was, Lene, halte dir die Männer vom Leib! Das kann jetzt gefährlich werden."
Lene nickte gehorsam und war noch mehr verwundert. Sie hatte zu keiner Zeit vor, Männer an sich heranzulassen.Und wieso sollte das gefährlich werden? Erst durch die Benutzung der Wolkenstein`schen Bibliothek begann Lene zu ahnen, wovor ihre Tante sie hatte warnen wollen. Genaues Wissen fehlte ihr aber noch immer.

So war sie reichlich nervös und unsicher als sie mit Peter loszog. Aber Peters heitere und unbeschwerte Art nahm ihr ziemlich schnell Angst und Befangenheit. Es gelang ihm vorzüglich, Lene aus ihrem Schneckenhaus zu locken und sie begann zu erzählen: Vom Dorf, von ihrer Mutter, den jüngeren Geschwistern und vor allem von Anton. Als Peter nach ihrem Vater fragte, gab sie nur oberflächlich Auskunft und war bemüht, schnell das Thema zu wechseln.

Auf dem Rückweg zur Wolkensteinschen Villa kam es Lene so vor, als hätte sie noch nie einen kurzweiligeren Nachmittag verbracht.
“Also kleine Lene, jetzt hast du lange genug den Bücherwurm gespielt! Dein nächster freier Tag gehört wieder mir, einverstanden?”, Peter nahm ihr Kinn in die Hände und drehte ihren Kopf so, dass sie ihm direkt in die Augen schauen musste. Lene wurde heiß und kalt dabei. Sie nickte überrascht und hatte mit einem Mal das Gefühl, schwerelos zu sein. Später in ihrer Kammer versuchte sie, dem Durcheinander an Gefühlen Herr zu werden. Wie kam es, dass dieser gutaussehende junge Mann ausgerechnet mit ihr, der Lene aus Altenbuch ausgehen wollte? Sie, die viel weniger hübsch war, als die Mädchen aus der Stadt, viel weniger modisch gekleidet war und sehr viel unbeholfener im Umgang mit Fremden.

Beim nächsten Zusammentreffen war Peter an der Reihe zu erzählen. Er lebte bei seiner Mutter, sein Vater war im ersten Weltkrieg gefallen, als Peter zwei Jahre alt war. Seine Lehre als Kraftfahrzeugschlosser hatte er schon beendet und sein Beruf begeisterte ihn sehr.
“Bald habe ich das Geld beisammen und dann, wird der Führerschein gemacht”, spann er seine Pläne für die Zukunft, “mein Meister hat mich übernommen und ich spare hart, damit ich auch die Meisterprüfung machen und selbstständig werden kann.” Lene war beeindruckt von seinen genauen Zukunftsvorstellungen. Für sich selbst hatte sie noch nie gewagt, solche konkreten Vorstellungen zu hegen. Allenfalls hatte sie leise Hoffnungen genährt, die sich aber immer nur auf die unmittelbare Zukunft bezogen. Das wurde ihr bewusst als er sie nach ihren Plänen fragte.
“Und du Lene, was hast du vor?”

Lene wurde rot vor Verlegenheit. Was sollte sie antworten? Sie überlegte einen Moment und antwortete dann ehrlich: “Eigentlich habe ich mir darüber noch nicht soviele Gedanken gemacht. Eigentlich weiß ich nur, was ich auf keinen Fall will!”

“Und das wäre?”

“Ich will auf keinen Fall zurück nach Hause, solange der Vater noch lebt!”, kam die Antwort prompt. Peter sah sie überrascht an und Lene war über sich selbst erschrocken. So sprach man doch nicht über seinen Vater, schon gar nicht vor Fremden!

“Du hast wohl keinen guten Vater?”, behutsam versuchte Peter, das Gespräch in Gang zu halten und Lene aus ihrer Verlegenheit zu helfen. Sie schüttelte heftig den Kopf.

“Am besten ging es uns, wenn er nicht zu Hause war”. Lene wurde abwechselnd blass und rot, so sehr musste sie sich zu diesem Geständnis überwinden.

“Du musst nicht darüber reden, wenn du nicht willst.”

Aber jetzt wollte Lene. Sie begann zu erzählen von Angst, Gewalt und Armut, von Ungerechtigkeit und Hilflosigkeit, aber auch von Liebe, Zusammenhalt und Geborgenheit, eben von alledem, was ihre Kindheit geprägt hatte. Als sie geendet hatte, war sie über sich selbst erstaunt. Noch nie vorher hatte sie darüber sprechen können, außer mit Anton. Nun saß sie hier mit Peter, den sie noch gar nicht lange kannte und hatte ihm anvertraut, was sie kaum sich selbst eingestand. Unsicher blickte sie ihn an.

“Arme Lene!” Peter schien bedrückt. “Das ist viel für so ein junges Leben!” Er nahm ihre Hand und drückte sie fest. “Aber damit ist jetzt Schluss! Jetzt bin ich da und ich werde aufpassen, dass keiner dir mehr weh tut!”, bei seinen letzten Worten leuchteten seine Augen schon wieder unternehmungslustig auf.

“Tante Pauline hat mir gesagt, ich muss mir die Männer ganz genau anschauen, damit es mir nicht so ergeht wie meiner Mutter. Und eigentlich wollte ich überhaupt nie einen Mann; ich dachte immer, mit einem Mann muss man als Frau doch nur leiden”, ernst sah Lene Peter in die Augen.

“Aber jetzt, wo wir beide uns begegnet sind, bist du dir nicht mehr sicher?”, Peter kniff schelmisch ein Auge zu.

“Ich weiß nicht, ob ich..., ich bin ziemlich durcheinander, seit ich dich kenne!” Lene war viel zu offen, um zu kokettieren, “ich weiß nur, dass ich viel Zeit brauche.”

“Die sollst du auch haben!”, Peter legte den Arm um sie und drückte sie leicht an sich, “und was das Durcheinander angeht, so ist das völlig normal. Man bezeichnet diesen Zustand allgemein als ‚Verliebtsein‘.”

Sie waren inzwischen am Tor der Wolkensteinschen Villa angeommen und Lene sah ihn verblüfft an.

“O nein, Peter Schneidmüller! Wer sagt, dass ich verliebt bin? Bilde dir bloß nichts ein! Dazu kennen wir uns viel zu kurz. Das können wir alle beide doch noch gar nicht wissen!”

Peter ließ sich durch die Abfuhr nicht aus der Ruhe bringen. Er setzte eine wichtige Miene auf und dozierte mit leicht näselnder Stimme.

“Glauben Sie mir, mein Fräulein, die Symptome sind eindeutig vorhanden, klarer Fall von beginnender Verliebtheit. Ich habe da meine Erfahrung!”

Ein Kribbeln im Bauch und flammende Röte im Gesicht, waren die spürbaren Reaktionen auf diesen Satz. Lahmgelegt der Wille zum Widerspruch, blockiert der vernünftige Gedankengang.

Am Abend in ihrer Kammer, gab es dafür umso mehr zu bedenken. War sie wirklich dabei, sich zu verlieben? Oder war es gar schon passiert? Wie war das festzustellen, an dem Durcheinander der Gefühle? Peter hatte auf diesem

Gebiet offensichtlich mehr Erfahrung, sonst hätte er nicht so klug und überlegen getan. Wenn er aber schon reichlich Erfahrung hatte, bedeutete dies, dass er seine Freundinnen des öfteren wechselte? Würde er mit ihr also nur spielen? Fragen über Fragen und keine befriedigende Antwort! Schließlich beschloss Lene in ihrer praktischen Art, abzuwarten und die Zeit entscheiden zu lassen. Da sie aber sowieso keinen Schlaf finden konnte, schrieb sie noch einen langen Brief an Anton, den dieser postwendend beantwortete.

Er schrieb ihr, dass er sich freue, dass Lene jemandem begegnet sei, der sie so nachhaltig beeindrucke. Er selbst könne ihr nur schwer einen Rat geben, denn auf diesem Gebiet wisse er halt so gar nicht Bescheid. Zu lange sei er in der Klosterschule eingeperrt gewesen und jetzt sei er bei den Soldaten und also schon wieder nichts als eingesperrt. Erfahrung, wie es sei, sich zu verlieben, habe er keinerlei. Lene solle sich Zeit lassen und sich nicht allzu sehr von den schlimmen Erlebnissen in ihrer Kindheit schrecken lassen. Im übrigen traue er seiner großen Schwester sehr wohl zu, die richtige Entscheidung zu treffen. Er freue sich jedenfalls mit ihr, dass sie so glücklich sei. Denn dass sie glücklich sei, spüre man aus jeder Zeile und sie habe es auch redlich verdient, das Glücklichsein.

"Anton, mein lieber Anton! Wie gut, dass es dich gibt!", dachte Lene dankbar und verspürte mit einem Mal eine große Sehnsucht nach ihrem Bruder. Vor einigen Jahren war Antons Bein durch eine Operation wieder ‚gerichtet' worden. In der Medizinerstadt Würzburg hatte sich ein Fachmann dafür gefunden und Pauline hatte das Geld dazu geschickt. Anton war jetzt ‚kriegsverwendungsfähig' und hatte keine andere Wahl, als Soldat in Hitlers Armee zu werden.

Die Treffen mit Peter waren die Höhepunkte in Lenes Leben und es war verständlich, dass sie kaum noch Augen und Ohren hatte für die Dinge, die sonst noch passierten in der Welt. Der Frühling und Frühsommer des Jahres 1938, war die glücklichste Zeit in Lenes Leben.

"Es freut mich wirklich sehr, dass mein Peter so eine gute Wahl getroffen hat", waren die Worte, mit denen Peters Mutter sie nach dem ersten Besuch wieder verabschiedete und Lene hatte sich noch selten so über ein Lob gefreut. Wie erleichtert war sie, als sie die Herzlichkeit von Peters Mutter spürte und sich an ihrer unkomplizierten Art erwärmte. Ihre Befangenheit hatte sich schnell gelegt, als Mutter Schneidmüller berichtete, Peter würde von nichts anderem als von ihr, Lene, erzählen. Noch nie zuvor habe er von einer seiner Bekanntschaften so geschwärmt und noch nie habe er ein Mädchen mit nach Hause gebracht. Freimütig gestand sie, dass sie daher besonders neugierig auf Lene gewesen sei.
In vieler Hinsicht ähnelte Elisabeth Schneidmüller Lenes eigener Mutter. Sie war von gleicher Herzlichkeit und besaß die Gabe, das Leben mit Humor zu meistern. Sie war jedoch ungleich selbstbewusster und weltoffener als Mathilde, da ihr Leben in gänzlich anderen Bahnen verlief. Schon lange gab es in ihrem Leben keinen Ehemann mehr, nach dem sie sich zu richten hatte. Das Leben in einer großen Stadt wie Frankfurt ließ sich zudem nicht vergleichen mit dem Leben in dem kleinen, abgelegenen Spessartdorf, wo der Kampf um die Existenz die Menschen vollständig forderte.

Peter musste man einfach gern haben und Lene hatte sich auch ziemlich schnell eingestanden, dass es sinnlos sei, gegen ihre starken Gefühle für Peter anzukämpfen. Worüber sie immer noch nachgrübelte war, wieso Peter ausgerechnet sie, die Lene Bromm aus Altenbuch, auserwählt hatte. Er hatte zweifellos leichtes Spiel bei den Frauen, bei den Alten ebenso wie bei den Jungen und Lene fragte sich, was er ausgerechnet an ihr zu finden hatte.

"Lene Bromm", antwortete er nachdenklich als sie ihn einmal danach befragte, "du bist wirklich ein erstaunliches Mädchen. Wenn ich dich nicht besser kennen würde, würde ich glauben, du wolltest ein Kompliment hören. Weil ich aber weiß, dass Komplimente dich eher verschüchtern...," er schaute sie zärtlich an und fuhr fort: " ich habe einen Diamant gefunden, ungeschliffen, noch roh, aber trotzdem habe ich seinen Wert erkannt."

Lene runzelte die Stirn. Sie hätte eine klare, einfache Antwort bevorzugt.

"Schau doch einfach `mal in den Spiegel Lene", schlug Peter mit seinem charmantestem Lausbubenlächeln vor, "da findest du die Antwort. Heftige Röte überzog Lenes Gesicht und sie schüttelte unwillig den Kopf.

Am Abend in ihrer Kammer dann, schaute sie doch forschend in den Spiegel. Was sollte da Besonderes sein an diesem Gesicht? Blaue Augen, leuchtend blaue sogar, na und? Das hatten viele Frauen. Kräftiges blondes Haar, das Lene neuerdings nicht mehr zu einem Knoten im Naken gesteckt trug. Sie hatte die Haare sich abschneiden lassen und trug einen ‚Bubikopf', was ihr hervorragend stand. Lene schätzte sich selbst einfach viel zu gering, um zu erkennen, dass sie eine ausgesprochene Schönheit war. Sie hatte feine Gesichtszüge und eine Nase, die ein klein wenig himmelwärts gerichtet war, das machte sie jünger, kindlicher.

Zwar war sie nicht allzu groß, aber sehr schlank mit langen Beinen. Das Auffallendste aber waren zweifellos ihre großen ausdrucksvollen Augen, mit den langen Wimpern. Der Wirkung ihres meist etwas nachdenklichen, oft auch skeptischen Blicks konnte sich kaum einer entziehen. Es wäre auch müßig gewesen, ihr zu erklären, dass Peter von ihrer Natürlichkeit angezogen und, nachdem er sie näher kennengelernt hatte, von ihrer absoluten Ehrlichkeit beeindruckt war. Alles an Lene war echt. Da gab es nichts vorgetäuschtes oder gekünsteltes.

Als sie so vor dem Spiegel stand und für sich selbst keine befriedigende Antwort auf ihre Frage finden konnte, ging ihr der Gedanke durch den Kopf, wie lang Peter sie wohl anziehend und begehrenswert finden würde. Ein Jahr oder zwei, oder ein ganzes Leben?

Sie erinnerte sich an ein Gespräch mit ihm, das sie beunruhigt hatte. Sie hatte ihn darauf angesprochen, wie leicht er Tante Pauline und seine Tante Anna um den Finger wickeln konnte.

"O, das ist mir noch nie schwergefallen, Frauen um den Finger zu wickeln", hatte er selbstbewusst erklärt, "egal ob junge oder alte!"

"Und wieviele hast du schon um den Finger gewickelt, von den jungen? Oder nein – mehr interessiert mich, wieviele willst du noch um den Finger wickeln?", hatte Lene gefragt.

"Hoffentlich immer nur dich, Liebes", hatte er geantwortet und sie ungewohnt ernst dabei angeschaut. "Ich wünsche mir von ganzem Herzen, dass ich dich nie enttäusche, Lene." Lene war es Angst geworden bei diesen Worten, nicht nur weil Peter so feierliche Worte wählte, sondern weil sein ungewohnter Ernst ahnen ließ, dass er auf diese Sache nicht immer den Einfluss hatte, den er sich wünschte.

"Es kann sein, dass Peter ein Schürzenjäger ist", vertraute sie sorgenvoll ihrem Tagebuch an und weiter, selbstkritisch und ehrlich: "Selbst wenn es so ist, ich glaube nicht, dass ich deshalb aufhören kann, ihn zu lieben!"

Im Sommer emigrierte Esther Wolkenstein zusammen mit ihren Töchtern in die USA. Es war ein trauriger Abschied und spätestens jetzt wurde Lene harsch mit der Wirklichkeit konfrontiert. Albert Wolkenstein versammelte sein Personal und stellte jedem frei zu gehen, der nicht bei einem Juden als Dienstherrn arbeiten wolle. Darüber hinaus empfahl er ihnen, sich nach einer neuen Arbeitsstelle umzusehen, da er sicher sei, dass er sein Haus unter den gegebenen Umständen nicht mehr lange würde führen können. Bereits zwei Monate später sollte er seiner Frau folgen, eben noch rechtzeitig, um Terror und Mord zu entkommen.

Lene war reichlich durcheinander und fieberte ihrem freien Tag entgegen, um mit Peter und Tante Pauline alles besprechen zu können. Aber einmal mehr hatte das Schicksal bereits seine Fäden gesponnen und Lene die Entscheidung abgenommen. Aus Altenbuch kam die Nachricht, Mathilde sei schwer erkrankt und Lenes Hilfe wurde angefordert.

Jetzt hieß es Abschied nehmen, Abschied vom Wolkensteinschen Haus, von Anna, Tante Pauline und vor allem – von Peter!

Ein letzter gemeinsamer Spaziergang durch die Stadt, bei dem Peter große Mühe hatte, gegen Lenes Schwermut anzukämpfen.

“Auch wenn du jetzt zu Hause bist Lene, glaub mir zwischen uns ändert sich nichts. Sobald wie möglich werde ich dich besuchen kommen und dann werde ich deine Eltern fragen ... Das heißt”, unterbrach er sich mit einem schelmischen Lächeln, “zuerst werde ich dich fragen und zwar jetzt gleich und sofort auf der Stelle! Lene Bromm”, und seine Stimme war jetzt ganz feierlich, “willst du meine Frau werden?”

Natürlich wurde Lene flammend rot auf diese Frage. Sie war so bewegt, dass kein Wort über ihre Lippen kam. Ein

heftiges Nicken und dann hing sie schluchzend an Peters Hals.
Zärtlich wischte er die Tränen weg und reichte ihr ein Päckchen. Sie öffnete das Geschenk. Ein Ring mit einem leuchtend roten Rubin funkelte Lene entgegen und sie schüttelte ungläubig den Kopf.
"Dein Verlobungsring, Lene. Ich möchte, dass du ihn jeden Tag trägst, damit du immer an mich denkst und, egal was auch passiert, nicht den Glauben verlierst an unser gemeinsames Leben. Aber jetzt will ich noch eine richtige Antwort! Willst du meine Frau werden, Lene Mädchen?"
"Ja Peter, ja ich will! Es gibt nichts auf der Welt, was ich lieber will!", war Lenes spontane Antwort und in diesem Moment wusste sie ganz sicher, dass ihre Entscheidung richtig war. Sie beschlossen, dass Peter möglichst bald nach Altenbuch kommen und mit ihren Eltern reden sollte.

Mathildes Gesundheit gab wirklich Anlass zur Sorge. Lene pflegte die Mutter aufopferungsvoll, aber an manchen Tagen war Mathilde schon nicht mehr ansprechbar. Nach einer Woche fuhr ein Auto in den Brommschen Hof und noch immer war das eine solche Sensation, dass alle Welt zusammenlief. Der junge Mann, der ausstieg, hatte schnell die Sympathien aller gewonnen und nicht einmal Konrad konnte sich seinem Charme entziehen, obwohl er sich fest vorgenommen hatte, Lenes angeblichen Verlobten vom Hof zu jagen. Nicht zuletzt das Auto beeindruckte Konrad tief.
Peter führte ein längeres Gespräch mit Konrad und auch mit Mathilde, die an diesem Tag in guter Verfassung war.
"Bei dir weiß ich die Lene in guten Händen!", waren die schlichten Worte, mit denen sie ihr Einverständniss gab. Es wurde vereinbart, dass Lene zu Hause bleiben sollte, bis auch die beiden jüngsten etwas älter wären, höchstens

aber noch zwei Jahre, denn dann wollte Peter seine eigene Werkstatt haben und heiraten.
Lene und Peter blieb an diesem Nachmittag nur wenig Zeit füreinander.
"Peter, du bist ein Zauberer! Sogar den Vater hast du verhext!"
"Ach was, Lene, das hat mit Zaubern nichts zu tun", wehrte Peter lachend ab, war aber dennoch geschmeichelt. "Dein Vater ist ein schwieriger Mensch und wenn ich es mir recht überlege, war es viel leichter für mich, ohne Vater aufzuwachsen, als für dich, es mit so einem Vater auszuhalten", fügte er ernst hinzu.
"Warte nur bis du den Anton kennenlernst, der wird dir sicher gefallen!" Lene befiel Angst, Peter könnte von ihrer Familie und ihren Lebensumständen abgestoßen sein.
"Selbst wenn er mir gar nicht gefallen würde und selbst wenn mir kein einziger von den Deinen gefallen würde, an meiner Liebe zu dir würde das nichts ändern, du Hasenfuß!". Peter hatte ihre Sorge genau erkannt und drückte ihr zur Beruhigung einen Kuss auf den Mund.

Mathilde ging es zunehmend schlechter und an einem wunderschönen Tag zu Beginn des Oktobers schloss sie für immer die Augen. Konrad spielte den untröstlichen Witwer oder vielleicht, so überlegte Lene, spielte er ihn nicht einmal, vielleicht war seine Trauer tatsächlich echt. Vielleicht trieb ihn das schlechte Gewissen in die Trauer, so als könne er an der Toten gut machen, was er an der Lebenden verschuldet hatte.
Peter, Anton und Tante Pauline kamen zur Beerdigung. Wie Lene vorausgesagt hatte, verstanden sich Peter und Anton prächtig. Konrad, der sich an den Rand gedrängt fühlte und seinen Kummer schon mit reichlich Alkohol zu betäuben gesucht hatte, versuchte mit Anton Streit anzufangen. Natürlich ging es einmal mehr um die Politik,

aber Anton hatte Peter als Verbündeten und dieser schaffte es, Konrad geschickt abzulenken.

Tante Pauline beschwor Lene, sobald wie möglich von zu Hause wegzugehen und an sich selbst zu denken. Lene nickte zwar zustimmend, aber in ihren Augen stand deutlich die Angst.
"Peter das musst du in die Hand nehmen! Ich verlasse` mich da ganz auf dich. Dieser Hasenfuß hat hier schon wieder das bisschen Selbstvertrauen verloren, das sie in Frankfurt so mühsam gelernt hat."
"Keine Sorge, ich hole sie hier weg, spätestens wenn die zwei Jahre um sind."

Am nächsten Tag wanderten Pauline, Anton, Peter und Lene hinaus zur alten Kapelle, einem von Mathildes Lieblingsplätzen. Wieder hatte der Oktoberhimmel ein leuchtendes Blau aufgezogen und die Sonne schickte soviel Wärme vom Himmel, als wolle sie für den bevorstehenden Winter Vorrat bereitstellen. Sie saßen auf der Holzbank vor der Kapelle und genossen die warme Herbstsonne. Jeder war in Gedanken Mathilde noch einmal ganz nah, nahm auf seine Weise Abschied von dieser tapferen Frau.
Nach einer Weile nickte Anton Tante Pauline auffordernd zu.
"Ich denke, du solltest es ihr jetzt sagen, Tante! Es gibt keinen Grund mehr, es noch länger geheimzuhalten."
Er fasste Peter am Arm und zog ihn mit sich fort. "Komm du Stadtfrack, ich zeig dir, wo die besten Pilze wachsen!"
Verwundert blickte Lene in die Runde. Peter hatte den Wink schnell verstanden und ging bereitwillig mit.
Neugierig sah Lene ihre Tante an und dieser fiel es offensichtlich nicht leicht den richtigen Anfang zu finden.

“Ich sollte eigentlich nicht darüber reden. Ich hatte es Mathilde sogar versprochen..., andererseits bist du längst alt genug und hast ein Recht darauf, es zu erfahren... und jetzt, wo deine Mutter tot ist...”, sie holte tief Luft und begann zu erzählen.

“Deine Mutter war eine Kriegswitwe und doch auch wieder keine, denn sie hatte den Mann, den sie liebte noch nicht geheiratet. Als er irgendwo in Frankreich sein Leben ließ, warst du ein Baby und Anton noch nicht einmal geboren!”

Lene starrte die Tante mit großen Augen an, unfähig zu begreifen, was sie eben vernommen hatte.

“Das heißt ja, das bedeutet...”

“Richtig”, entgegnete Tante Pauline, sichtlich um Sachlichkeit bemüht, “das bedeutet, Konrad ist nicht dein leiblicher Vater und auch nicht der von Anton.”

“Anton weiß schon...?”

“Anton ist von selbst hinter das Geheimnis gekommen. Ihm kann man schwer etwas verbergen.” Pauline lächelte leicht.

“Wenn Konrad nicht mein Vater ist, wer dann?”

“Ein Wintersbacher, Johann Schneider, ein Bild von einem Mann und eine Seele von Mensch. Du musst nur in den Spiegel schauen, dann weißt du, wie er aussah.”

Daher also die gelegentlichen Anspielungen, dass sie und Anton ‚von anderer Art‘ seien und deshalb auch – deshalb auch die Wut, die Konrad bevorzugt an den beiden Ältesten abreagierte. Sicher, auch die jüngeren Geschwister hatte er oft hart bestraft, aber so richtig ausgerastet im Suff war er nur bei Lene und Anton.

“Also deswegen mag er uns nicht, der Vater!”

“Ich weiß nicht, ob er euch wirklich nicht mag. Ich weiß aber, dass es ihm schwer zu schaffen machte, dass er nicht der erste und einzige war, in Mathildes Leben. Ich vermute, die Eifersucht auf seinen Vorgänger hat ihn sein

Leben lang nicht losgelassen. Johann war ein sauberer Bursch und sehr tüchtig. Konrad dagegen ein verzogenes Muttersöhnchen, jähzornig und nicht sehr lebenstüchtig. Als Mathilde mit euch beiden Kleinen alleine dastand, nahm sie Konrads Antrag dankbar an, zumal er ihr versicherte, euch beide wie die eigenen zu halten. Mathildes Dankbarkeit war für Konrad der Freibrief, der ihm erlaubte seine Familie zu peinigen."

Lene starrte vor sich hin. Zuvieles war in der kurzen Zeit auf sie eingestürmt. Sie bemühte sich, Ordnung in ihre Gedanken zu bringen.

"Dann ist wohl Antons Patenonkel ein Verwandter meines ... meines richtigen Vaters?"

"Anton – Dout, wie ihr ihn als Kinder immer genannt habt, ist der jüngste Bruder deines Vaters und der einzige, der Verbindung zu Mathilde hielt, halten durfte."

"Halten durfte?"

"Der einzige von Johanns Verwandtschaft, den Konrad im Hause duldete. Es kam ihm sehr gelegen, dass er auswanderte, so waren endgültig alle Bande zerrissen."

"Nicht ganz! Er steht mit Anton im Briefwechsel!"

Eine Weile schwiegen beide und jede hing ihren Gedanken nach.

Ein Gefühl großer Erleichterung überkam Lene mit einem Mal.

"Ich bin froh, dass er nicht mein leiblicher Vater ist", sagte sie in ihrer ehrlichen Art zu ihrer Tante.

"Dasselbe hat Anton auch gesagt", gab diese ernst zurück.

"Warum hat mein Vater meine Mutter nicht geheiratet, nachdem ich geboren war?"

"Sie hatten beide nicht genug Geld, um zu heiraten, einen Hausstand zu gründen. Nach dem Krieg wollten sie heiraten."

Lene nickte verstehend. Für ein Spessartkind war das eine ausreichende Erklärung.

Mathilde hatte immer gesagt, der Platz hier hätte etwas Feierliches, gerade recht als Ort zum Beten. Die Kapelle brauchte es eigentlich gar nicht, hier käme die Andacht ganz von selbst. Als Lene jetzt den Platz mit den Augen einfing, musste sie ihrer Mutter Recht geben. Links auf der kleinen Lichtung im Wald stand eine mächtige alte Hute-Eiche, tief beastet, mit einer Krone wie ein Zirkuszelt und einem Stamm wie der Wehrturm einer mittelalterlichen Burg. Am Rande der kleinen Lichtung hatten einige Kirschbäume einen flammend roten Vorhang aufgezogen, den sie im Frühling gegen einen strahlend weißen Brautschleier eintauschten.

“Ich habe mich oft gefragt, wie die Mutter das alles ausgehalten hat, woher sie die Kraft genommen hat, den Launen und der Gewalt Konrads standzuhalten. Sie ist nicht verbittert, sie hat sich ihren Humor bewahrt!”

“Sie hat die Kraft dazu aus ihrer Kindheit geschöpft. Deine Mutter und ich wir hatten eine wunderbare Kindheit, denn wir hatten herzensgute Eltern.”

“Oma-Hyacinth und Opa-Aurius! Wie oft hat Mama von ihnen erzählt! Wir fanden als Kinder die Namen immer so lustig! Sie erinnerten uns immer an irgendwelche Blumennamen.”

“Für die Beiden waren sie nicht sehr lustig. Sie waren ein Stigma, ein Brandzeichen sozusagen.”

“Weshalb? Es gab, wenn ich mich recht erinnere, früher häufiger solch seltsame Namen.”

Pauline nickte zustimmend. “Ja und das hatte einen triftigen Grund. Kinder, die einen solch ausgefallenen Namen trugen, waren unehelich geborene Kinder.”

“Waren was?”

“Du hast schon richtig gehört. Mit der Auswahl des Taufnamens wurden sie gebrandmarkt, Zeit ihres Lebens wurden sie den Makel nicht mehr los. Auch bei unseren

Eltern war das so. Vielleicht sind sie deshalb so liebevoll und umsichtig miteinander umgegangen, weil beide von früher Kindheit an wussten, was es bedeutet nicht geliebt zu werden, nicht erwünscht zu sein. Uns Kindern waren sie jedenfalls die wunderbarsten Eltern und von dem Vorrat an Liebe und Freude zehrte deine Mutter ihr Leben lang.

Und ihr Leben lang litt sie darunter, dass es bei ihren eigenen Kindern so ganz anders war. Die Angst, dich und Anton als uneheliche Kinder aufziehen zu müssen war groß. So akzeptierte sie lieber einen Ehemann wie Konrad, um den Schein einer normalen Familie zu wahren."

"Das hätte sie nicht tun dürfen!", Lene hatte Tränen in den Augen, "der Preis war zu hoch!"

"Vergiss nicht, dass sie ganz alleine dastand. Unsere Eltern starben schnell hintereinander kurz nach deiner Geburt und ich war schon in Frankfurt. Außerdem konnte Mathilde nicht ahnen, zu welch einem Tyrann sich Konrad entwickeln würde."

"Arme Mama! Was hat sie gehabt vom Leben außer Arbeit, Not und Kummer."

Pauline fasste die sichtlich deprimierte Lene am Arm. "Deine Mutter ist nicht verbittert an ihrem Leben, also verbittere jetzt nicht du! Ihr Kinder wart für sie ihr Lebensinhalt – ganz besonders du und Anton. Durch euch beide blieb die Verbindung zu ihrer großen Liebe bestehen und nicht nur weil ihr euerm Vater so ähnlich seht, ihr habt auch seine Art."

Lene schoss das Blut in die Wangen. Es war das erste Mal, dass sie von ihrem Vater hörte und es erfüllte sie mit Freude, dass sie ihm ähnelte.

Es fiel Klaus nicht schwer, sich auszumalen, welches Stigma seine Urgroßeltern mit sich herumgetragen hatten. Die Aufzeichnungen der Nonnen, die Mitte des letzten Jahrhunderts in sein Dorf gekommen waren und eine Haus- wie auch eine Schulchronik geführt hatten, erhellten ihm auch diese frühe Vergangenheit seiner Vorfahren. Not und Armut waren noch um einiges schlimmer als zur Jugendzeit seiner Mutter, ja eine Steigerung war tatsächlich noch möglich. Die Schulschwester berichtet von einer mageren Kartoffelernte, die im Winter 1879/80, die Altenbücher an den Rand des Verderbens trieb.
Das Frühstück der Kinder bestand aus warmen, gesalzenem Wasser und wenn die wöchentliche Säuberung der Schule anstand, bei der die Kinder mitzuhelfen hatten, spendeten die Nonnen zwei Laib Brot oder einen Kessel Suppe, damit die ausgemergelten Kinder überhaupt anpacken konnten.
Erst als ein Dorfbewohner, vom Hunger gepeinigt, eine verendete Wildsau wieder ausgrub und mit nach Hause nahm, wurde die Not auch amtlicherseits zur Kenntnis genommen. Endlich bemühte sich der Bezirksamtmann aus Stadtprozelten in das kleine Dorf und ließ sofort eine Suppenanstalt einrichten. In ganz Deutschland, so schrieb die Schwester, fand eine Sammlung für den armen Spessart statt. Nicht immer wurde die Armut zu einer öffentlichen Angelegenheit, meist litten die Spessarter unbemerkt.
Unbemerkt rafften Cholera, Blattern und andere Epidemien viele Kinder schon im zarten Alter dahin. Was hätten auch die unterernährten Körper an Abwehrkräften entgegenzusetzen gehabt? Geld für eine ärztliche Behandlung hatte keiner. Die einzige Maßnahme, die die Behörden ergriffen, war das Schließen der Schule während solcher Epidemien. Am Ende des vorletzten Jahrhunderts

forderte eine Masernepidemie das Leben von dreißig Kindern.

Betroffen las Klaus den Physikatsbericht des Landgerichtsarztes von Stadtprozelten: ... 'die im Ganzen ärmliche Leib- und Bettwäsche, den geringen Sinn für Pflege der Haut, die im Allgemeinen ärmliche, fast durchgängig vegetabilisch und noch dazu schlecht bereitete Nahrung – alle diese Momente, und noch mehr bedingen eine Schwäche der Lebenskräfte und daraus resultierende elende Sprösslinge, welche in Elend, Schmutz und unpassender Nahrung heranwachsen, jene schwächliche, verkümmerten Figuren werden, wie wir solche bei den jährlichen Conscriptionsvisitationen so oft zu sehen Gelegenheit haben.'

Wie entsetzt waren die Klosterfrauen als sie 1858 ins Dorf kamen. Die Kinder starrten vor Ungeziefer, sie hatten nur ein einziges Gewand, das werktags linksherum und an Sonntagen rechtsherum getragen wurde. Der Kopf war immer mit einer Haube aus Kattun bedeckt und von den Schwestern aufgefordert, die Haube abzunehmen, erwiderten die Kleinen, das sei nicht möglich, da sie nur Sonntags Zeit zum Kämmen hätten. Die Flöhe und Läuse indes zeigten keinerlei Respekt vor der Unantastbarkeit der Klosterfrauen und auch diese litten bald unter den ständig wiederkehrenden Angriffswellen der Parasiten.

Die Nonnen sahen sich einem schier unüberwindlichen Berg an Schwierigkeiten gegenüber, denn die Altenbücher waren den Klosterfrauen lange Zeit eher feindlich gesinnt: ‚Wie alle Spessartbewohner ein Feind aller Neuerungen.'

Als die Schwestern gar noch Anstoß am sittlich – moralischen Lebenswandel der Leute nahmen und mit heiligem Eifer versuchten Besserung herbeizuführen, wurden die Dörfler rabiat. Die Schwestern waren einsichtig genug, den Grund für die Missstände zu erkennen: Not und Armut!

‚Alle schlafen in einem Bett, Groß und Klein, Burschen und Mädchen.' So gaben sie den offenen Kampf gegen die häusliche Enge auf, denn es gab keine Alternative. Sie versuchten vielmehr mit religiöser Strenge besonders die Mädchen einzuschüchtern und hatten nach einiger Zeit wohl auch Erfolge.
‚Bestimmt geht die Brandmarkung der unehelichen Kinder auf die Sittenstrenge von Kloster und Pfarrer zurück', vermutete Klaus.
Die Männer des Dorfes brachte das erst recht gegen die Ordensfrauen auf und diese hatten unter mancherlei Schikanen zu leiden.
‚Not und Armut macht halt die Gemüter bitter!' stellte die Schwester resignierend fest.
Gar keine Freude also? Keine noch so kleinen Vergnügungen?
Die Aufzeichnungen berichten von wenigen, dafür aber umso wichtigeren Ereignissen. Kirchenfeste, Sedansfeier, Schulausflüge durch den Wald in die Nachbardörfer oder nach Mespelbrunn und als ganz besonderes Ereigniss: Die Geburtstagsfeier des Prinzregenten Luitpold. Am Vorabend schon läuteten die Glocken die Feierlichkeiten ein. Festgottesdienst, Ansprachen des Lehrers und des Pfarrers, Gedichte und Lieder der Schulkinder, all das mussten die Kinder erst über sich ergehen lassen, bevor das für sie wichtigste kam: Ein großer Weck mit einer Wurst!
Der Prinzregent war mit den kleinen Hochspessartdörfern rund um Rohrbrunn eng verbunden. Regelmäßig kam er im Herbst zu den legendären Saujagden in den Wildpark und nicht einmal Seiner Königlichen Hoheit konnte die Not seiner Untertanen verborgen bleiben. Zur Feier seines achtzigsten Geburtstages rief er eine Stiftung ins Leben, für Kinder armer Eltern.

Für Kinder armer Eltern – Klaus lächelte ironisch. Welche Kinder hatten damals keine armen Eltern? Wohl eher eine Maßnahme, um das Ansehen der Monarchie aufzupolieren? Andererseits, die Leute liebten ihren Prinzregenten, unbestritten. Das Andenken an ihn wurde lange bewahrt. Die Zigarren, die er an die Treiber und Waldarbeiter verschenkte, wurden aufbewahrt wie eine Reliquie und Familien, die in den Genuss der Stiftung kamen, fühlten sich dem König verbunden, noch viele Generationen lang. Wenn er in den Spessart kam, mit einer Lodenjoppe und altem, verwittertem Hut auf dem Kopf, dann war er wohl für die Leute einer der Ihren. Ein König zum Anfassen. Außerdem war er ein guter Jäger, das schaffte Ansehen!

Lene führte jetzt den Brommschen Haushalt und die einzigen Freuden waren Peters Besuche. Je mehr Zeit verging, desto größer wurde ihre Unruhe. Sie wäre am liebsten auf der Stelle zu Peter nach Frankfurt gegangen, wenn nicht, ja wenn nicht das Versprechen gewesen wäre, das sie ihrer Mutter auf dem Sterbebett gegeben hatte. Sie hatte ihr versprochen, sich so lange um den Vater und die jüngeren Geschwister zu kümmern, bis eines davon verheiratet und der Vater damit versorgt wäre. Erst nachdem Lene ihrer Mutter dieses Versprechen gegeben hatte, konnte diese sterben. Dass sie damit ihrer Tochter Handschellen angelegt hatte, hatte Mathilde nicht mehr erkennen können. Nach allem aber, was Lene von Tante Pauline erfahren hatte, stand es für sie außer Frage, das gegebene Versprechen auch zu erfüllen.

Kurz bevor Anton seinen Militärdienst beendet hatte und damit endlich dem Kasernenleben hätte entfliehen können, begann Hitler den Krieg gegen Polen. Niemand wusste damals, welch ein Wahnsinn und welches Leid Europa überschwemmen würde, aber viele hatten Angst oder zumindest ein ungutes Gefühl.
Das Weihnachtsfest 1939 stand ganz unter dem Schatten des Krieges und einzig Konrad hatte Freude an den Siegen der glorreichen Armee. Er behandelte Anton so zuvorkommend, wie noch nie vorher und forderte ihn immer wieder auf, von den Schlachten zu erzählen.
“Soll ich dir sagen, was das ist, Krieg?”, schrie dieser endlich den Vater an, “Krieg das ist amtlich genehmigtes Morden, Leid und Tränen, das, nichts anderes als das, verbirgt sich hinter den Schlachten – egal ob sie gewonnen oder verloren werden.”
Konrad war so erschrocken über die unerwartete Behandlung, dass er völlig vergaß, Anton

zurechtzuweisen. Es hatte sich einiges geändert im Hause Bromm. Mathilde war nicht mehr da und ihre Liebe und Wärme fehlte allen. Andererseits mussten die Kinder jetzt nicht mehr länger um die Mutter bangen, sie vor dem Vater schützen und Rücksicht nehmen. Lene als Mathildes Nachfolgerin stand unter dem Schutz von Peter, Konrad stand allein.
Ein einziges Mal nur, hatte er versucht, sich mit Schlägen an den beiden Jüngsten, Mechthild und August, abzureagieren, aber da wuchs Lene über sich hinaus. Sie riss ihm den Mostschlauch aus der Hand und schrie ihn an: "Ein Schlag nur Vater und ich bin morgen schon weg!"
Das brachte ihn zur Besinnung, aber das bösartige Funkeln in seinen Augen verriet, dass er ihr diese Niederlage niemals verzeihen würde.

Der Krieg griff auch nach Peter. Er war mit einem kleinen Motorrad gekommen, um Abschied zu nehmen.Ein Auto stand jetzt in Kriegszeiten nicht zur Verfügung, und wie immer hatte er es geschafft, Konrad gefügig zu machen: Lene bekam Urlaub von der Familienarbeit und die beiden fuhren übers Wochenende weg, nach Frankfurt zu Peters Mutter, wie Peter offiziell sagte. In Wahrheit fuhren sie einfach los, in den Odenwald hinein und landeten schließlich in Heidelberg. Dort hatte Peter einen Studenten als Freund, der im Gartenhaus einer alten Villa hauste. Dieses wurde für zwei Tage ihr Zufluchtsort.
Sie hatten Heidelberg bestaunt und sich sofort in die prächtige, alte Stadt verliebt. Tapfer hatten sie jeden Gedanken an die bevorstehende Trennung beiseite geschoben, um die kostbare Zeit nicht mit Kummer zu überschatten. Nur einmal war Peter unachtsam. Sie standen auf dem Schloss und genossen die Aussicht über die Stadt und den Neckar.

“Siehst du das kleine Haus dort, zwischen den großen Villen? Dort möchte ich gerne mit dir wohnen, Lene!”
“Vielleicht, Peter, wenn der Krieg erst vorbei ist”, ernst sah sie ihn an und er bereute, Zukunftspläne geschmiedet zu haben, denn heute galt es den Augenblick festzuhalten.

Am Abend saßen sie eng aneinandergeschmiegt nahe dem kleinen gusseisernen Ofen. Abschiedsschmerz, Wehmut und Angst ließen sich nicht länger verdrängen. Gleichzeitig waren sie aber auch durch eine knisternde Spannung gebannt. Eine seltsame Stimmung also, vor dieser ersten gemeinsamen Nacht. Behutsam begann Peter sie zu streicheln und zu küssen und ihre Leidenschaft zu wecken. Plötzlich hielt er inne.
“Ich sollte dich nicht...., ich meine in diesen Zeiten ist es eigentlich unverantwortlich...”, der selbstsichere Peter verhaspelte sich, suchte nach Worten und war hilflos. Jetzt war es Lene, die weiter wusste.
“Ich weiß das auch, Peter. Aber ich weiß auch, dass ich dich über alles liebe und zu dir gehöre. Wir wissen nicht, was dieser elende Krieg uns bringen wird. Wenn es ganz schlimm kommt, dann....”, Lene versagte die Stimme, aber schnell hatte sie sich wieder gefasst.
“Wir brauchen eine Erinnerung fürs Leben, Peter. Egal was auch passiert, die Erinnerung an diesen Abend kann uns keiner nehmen!”
Es war die Lebensphilosophie, die ihr Tante Pauline als kleines Kind beigebracht hatte und die sie nun an Peter weitergab.
Sie sahen sich an und ihre Blicke versanken ineinander, verschmolzen zur gebündelten Energie der Leidenschaft, durchbohrten einem Laserstrahl gleich die Körper und drangen tief in die Seelen. Sie fanden zueinander, als wären sie von jeher füreinander bestimmt. Keine Zweifel, die störten, keine Furcht, die entfremdete, kein Ungestüm,

das ängstigte. Sie verschmolzen in einem vollkommenen Strudel der Leidenschaft, ließen sich treiben im Meer der Gefühle. Lene hatte sich nicht vorstellen können, Peter noch mehr zu lieben, aber jetzt war es beinahe schon schmerzhaft, dieser Liebe standzuhalten.

Als Peter sie nach Hause brachte und unwiderruflich Abschied genommen werden musste, gab ihr das Erlebnis ungeheuere Kraft. Peter würde wiederkommen, dessen war sie sich sicher. Keine Träne war zu sehen, als sie ihn zum letztenmal umarmte und auch Peter war voller Zuversicht.
Lene blieb, wie allen Frauen in dieser Zeit, die Erinnerung, die Hoffnung und das Gebet um das Leben der beiden Männer, die ihr so nahe standen: Peter und Anton.
Nach einem bitterkalten Winter, in dem Kindergarten und Schule wegen der Kälte mehrere Wochen geschlossen, die Brunnen und Wasserleitungen zugefroren waren, kurz so ziemlich alles eintrat, was das Leben hart und beschwerlich macht, freuten sich alle auf Frühling und Wärme.
Hin und wieder dachte Lene an die schöne Zeit in Frankfurt, als das Leben so leicht war, verglichen mit der Plackerei hier im Dorf, als sie so unbeschwert war mit Peter in ihrer Nähe. Die Erinnerung tat weh und so verdrängte Lene sie immer stärker und konzentrierte ihre ganze Kraft auf die Sorge um Peter und Anton.

Was Lene schon bei Antons ersten Besuchen festgestellt hatte, trat auch bei Peter ein. Der Krieg veränderte die Männer. Peter hatte seine Unbeschwertheit verloren, sogar sein lausbubenhafter Charme zeigte sich nur selten.
Als Lene mit ihm schlief, war er ungestüm, ja fast rücksichtslos. Es war, als sei er auf der Flucht und habe sie nur mal eben unterbrochen, um mit ihr zu schlafen. Als er

ihren erschrockenen Blick sah, wurde ihm wohl bewusst, wie fremd er auf Lene wirken musste.

“Es ist dieser vermaledeite Krieg. Er stumpft ab! Man sieht soviel Leid und Elend, dass man entweder daran zerbricht oder abstumpft. Ich will aber weder das eine, noch das andere!” In seiner Stimme schwang Verzweiflung mit.

Lene nahm ihn in die Arme, wie eine Mutter ihr Kind und wiegte sich sanft hin und her. Vorbei war ihr Erschrecken und ihr Groll auf Peter. Jetzt hatte sie nur noch Mitgefühl.

“Das ist es ja wohl, was Adolf erreichen will: Deutsche Männer – hart wie Krupp-Stahl”, zitierte sie einen der Propagandasprüche und in ihrer Stimme klang Wut mit.

Sie sprang auf und holte aus ihrem Nachtkästchen ein kleines Buch hervor. Es war ein Gedichtband Erich Kästners, den Anton ihr zur Verwahrung anvertraut hatte.

“Sieh zu, dass es Konrad nicht in die Hände fällt!”, hatte er sie gemahnt und Lene hatte es gut versteckt. Sie hatte den Gedichtband schon so häufig durchgelesen, dass er ganz vergriffen war.

Im Schneidersitz nahm sie vor Peter Platz und rezitierte die ‚Fantasie von übermorgen‘, jene Vision, die erzählt wie der nächste drohende Krieg am energischen Widerstand der Frauen scheitert.

“Fantasie von übermorgen!”, Peter nickte nachdenklich, “frühestens von übermorgen – wenn überhaupt...” Er lachte bitter. “Aber das kann für uns schon zu spät sein!”

“Sprich nicht so, Peter, bitte!”

Ein Blick in Lenes angstvolle Augen genügte und Peter schien seine Haut zu wechseln, wie ein Krebs seinen Panzer. Er mühte sich nach Kräften, wieder der Alte zu sein und Lene von ihrem Kummer abzulenken.

“Vielleicht ist er ja bald aus, der Krieg”, versuchte Lene ihn aufzuheitern, “ihr siegt ja überall und dann hat der ganze Spuk vielleicht bald ein Ende.”

“Der ganze Spuk?”, nachdenklich strich sich Peter übers Kinn, so als würde er einen imaginären Bart glatt streichen, “ja ein Spuk ist es, da hast du Recht, mehr als du ahnst! Aber dass er bald vorbei ist”, er zuckte mit den Schultern, “da habe ich so meine Zweifel. Je leichter uns das Siegen fällt, desto mehr beschleicht mich die Angst, dass sich irgendwann das Blatt wenden könnte.”

Es wendete sich tatsächlich bald, die Siege wurden spärlicher, schlimmer noch, die ersten Niederlagen kamen. Auch im Dorf machte sich der Krieg mehr und mehr bemerkbar: Mangelwirtschaft und der Druck unter einem totalitärem Regime leben zu müssen, machten das Leben nicht leichter. Eines Tages kam Mechthild, Lenes jüngste Schwester, aufgeregt nach Hause.

“Sie wolle` die Nähschul` schliesse`, die Schwestern dürfe` uns net mehr länger unterrichte`!”

“Weshalb wollen sie das?”

“So genau weiß ich es aach net, aber sie erzählen, dass des Gretchen was g`sagt hätt`, über die BDM-Heimabende!”

Nur weil eine Teilnehmerin des Nähkurses also eine abfällige Bemerkung gemacht hatte über eine Veranstaltung des ‚Bundes deutscher Mädchen‘, sollte der Nähkurs nicht mehr stattfinden. Es verursachte große Empörung und Unruhe, als die Altenbücher sich bewusst wurden, wie gut die staatlich geforderte Bespitzelung auch hier im Dorf funktionierte. Im übrigen war es den meisten klar, dass der Vorfall nur ein billiger Vorwand war. Ein billiger Vorwand, um den Schwestern und damit der Kirche endgültig jede erzieherische Tätigkeit im Dorf zu verbieten. Schon seit vier Jahren durften die Schwestern keinen Schulunterricht mehr erteilen, sondern nur noch die Näh- und Handarbeitsschule führen. Diesmal jedoch hatte man die Rechnung ohne die Altenbücher gemacht. Die

Empörung war so groß, dass sich die Obrigkeit beugen musste und die braven Schwestern weiterunterrichten durften, wenn auch unter der Oberaufsicht des ‚Deutschen Frauenwerkes'.

Hin und wieder zeigten die Dorfbewohner mit gekonnter Bauernschläue dem Regime, dass sie nicht alles hinzunehmen bereit waren. Besonders die Eingiffe in das religiöse Leben wurden nicht geduldet oder mit Schläue umgangen. Die Prozession am Palmsonntag war verboten worden – auf *öffentlichen* Straßen und Plätzen war eine solche ‚Demonstration' nicht erlaubt. Man behalf sich, indem man den Zaun am Garten des Schwesternhauses ein Stück weit abbaute. So konnte die Prozession doch stattfinden. Sie verlief von der Kirche zum Schwesternhaus und zurück, gänzlich auf *kircheneigenem* Boden.

Zu Weihnachten 1941 kam Peter von der Front aus Rußland, noch ernster und noch nachdenklicher. Sie liebten einander als wäre es das letzte Mal, sie hingen aneinander mit dem Wissen, sich vielleicht nie mehr wieder zu sehen und Lenes Angst wuchs, die Zuversicht schwand.

"Lene, wenn ich im Sommer auf Urlaub komme, wird geheiratet! Ich will nicht länger warten! Solange ich im Krieg bin, kannst du ja noch hier bleiben und dich um deine Familie kümmern, aber ich will, dass wir beide auch vor dem Gesetz zusammengehören!"

Lene nickte, sie brachte wieder einmal kein Wort über die Lippen. So sehr sie sich darauf freute, Peters Frau zu werden, so sehr bemächtigte sich ihr die Angst, hinter Peters Eile könnte mehr stecken, als nur die Sehnsucht verheiratet zu sein. Fürchtete er, zu fallen und sie schutzlos zurückzulassen?

Fortan war die Angst, noch stärker als vorher, ein treuer Begleiter Lenes. Immer dann, wenn ein Brief aus dem fernen Kaukasus kam, konnte sie für einige Tage aufatmen, lockerte sich der Panzer um ihre Seele. Sofort schrieb sie Antwort und das Hoffen und Bangen begann von vorn.

Als sie eines Tages im März, es war ein strahlend schöner Frühlingstag, nach Hause kam und Tante Pauline sie mit ernstem Gesicht empfing, wusste Lene genau, was diese ihr zu sagen hatte, noch bevor sie den Mund auftat.

"Peter!", es war mehr eine Feststellung, denn eine Frage.

Tante Pauline nickte und reichte ihr einen Brief mit einem schwarzen Rahmen. Mechanisch zog Lene den Brief aus dem Umschlag. Die Schrift verschwamm vor ihren Augen. ‚Peter Schneidmüller', und ‚Heldentod', waren die Worte, die sich ihr dennoch ganz klar zeigten, ja sie fast zu verhöhnen schienen. Sie reichte den Brief zurück und stürzte aus dem Haus.

"Lene, wo willst du hin?", hörte sie noch den Vater rufen und aus der Ferne Tante Paulines beschwichtigende Worte, er solle Lene jetzt alleine lassen.

Lene lief den Berg hinauf gegen den Wald zu, immer schneller und schneller, als würde sie verfolgt. Schweißnass und außer Atem kam sie auf der Höhe zum Stehen. Sie hatte es gewusst! Seit Peters letztem Urlaub hatte sie es ganz sicher gewusst: Er würde nicht wiederkommen aus diesem elenden Krieg. Und Peter, Peter hatte es auch gewusst! Lene stand da und war kreidebleich. Sie konnte nicht weinen, hatte das Gefühl innerlich zu versteinern. Schließlich musste sie sich übergeben. Sie würgte und spie, als wolle sie sich die Seele ausspucken und vielleicht war es ja auch so. Und dann kam ihre ganz persönliche Abrechnung mit dem Schicksal, mit Gott.

“Du Gott, warum hast du ihn mir erst geschickt, wenn du ihn mir wieder wegnimmst? Warum hast du mich so glücklich sein lassen? Damit mir jetzt das Unglück umso härter ankommt? Warum hast du mich nicht sterben lassen, damals auf dem Simonshof, es wär` mir dann vieles erspart geblieben! Was bist du für ein Gott, wenn dich Unrecht und Leid so wenig kümmern? Nie mehr, hörst du, nie mehr werde ich mir irgend etwas von dir erhoffen! Alles, alles werde ich hinnehmen, wie es kommt, so wie die Kuh im Stall, die nicht fragt, warum und wieso!”, schließlich hatte sie keine Kraft mehr. Ihr wurde schwindelig und sie musste sich hinsetzen.
So fand sie Tante Pauline und nahm sie in die Arme, wie vor langer Zeit, als sie Lene geholfen hatte, die Sprache wieder zu finden. Auch die Tante wurde an diesen Tag erinnert und fragte Lene: “Erinnerst du dich noch, was ich dir gesagt habe, damals? Du hast sicher vieles in deinem Herzen, an das du dich jetzt erinnern kannst und niemand Lene”, sie wurde jetzt ganz eindringlich, “niemand kann dir das nehmen! Auch der Tod nicht!”
“Ich kann nicht, Tante, es tut zu weh! Ich will es vergessen! Alles vergessen, als wenn es Peter nie gegeben hätte!”, mit leerem Blick starrte Lene vor sich hin.
“Das ist falsch, Lene!”, Tante Pauline fasste sie erregt bei den Schultern und sah ihr eindringlich in die Augen, “der Schmerz wird weniger, das ist eine Frage der Zeit, aber das andere wird dir helfen. Es wird dir helfen, du selbst zu bleiben und dich nicht aufzugeben. Das bist du Peter schuldig!”
“Das bin ich Peter schuldig? Und er? Warum hat er nicht besser auf sich aufgepasst? Er wollte mich hier wegholen, wir wollten heiraten im Sommer!", sie winkte müde ab, wissend wie dumm und ungerecht dieser Vorwurf war.

“Ich werde dich hier wieder wegholen. Wenn dieser verdammte Krieg erst zu Ende ist, hole ich dich wieder zu mir. Jetzt ist es zu gefährlich.”
Sie begann zu erzählen von den immer häufigeren Bombenangriffen und der Flucht in die Luftschutzkeller. Sie arbeitete jetzt in einem Krankenhaus und kümmerte sich nebenbei um ihre Freundin Anna, die Köchin aus der Wolkensteinschen Villa und um Peters Mutter. Als sie Peters Mutter erwähnte, zitterte Lene am ganzen Körper.
“Ich werde ihr schreiben”, war alles was sie herausbrachte.
Schließlich fasste Tante Pauline sie am Kinn und sah ihr in die Augen.
“Lene, du bist doch nicht etwa schwanger?”
Lene schüttelte müde den Kopf, “nein leider nicht.”
“Leider nicht! Weißt du, was du da sagst, Kind?”
“Würde ich von Peter ein Kind erwarten, hätte das Leben noch Sinn. Er wäre mir dann nicht ganz weggenommen.”
“Und das Kind, Lene? Denkst du gar nicht an das Kind?”, sie schüttelte müde den Kopf.
“Nein Lene, es soll dir doch nicht so ergehen, wie deiner Mutter! Du weißt doch am Besten, was es bedeuten kann, einen Stiefvater zu haben. Es ist besser, wenn nicht auch dein Kind ohne leiblichen Vater aufwachsen muss!”

Alles kam immer noch schlimmer. An einem kalten Wintertag holten sie als Folge ‚der Kriegsmaßnahmen‘ die beiden Kirchenglocken ab. So manch einem im Dorf standen die Tränen in den Augen und alle waren bedrückt, denn langsam begriff auch der Dümmste, dass dieser Krieg keineswegs nur Siege bringen würde.
Anton kam zu Besuch und Lene erschrak wie hager und ausgemergelt ihr Bruder war. Sicher, auch hier im Dorf lebten sie nicht im Überfluss, aber hungern mussten sie noch nicht. Anton erkannte, wie es um Lene bestellt war,

konnte aber auch nicht helfen. Es tat so gut, den Bruder um sich zu haben. Nicht nur weil er ihr bei der Arbeit beistand, sie hatte endlich auch wieder jemanden mit dem sie reden konnte. Anton hatte sogar einige Bücher für sie dabei.
“Lene ich würde dich so gern fortschicken zu Pauline nach Frankfurt, aber das ist jetzt viel zu gefährlich. Wir sollten Pauline überreden nach Altenbuch zu kommen, auch für sie wird es langsam lebensgefährlich in einer großen Stadt zu bleiben.”
“Du meinst, die Bombenangriffe nehmen noch zu?”
“Ganz sicher! Die Tommys haben noch eine Rechnung offen mit uns.” Anton lachte bitter.

Als Anton wieder gehen musste, las Lene in seinen Augen die gleiche dunkle Vorahnung wie bei Peter. Da wusste sie, dass es das letzte Wiedersehen sein würde. Sie warf sich ihm an den Hals und fing an, hemmungslos zu weinen. Weinte den ganzen Kummer um die beiden Männer, die sie am meisten liebte, heraus. Endlich – nach so langer Zeit konnte sie weinen. Anton strich ihr übers Haar und versuchte unbeholfen, zu trösten. Doch woher die Kraft nehmen zum Trösten, wenn die eigene Seele brach lag, leergefegt von erlebtem Schrecken, zugedeckt mit Hoffnungslosigkeit?
“Lene, versprich mir, dass du hier weggehst, wenn dieser Krieg vorbei ist! Du musst hier wieder weg! Konrad vereinnahmt dich ganz und gar und wenn er jetzt auch ziemlich zahm geworden ist, ist das nichts für dich!”
“Ach Anton, es tut mir so leid, dass ich hier `rumflenne und dir so den Abschied noch schwerer mache. Sorg dich bloß nicht um mich, ich schaff` das schon. Tante Pauline werde ich schreiben, damit sie möglichst schnell zu uns heraus kommt. Wenn dann der Krieg vorbei ist, werde ich mit ihr von hier weggehen”, es sollte zuversichtlich

klingen und ihn beruhigen, aber ihr Lächeln war eher kläglich.

Seltsamerweise hatte Lene um ihren jüngeren Bruder Otto, der ja inzwischen auch Soldat war, keine Angst. Nicht dass ihr Ottos Schicksal gleichgültig gewesen wäre, keineswegs! Aber mit der gleichen untrüglichen Sicherheit, mit der sie spürte, dass Anton verloren war, wusste sie, dass Otto wiederkommen würde. Auch als August, der jüngste, ein Jahr später als Flackhelfer einrücken musste, war sie zwar empört darüber, dass jetzt, die Halbwüchsigen schon als Kanonenfutter missbraucht wurden, aber sie wusste, er würde heil wiederkommen.
Tante Pauline schrieb aus Frankfurt, dass das Leben zwar immer gefährlicher werde, dass sie aber keinesfalls ihre Freundinnen im Stich lasse. Außerdem werde sie im Krankenhaus dringender denn je gebraucht.
Die Briefe von Anton kamen nurmehr spärlich und als die Deutschen vor Stalinggrad kapitulierten, wusste Lene, dass es unnötig war, noch länger auf ein Lebenszeichen von ihrem Lieblingsbruder zu warten. Nie sollte sie es offiziell erfahren, dass Anton gefallen war, er war vermisst, und doch hegte sie nicht einen Funken Hoffnung, dass er wiederkommen würde.

Immer stärker machte sich jetzt das Kriegsgeschehen auch in dem kleinen abgelegenem Dorf im Spessart bemerkbar. Bombengeschwader und Tiefflieger überflogen immer öfter das Dorf mit ihrer unheilvollen Last. Neuerdings nicht mehr nur nachts, sondern auch tagsüber.
In einer Aprilnacht des Jahres 1944 gingen am Tannenkopf fünf Sprengbomben nieder und die Altenbücher bekamen eine Ahnung davon, was es bedeutete mit der Angst vor Bombenabwürfen zu leben.

Aber das Schicksal hatte Lenes Leidensfähigkeit noch lange nicht ausgelotet: Tante Pauline, Anna und Peters Mutter starben im Keller ihres Hauses bei einem Bombenangriff. Lene hatte keine Tränen mehr ob dieser weiteren Heimsuchung und der Stein in ihrer Brust wurde immer schwerer. Sie erkannte mit schmerzhafter Deutlichkeit: Sie war allein! Alle, die schützend ihre Hand über sie gehalten hatten und die sie geliebt hatte, waren gegangen.

Nächtens bekam sie wieder Besuch von der weißen Frau. Sie beherrschte ihre Träume, einem weißen Engel gleich, der ihr winkte, ihm zu folgen in das helle Licht, hin zu einer sanften Musik.

Lenes Leben verlief nur mehr mechanisch, im alltäglich gleichen Trott der Erfüllung der Pflichten. So nahm sie auch kaum wahr, dass immer öfter Wilhelm Bittner ins Haus kam, um den Vater zu besuchen und eine Partie Karten zu spielen, wie er sagte. Wilhelm war verwundet und somit frühzeitig dem Krieg entronnen. Ein fast lahmes Bein, das er beim Gehen hinterherzog, war die bleibende Erinnerung an den Kampf für das Vaterland. Gelegentlich versuchte er schüchtern mit ihr ins Gespräch zu kommen, aber Lene, gefangen im eigenen Kummer, nahm diese Versuche kaum war. Man hielt sie für hochmütig im Dorf, weil sie fast keinen Kontakt zu den anderen hatte und weil sie eisern schriftdeutsch sprach, statt des üblichen 'Platt', wie der Dorfdialekt genannt wurde. Aber Lene war nicht hochmütig, sie hielt nur verzweifelt an diesem letzten Relikt aus einer glücklicheren Zeit fest, wie an einem Halteseil über dem Abgrund. Sie war nicht mehr in der Lage, sich anderen Menschen zu öffnen. Sie hatte sich in eine kalte, dunkle Höhle zurückgezogen und kümmerte vor sich hin.

Das “Tausendjährige Reich“ ging dem Ende entgegen und es riss unzählig viele mit ins Verderben. Die großen Städte waren zerstört und die Flüchtlinge drängten aufs Land, um wieder ein Dach über dem Kopf zu haben und ihr Leben zu retten. Die Stadtfrauen wurden begafft und beneidet. Sie wurden nicht von Stallarbeit und Waldarbeit geplagt, sie mussten nicht aufs Feld, hatten aber ihr spärliches Auskommen trotz allem: Lebensmittelmarken gab es für alle gleichermaßen. Den jungen Töchtern wurden sie als Beispiel für eine erstrebenswerte Karriere präsentiert: Einen Städter heiraten – ein erstrebenswerter sozialer Aufstieg!

Nach der Zerstörung Würzburgs tauchte Auguste wieder auf, die Freundin aus Kindertagen. Auch Auguste hatte erst vor wenigen Monaten ihren Verlobten im Krieg verloren. Für Auguste eine doppelte Katastrophe, denn sie war schwanger. Ihr Vater, ein strenggläubiger Katholik, tobte und drohte, sie aus dem Haus zu werfen.

“Ich zieh` dir dein Bangert net groß! Sieh zu, wo du bleibst! Was solle die Leut` von uns denke!”, waren die barschen Worte, die Auguste zu hören bekam. Und wieder war es eine Frau, Augustes Mutter, die Schlimmes verhütete.

Mutig ergriff sie für ihre Tochter und deren ungeborenes Kind Partei. Ein Esser mehr oder weniger sei nicht schlimm. Auguste sei schließlich ihre Tochter und in ihrem Bauch wachse ihr Enkelkind und für beide werde sie sorgen. Und was die Leute redeten, das sei ihr doch ‚g`rad a Worscht!‘ Lenes Freundin durfte bleiben, aber sie hatte die ständigen Demütigungen und Drangsalierungen des enttäuschten Vaters zu ertragen.

“Da kommt sie, die Hur`”, rief er wenn er sie erblickte, völlig unempfindsam dafür, dass er seine Tochter aufs schlimmste verletzte. Nicht weil er sie eine Hure

schimpfte, sondern weil er eine große Liebe, die nur der Tod hatte beenden können, beschmutzte.
Er verstärkte damit nur Augustes Wunsch, wieder von zu Hause wegzukommen und weckte ihren Widerstand. Keine offene Rebellion – natürlich nicht! Das hätte sie sich in ihrer Situation nicht leisten können, zu groß war die Abhängigkeit vom Vater. Sie versuchte vielmehr mit Schläue zum Ziel zu kommen. Wo immer möglich trickste sie den Vater aus und versuchte ihren Weg zu gehen.
Sie kam mit ihrer Situation sehr viel besser zurecht als Lene. Das wurde auch Lene bewusst. Sie fragte sich, ob Auguste tapferer sei als sie selbst oder ob die Liebe zu ihrem Verlobten nicht so tief gewesen war, wie zwischen ihr und Peter. ‚Das zu beurteilen, steht mir nicht zu', schalt sie sich selbst und kam endlich zu dem Schluss, dass es das ungeborene Kind in ihrem Bauch sei, das ihr den Lebensmut gab. Für Auguste musste es weitergehen, sie hatte bald für ein kleines Kind zu sorgen, ein Kind, das für immer die Verbindung hielt zu ihrem verstorbenen Liebsten, denn es war ein Teil von ihm. Als ihr das bewusst wurde, beneidete sie Auguste glühend um das Kind und war umso fester überzeugt, dass es für sie einfach nicht mehr lohnend sei, dieses Leben noch fortzuführen.
Immer öfter beschäftigte sie sich mit dem Gedanken, ihrem Leben selbst ein Ende zu setzen. Nur der Gedanke an den Kummer, den sie ihren Geschwistern dadurch verursachen würde, hielt sie davon ab.
In der Karwoche des Jahres 1945 überschlugen sich die Ereignisse. Der Krieg ging endlich auch in Altenbuch dem Ende entgegen. Wilde Gerüchte kursierten im Dorf.
"Die Amis wollen uns aushungern lassen!"
"Der ganze Spessart wird evakuiert in die Rhön", oder "Wir müssen uns bereithalten zur Flucht!", so oder so ähnlich klangen die Meldungen.

Lene blieb davon unberührt. Sollten sie sie doch aushungern, an die Wand stellen und erschießen oder was auch immer, dann wäre es endlich zu Ende dieses mühsame Leben. Evakuieren würde sie sich nicht lassen. Sie würde einfach hier das Ende erwarten und dann hoffentlich endlich Frieden finden.

Der Volkssturm hatte als letzte Verzweiflungstat Panzersperren aufgebaut, aber das half nichts mehr.

An einem der letzten Märztage kam Auguste aufgeregt herübergelaufen.

"Lene, am Waldrand kampieren entlaufene Russen. Wie die ausschauen! Nur mehr Haut und Knochen. Die armen Teufel haben seit Tagen nichts mehr gegessen.Wir wollen ihnen Kartoffeln kochen, damit sie wenigstens etwas zu Essen haben."

In Altenbuch wusste man seit Generationen, was es heißt, Not zu leiden und so kochten die mitfühlenden Leute in den Waschkesseln Kartoffeln für etwa zweihundert entlaufene russische Kriegsgefangene.

Das Artilleriefeuer war jetzt immer stärker zu hören. Von Eschau her und von Wintersbach herüber grollte der Donner nicht nur tagsüber, sondern auch nachts.

Karfreitag und Karsamstag vergingen in banger Erwartung. Am Nachmittag des Karsamstages wurden durchziehende deutsche Soldaten beschossen und einige Häuser im Unterdorf dabei beschädigt. Am Morgen des Ostersonntages passierte das gleiche im Oberdorf. Verletzt wurde glücklicherweise niemand. Zur Messe am Ostersonntag wagten sich nur die Mutigsten. Allen voran Lene. Sie schien sich an überhaupt keine Vorsichtsmaßnahme zu halten und bewegte sich an diesen Tagen im Dorf, wie an all den anderen. Es war ihr ganz persönliches ‚Spiel mit dem Tod', ihre Aufforderung an das Schicksal, die Gelegenheit wahrzunehmen und sie von

dieser Welt wegzuholen. Aber das Schicksal ließ sich nicht nötigen, es hatte anderes vor mit Lene.
Am Nachmitag des Ostersonntag fuhr der erste amerikanische Spähwagen durch das Dorf. Er kam von Wildensee und als er am Dorfende zu Breitenbrunn hin auf deutsche Soldaten stieß, zog er sich schnell wieder zurück. Es folgte starker Beschuss und schließlich rollten Panzer und motorisierte Truppen in das Dorf. Am Ostermontag war das ganze Dorf unter amerikanischer Besatzung. Die Soldaten quartierten sich im Dorf ein und verhängten den Belagerungszustand mit fest geregelten Ausgangszeiten.
Nach acht Tagen schon, wurde der Belagerungszustand aufgehoben und die Soldaten zogen bis auf einige wenige weiter.
Die Aufregung im Dorf legte sich, langsam trat der Alltag wieder ein und das hieß, Mangelwirtschaft und Not meistern zu müssen.

Im Mai brachte Auguste, Lenes Freundin, einen gesunden Jungen zur Welt. Lene, die ihrer Freundin bei der Geburt beigestanden hatte, wurde durch dieses Erlebnis aus ihrer bleiernen Lethargie gerissen. Werner, so hieß der Kleine, war ein solch wonniges Baby, dass es ihr das Herz wärmte. Wie er so in seinem Korb lag und arglos unschuldig in diese Welt blinzelte, weckte er bei Lene alle Mutter- und Beschützerinstinkte. Zum erstenmal seit langem fasste sie so etwas wie Mut.
Auguste ging unbeirrt ihren Weg. Zuerst suchte sie den Kontakt zu der Arztfamilie, bei der sie zuletzt gearbeitet hatte. Glücklicherweise konnte sie ein knappes Jahr nach Werners Geburt dort wieder arbeiten. Ihren Buben musste sie zunächst bei ihren Eltern in Altenbuch zurücklassen und das war schlimm genug. Da sie aber schon bald Kostgeld für ihn schickte, war ihr Vater zufriedengestellt. Außerdem hatte er seinen Enkelsohn inzwischen so lieb

gewonnen, dass er die Tatsache, dass der ein uneheliches Kind war, einfach verdrängte.
Auguste entkam jedenfalls der Abhängigkeit ihres Vaters und der Ehemann, den sie sich zwei Jahre später erwählte, war ein Mann, dem Willkür oder gar Tyrannei fremd waren. Werner war für ihn ebenso sein Sohn, wie die beiden leiblichen Kinder, denen Auguste später noch das Leben schenkte. Das Schicksal als ungeliebter ‚Bangert' aufzuwachsen, blieb Werner glücklicherweise erspart.

Die Besuche Wilhelm Bittners im Hause Bromm häuften sich und immer öfter hatte er auch Gelegenheit mit Lene ins Gespräch zu kommen. Sie unterhielt sich mit ihm mit der gebotenen Höflichkeit über die Dinge des Alltags, bemerkte aber noch immer nicht, dass seine Besuche nicht in erster Linie Konrad und dem Schafkopfspiel galten, sondern ihr selbst.
Wilhelm war aus dem Unterdorf und acht Jahre älter als Lene, sie kannte ihn also nicht besonders gut. Lene war ja schon als sehr junges Mädchen von zu Hause fort und hatte ihre Jugendzeit in Frankfurt erlebt.
Wilhelm war groß und kräftig. In seinem runden Vollmondgesicht stand eine kleine himmelwärts gerichtete Nase, was ihm etwas naiv Unschuldiges verlieh, verstärkt noch durch den leicht verwunderten Blick seiner Augen. Er machte den Eindruck eines zu groß geratenen Kindes, das in die Welt hineinstaunte. Das Mächtigste an ihm aber waren seine Hände, fast tellergroß mit dicken wülstigen Fingern.
Eines Nachmittags begann er, ihr von sich und seiner Familie zu erzählen. Er hatte vier Geschwister, von denen eines als Säugling starb. Sein Vater fiel im ersten Weltkrieg und Wilhelm als der Jüngste, war wohl Mutters Liebling. Jedenfalls sprach er voller Respekt über seine Mutter, was Lene gefiel. Von seinen zwei Brüdern war

Hans, der älteste, noch in Gefangenschaft und Jofel ‚nicht ganz richtig im Kopf‘, wie Wilhelm es verlegen ausdrückte. Hans war in Wintersbach verheiratet und so kam es, dass Wilhelm Haus und Hof in Altenbuch übernehmen sollte.
Schnell hatte er erkannt, was für eine tüchtige Wirtschafterin Lene war und ihre Schönheit hatte ein übriges getan, sie für ihn einzunehmen.
“Was ich suche, ist eine tüchtige Frau, mit der ich eine Familie gründen kann und die mir Haus und Hof gut bewirtschaftet”, sagte er und sah Lene erwartungsvoll an. Die stutzte einen Moment und begriff dann endlich. Bedauernd schüttelte sie den Kopf.
“Falls du glaubst, ich wäre die richtige, Wilhelm, dann schlag dir das aus dem Kopf. Ich will nicht heiraten, ich kann es nicht!”
“Warum?”
“Zum Heiraten gehört, meine ich, auch Liebe dazu und ich kann keinen Mann mehr lieben. Meine große Liebe liegt irgendwo zusammengeschossen auf einem Acker in Rußland und ich kann und will ihn nicht vergessen!”
“Aber das Leben geht weiter, Lene! Du kannst nicht dein Leben lang trauern. Jeder von uns hat durch diesen Krieg Angehörige verloren, wenn nun jeder sich in seiner Trauer vergraben tät‘?”

Wilhelm wusste, dass er einen Verbündeten hatte: die Zeit. Die Zeit macht vergessen, die schlimmen Dinge verblassen ebenso wie die schönen. Die schönen Dinge hatte Lene darüber hinaus in ihrer Erinnerung vergraben und hütete sich, daran zu rühren. Es war viel zu schmerzhaft.

Lenes jüngster Bruder August kam bald nach Kriegsende zurück und nur zwei Monate später auch Otto. Weitere zwei Monate später heiratete Otto seine Freundin aus Wintersbach und somit war wieder eine Frau im Haus. Lene kam sich überflüssig vor, obwohl es an Arbeit nach wie vor nicht mangelte. Aber was sollte sie tun? Wo sollte sie hin? Eine Möglichkeit im Dorf oder in nächster Nähe eine bezahlte Arbeit zu finden, gab es nicht. Als ledige Schwester hier auf dem Hof des Bruders ihr Leben lang als billige Arbeitskraft zu bleiben, war keine erfreuliche Zukunftsaussicht.

Wilhelms Anfragen wurden jetzt immer drängender und der Vater forderte Lene eine Entscheidung ab.

"Was willst du eigentlich, Lene? Der Wilhelm ist zwar net reich, aber er hat Haus und Hof und muss es mit niemand teile. Gut seine Mutter lebt noch, aber die is noch rüstig und wird dir eher e Hilf sein, als e Last. Denk d`ran, es gibt net mehr viel Männer! Die meiste habbe ihr Leben im Krieg g`lasse und du bist ja schon net mehr die allerjüngsti! Worauf willst du warte? Willst du als alte Jungfer ende? Nimm den Wilhelm, dann bist versorgt!"

Immer stärker ließ Konrad sie zudem spüren, dass sie jetzt im Haus unerwünscht sei.

Mit schmerzhafter Deutlicheit wurde es Lene bewusst: Sie blieb immer auf irgendeine Weise abhängig von Männern. Erst vom Vater, dann vom Ehemann und es gab wohl auch für sie keine Möglichkeit, diesem Schicksal zu entrinen.

In ihrer Frankfurter Zeit hätte sie vielleicht die Kraft gefunden, ihren Weg alleine zu gehen. Auch hätten Tante Pauline und Anton sie ganz sicher unterstützt, ihr Mut gemacht. Aber jetzt, auf sich alleine gestellt und gebrochen durch die Schicksalsschläge, hatte Lene diesen Mut nicht mehr. Sie resignierte und willigte ein, Wilhelm Bittners Frau zu werden, nicht ohne vorher mit ihm noch ein wichtiges Gespräch zu führen.

"Ich weiß Lene, du hast es mir schon oft genug gesagt, dass dein Herz noch immer an dem Mann hängt, den du verloren hast. Ich verlange auch net, dass ich jetzt die große Liebe für dich werd. Ich denk, das fügt sich scho, wenn wir erst z` sammenlebe."

"Da ist noch etwas, was du wissen musst, Wilhelm: Peter und ich waren uns ganz sicher, dass wir heiraten würden und deshalb... Nun ja, ich bin nicht mehr unberührt! Du heiratest keine Jungfrau!", Lenes ehrliche Art ließ nichts anderes zu, als ihren künftigen Ehemann über alles aufzuklären.

Wilhelm winkte ab. "Ich hab`s mir scho gedaacht, Lene. Aber auch des ist net so wichtig."

Doch hier täuschte sich Wilhelm. Täuschte sich selbst und auch Lene.

An einem schönen Sonntag im Spätherbst machte Lene ihren Antrittsbesuch bei Wilhelms Mutter.

"Du bist also die, die meinen Wilhelm so lang scho hinhält! Bist dir wohl zu gut für ihn?", waren ihre Willkommensworte für Lene.

"Mutter!", der selbstsichere Wilhelm rang sichtlich um Fassung und schnell erfasste Lene seine Lage. Der Tyrann ihrer Kindheit und Jugend war Konrad gewesen, bei Wilhelm war es offensichtlich seine Mutter Rosa.

Rosa Bittner war klein und hager, hatte stahlblaue Augen und einen schmalen Mund, den sie eng zusammenkniff. Es war Lene sofort klar, mit dieser Frau war schwer auskommen. Als sie aber Wilhelms ängstlichen Blick auf sich gerichtet sah, der wohl fürchtete, sie könnte es sich jetzt noch anders überlegen, hatte sie nichts als Mitgefühl mit ihm und nickte ihm aufmunternd zu.

Rosa bot Lene eine Tasse Kaffee an, ‚Muckefuck', natürlich, denn an richtigen Bohnenkaffee war schon lange nicht mehr zu kommen. Die Stimmung war beklemmend und so ganz anders, als damals, als Lene ihren ersten Besuch bei Peters Mutter machte.

‚Du darfst nicht vergleichen! Das ist eben ganz anders hier. Es ist sinnlos in der Erinnerung herumzustöbern, jetzt beginnt ein neuer Lebensabschnitt und den musst du meistern!‘, machte sie sich selbst Mut und schob ihre wehmütigen Gedanken auf die Seite.

“Es gibt viel zu schaffe hier. Ich bin schon älter und froh, wenn ich eine tüchtige Hilf ins Haus krieg”, sie musterte Lene prüfend.

“An Arbeit bin ich gewohnt”, antwortete diese schlicht und ließ sich nicht aus der Ruhe bringen.

“Außerdem ist da noch unser Jofel. Für den muss der sorgen, der Haus und Hof übernimmt, also der Wilhelm und du, wenn du seine Frau werde willst.”

“Warum ist der Jofel nicht da?”

Rosa machte eine wegwerfende Handbewegung. “Er hat Angst vor Fremi, aber wenn du durchaus willst, dass er dabei is... Wilhelm hol en! Er is in seiner Kammer.”

Wilhelm schob seinen Bruder ins Zimmer. Jofel war klein und schmächtig, das genaue Gegenstück von Wilhelm. Seine Gestalt war leicht nach vorn gebeugt, als Ausgleich zu dem kleinen Buckel, der ihm auf dem Rücken wuchs. Unter mächtigen buschigen Augenbrauen lugten zwei dunkle Augen hervor. Es waren die Augen, die Lene gefangennahmen.

“Jofel, sag Lene Guten Tag”, befahl Rosa barsch.

Jofel stieß einen heiseren kehligen Laut aus und schickte Lene einen kurzen Blick, um sich dann wieder wegzudrehen.

“Ich freue mich, dich kennenzulernen, Josef”, sagte Lene beinahe feierlich und dieser sah sie erstaunt an. Lene hielt seinem Blick stand und für einen kurzen Moment versanken sie beide ineinander, forschend voll naiver Neugierde. Dann verzog sich Josefs Gesicht zu einem Lächeln und seine Augen strahlten Lene an.

“Dir jedenfalls bin ich willkommen”, dachte Lene und ihre Augen erwiderten seinen Willkommensgruß.

“Sie ist net ganz einfach, mei Mutter”, begann Wilhelm unsicher das Gespräch auf dem Heimweg. Er erzählte ihr, dass seine Mutter, als Kriegerwitwe hart habe kämpfen müssen, um sich und seine drei Brüder durchzubringen.
“Es ist ihr nix geschenkt worden. Ihr Leben war hart und das hat sie selber auch hart g`maacht”, schloss er seinen Bericht.
“Wir werden uns schon aneinander gewöhnen”, meinte Lene, aber es war keine Zuversicht in ihrer Stimme und sie hatte ein ungutes Gefühl.

Die Hochzeitsvorbereitungen begannen, nahmen aber nicht viel Zeit in Anspruch, denn es gab nicht viel vorzubereiten. Es gab nichts zu kaufen und Lene konnte auch ihr, aus Frankfurter Zeit angespartes Geld, nicht zur Anschaffung von Aussteuer umsetzen, denn die Geschäfte waren leer. Längst wurden die Waren zurückgehalten, für die Zeit in der wieder eine neue, stabile Währung einen echten Gegenwert darstellte. So wurde an Sankt Kathrein im Hause Bromm schwarz geschlachtet, um wenigstens die Gäste bewirten zu können.
Am Vorabend ihrer Hochzeit saß Lene mit Auguste zusammen. Die Freundin gab sich alle Mühe, Lene aufzuheitern, aber es wollte ihr nicht gelingen. Sorgenvoll betrachtete sie die Freundin.
“Lene was ist los mit dir? Hast du Angst, Wilhelm ist nicht der Richtige? Oder hast du das Gefühl, Peter zu verraten?”
“Nein, das ist es nicht. Ich habe nur so ein banges Gefühl. Ich kann wirklich nichts schlechtes von Wilhelm berichten. Er gibt sich große Mühe - trotzdem werde ich

dieses ungute Gefühl nicht los, dass ich vielleicht einen Fehler mache."

"Heiraten ist nun mal ein wichtiger Schritt. Ich glaube, dass viele sich den Kopf darüber zerbrechen, ob es wirklich der richtige ist! In die Zukunft kann keiner sehen."

"Bei Peter war ich mir ganz sicher, da gab es nicht *einen* Zweifel." Mit leiser Stimme zerstörte Lene die Beschwichtigungsversuche ihrer Freundin.

In der Nacht träumte sie von Tante Pauline. Die Tante kam mit dem Auto gefahren, um sie abzuholen. Aber Lene gelang es nicht, in das Auto zu steigen, denn Konrad hatte seinen Fuß auf ihren Brautschleier gestellt und hinderte sie am Vorwärtskommen. Sie hörte ihre Tante nach ihr rufen, erst laut, dann immer leiser und schließlich verschwand sie im Nebel. Plötzlich tauchte Peter auf, nahm sie bei der Hand und rannte mit ihr zu dem kleinen Gartenhäuschen in Heidelberg. Aber als sie es fast erreicht hatten, verwandelte sich dieses pötzlich in den Brommschen Backofen und Konrad wartete mit Hohngelächter auf sie. Schweißgebadet erwachte Lene und fand für den Rest der Nacht keinen Schlaf mehr.

Ihre Hochzeit zog an Lene vorüber wie ein Film. Alles schien so unwirklich. Sie hatte das Gefühl in die Rolle des Zuschauers und nicht in die, des Hauptdarstellers geschlüpft zu sein. Konrad pries seine hausgemachten Spirituosen an und sorgte dafür, dass vor allem Wilhelm ausreichend oft von Heidelbeerlikör, Brombeerlikör und Johannisbeerwein kostete. Lene beobachtete es mit Unbehagen.

"Was für eine hübsche Braut die Lene ist!", Hans, Wilhelms älterer Bruder, nahm Lene in den Arm. "Ich glaube, du hast eine gute Wahl getroffen, Wilhelm!"

“Des muss sich erst noch zeige`”, warf Rosa spitz dazwischen, um gleich von beiden Bittner-Söhnen mit einem missbilligendem ‚Mutter‘ getadelt zu werden.
Josef, ‚der Idiot‘, sandte ihr seine Botschaft visuell zu.
“Ich werde dein Freund sein, Lene, sei unbesorgt!”
Lene kam plötzlich in den Sinn, dass sie schon einmal, vor langer Zeit, mit einer Braut verglichen wurde. Es war an ihrer Erstkommunion gewesen und sie erinnerte sich genau, wie sie sich damals geweigert hatte, jemals zu heiraten.
“Nun hat er doch gewonnen, der Vater!”, dachte sie niedergeschlagen und ein wenig erschreckt zugleich. “Er hasst mich so sehr, er wird nicht eher Ruhe geben, bis er mich vollends klein hat!”
Die Erkenntnis tat weh, aber sie weckte auch Lenes Selbsterhaltungstrieb.
“Heute ziehe ich aus, aus deinem Haus, Konrad Bromm! Jetzt ist Schluss mit deiner Tyrannei, Schluss mit deiner Bosheit und Niedertracht! Du hast mein Leben lange genug zerstört, jetzt hast du keine Möglichkeit mehr dazu!”, war die stumme Abschiedsrede, die Lene ihrem Vater hielt und das Schicksal war immerhin so gnädig, ihr vorzuenthalten, dass sie sich täuschte.

Wieder und wieder hatten Lenes Kinder ihren Tagebucheintrag von ihrem Traum gelesen. Es hatte sie aufgewühlt und bestürzt, dass ihre Mutter sich auf die Hochzeit eingelassen hatte. Wie konnte sie nur? Immer wieder stellten sie sich diese Frage. Was hatte sie dazu gebracht, sich auf solch einen Handel einzulassen? Sie hätte wissen müssen, dass es schief geht! Genau genommen wusste sie es auch, denn das war doch wohl der Grund für ihre Träume?

Den Antrittsbesuch bei seiner Großmutter Rosa konnte sich Klaus so lebhaft vorstellen, als wäre er selbst dabeigewesen. Er hatte noch genaue Erinnerungen an seine Großmutter und wusste, wie schwierig sie gewesen war.

Der Satz mit dem Lene Mitgefühl und Verständnis mit Wilhelms Situation beschrieb, war für Klaus eine Offenbarung.

"Mitleid, Mitgefühl! Ich traue Lene zu, dass dies die entscheidenden Gründe waren, sich Wilhelms anzunehmen!"

Die Bereitschaft zu Verstehen – darin war Lene von klein auf geschult worden und das war ihr Verhängnis. Das Beispiel der Mutter hatte sie geprägt, sie vorbereitet auf das eigene Leben. Sie hatte das Verstehen, das Dulden und Ertragen von ihrer Mutter übernommen wie einen abgetragenen Mantel, der maßgeschneidert passte.

"Was ist mit ihrer Frankfurter Zeit? Hatte sie die schon so gründlich vergessen? Dort hat sie doch erlebt, dass ein Frauenleben auch anders laufen kann."

"Richtig, Monika, das hatte sie und sie hatte das sicher nicht vergessen. Sie hatte es nur gründlich verdrängt. Frankfurt – das hing mit Peter zusammen und alles das ließ sie als Erinnerung nicht zu, wahrscheinlich weil es zu schmerzhaft war. Unser Vater hat soviel Verständnis nicht verdient. *Er* hat sich überhaupt keine Mühe gegeben, Lene zu verstehen oder gar ihr zu helfen!"

"Bist du jetzt nicht ungerecht, Klaus? Ich glaube du solltest Mamas Tagebuch genauer lesen, nicht nur das werten, was dir bedeutungsvoll erscheint! Außerdem vergiss nicht die Zeit! Der Zeitgeist war ein ganz anderer als heute! Auch unser Vater war davon geprägt. ‚Ein Kerl, hart wie Krupp-Stahl', hast du vergessen?"

"Machst du dich jetzt zu Vaters Anwalt? Bist auch du immer noch eine Gefangene der traditionellen Frauenrolle: Verstehen und Entschuldigen?"

"Ganz sicher nicht, Klaus. Ich versuche nur, dir klarzumachen, wie fragwürdig Schuldzuweisungen sind – und auch wie unnütz."

Seit einem Jahr lebte Lene schon als Ehefrau Wilhelms im Bittnerschen Haus. Wieder war vieles anders gekommen, als sie es sich erhofft hatte, oder genauer, es war vieles gerade so gekommen, wie sie es insgeheim befürchtet, sich aber nicht eingestanden hatte.
Dabei gab sich Wilhelm durchaus Mühe, ihr ein guter Ehemann zu sein, es wäre unfair, das nicht anzuerkennen. Die Art indess, wie er mit Lene umzugehen pflegte, seine Unbeholfenheit und sein derbes Auftreten verbargen die wenigenVersuche, ihr seine Zuneigung zu zeigen, recht gut. Wilhelm war im Dorf aufgewachsen. Hier hatte sich sein Bild geformt, wie ein Mann zu sein hatte. Er hatte Altenbuch nur verlassen, solange er Soldat war und in dieser Zeit war er nur unter Männern, von denen man erwartete, dass sie ‚hart wie Krupp-Stahl' seien. Woher also lernen, was lieben heißt? Woher den Mut nehmen, Gefühle der Zuneigung zu zeigen?
Auch seine Mutter hatte ihm nie Zärtlichkeit geschenkt. Sie liebte ihren Jüngsten über alles, aber zeigen konnte sie es ihm nicht. Das Leben hatte ihr abgewöhnt, Gefühle zu zeigen, sie hätte befürchtet, es könnte mit Schwäche verwechselt werden.

Das Missverständnis hatte schon in der Hochzeitsnacht begonnen, die so ganz anders verlief, als Lene erhofft hatte. Wilhelm wollte Lene beweisen, dass er ein ebenso potenter Liebhaber sei, wie ihr früherer Verlobter. Leider vergaß er das ‚Lieben', verlegte sich stattdessen zu sehr aufs ‚Haben' und demütigte damit seine Frau. Demütigte sie, wie wohl viele Männer vor ihm ihre Frauen gedemütigt hatten und es noch viele nach ihm tun würden.

Lene aber war nicht mehr wie die anderen Frauen aus dem Dorf. Sie war verwöhnt, verwöhnt durch die Erfahrung wirklicher Liebe. Sie stellte Ansprüche , sie verglich. Das gestand sie sich zwar nicht ein, sie versuchte jeden bewussten Gedanken daran zu verdrängen, aber die Seele ließ sich nicht knechten, nicht täuschen.

Wilhelm näherte sich ihr mit einer Alkoholfahne und zerstörte alles. Sie, die von klein auf Gelegenheit genug hatte, Furcht und Abscheu vor betrunkenen Männern zu entwickeln, gefror zu Eis. Er fiel über sie her, wie ein Zuchtbulle, und Lene schien es, als wolle dieser Alptraum aus Schmerzen und Ekel nie enden. Sie fand die ganze Nacht keinen Schlaf. Klar und schmerzhaft drang die Erkenntnis in ihr Bewusstsein: Sie hatte den falschen Mann geheiratet, genau wie ihre Mutter! Wovor sie Tante Pauline so eindringlich gewarnt hatte, es war geschehen. In aller Frühe stand sie auf und lief in den Hof hinunter. Es war noch stockfinster und kein Lebewesen zu sehen. Eiskalt war es außerdem, aber das spürte die, nur mit Nachthemd bekleidete, Lene nicht. In der Schlafstube hatte sie es nicht länger ausgehalten. Sie hatte das Gefühl, neben dem laut schnarchenden Wilhelm ersticken zu müssen. Blind vor Tränen, stolperte sie über den Hof bis an den Rand der Wiese und übergab sich. Genau so heftig, wie an dem Tag, als sie von Peters Tod erfuhr. Als sich endlich ihr Magen völlig entleert hatte und sie vor Erschöpfung laut keuchte, hörte sie plötzlich Schritte hinter sich. Erschrocken fuhr sie herum.

“Was ist dir, Lene?”, besorgt näherte sich Anna, die Nachbarin und als sie im vollen Mondlicht Lenes Gesicht sah, wusste sie Bescheid.

“War`s so schlimm?”

Ein Keuchen als Antwort.

“Lene, du bist doch kaa ganz junges, unerfahrenes Ding mehr! So ist das halt! Mach dir net so viel d‘raus, es wird

nur noch schlimmer sonst. Leg dich einfach naa und lass ihn gewähre‘. Verkrampf dich net und denk nur ‚des geht vorbei‘, dann hast du de‘ wenigste Ärger mit. Die Kerli sind halt so, des is ihr‘ Natur!”
Da war er wieder dieser Satz, mit dem alles entschuldigt wurde! Lenes Magen begann erneut zu rebellieren. Sie wusste nur zu gut, dass diese Entschuldigung nicht haltbar war. Sie selbst hatte erfahren dürfen, dass es auch anders ging.
Aber auch sie würde sich, jetzt da sie wieder im Dorf lebte, dem ungeschriebenen Gesetz beugen müssen: Männliche Gewalt und Unterdrückung sind als selbstverständlich hinzunehmen.
“Du wirst doch nichts davon weitererzählen?”, besorgt sah Lene die Nachbarin an.
Diese schüttelte den Kopf und sah Lene an. “Des ist kaa G’schicht‘ zum Weitererzähle‘, wer wüsst‘ des besser als ich!” Ihre Blicke trafen sich, Verstehen ohne weiteres Wort.
Noch einen gab es, der von Lenes Verzweiflung wusste: Zwei dunkle Augen unter buschigen Brauen funkelten hinter dem Holzschuppen hervor in die Nacht. Aber der, dem diese Augen gehörten, würde schweigen und selbst wenn er reden wollte, käme nichts als ein kehliges Bellen über seine Lippen.

Um zu vergessen, stürzte sich Lene in die Arbeit, davon gab es genug. Sie versuchte Rosa, Wilhelms Mutter, so gut es ging aus dem Weg zu gehen und ihr keinen Anlass für Klagen zu liefern. Rosa tat alles, was in ihren Kräften stand, damit es Lene nicht zu gut ging. Der Antrieb für ihre Bösartigkeit war Eifersucht und gekränkter Stolz. Lene hatte ihr den jüngsten Sohn weggenommen, ja ihn regelrecht verzaubert, wie sie behauptete. Das verzieh sie ihr nie. Sie selbst hatte bereits eine andere Frau für ‚ihren

Wilhelm‘ ausgesucht und der hatte ihre Wahl verschmäht. Beständig lag sie ihrem Sohn in den Ohren. Zählte Lenes vermeintliche Fehler auf, tischte ihm Lügen auf, ließ nichts unversucht, sie anzuschwärzen.
"Die hat dich ja nur genommen, damit se versorgt is. Die hat dich überhaupt net gern. Die nutzt dich ja nur aus!"
"Mutter, jetzt halt dein loses Maul!", an der unerwartet heftigen Reaktion spürte sie, dass dieser Hieb saß. Sie hatte das Lindenblatt auf seiner Seele gefunden. Er hatte Angst vor Lenes Abweisung. Jetzt wusste sie, wo sie anzusetzen hatte, freilich ein wenig geschickter würde sie es anstellen müssen.

Im Frühling des Jahres wurde Lene schwanger. Ihr Körper rebellierte dagegen, sie erbrach ständig und wurde immer elender. Wilhelm, der sich ehrlich um sie sorgte, bestand darauf, die Krankenschwester zu Rate zu ziehen.
‚Zimberlies‘ musste sich Lene daraufhin von Rosa schimpfen lassen.
"Wo wäre ich hie`komme, wenn ich wegen jeder Klaanichkeit zur Schwester g`laafe wär - alloo mit drei klaane Kinner", bemäkelte sie Lenes Zustand.
Die Schwester war eine kluge Frau und ahnte Lenes Kummer.
"Tu dich nicht länger wehren dagegen, Lene," riet sie ihr. "Da wächst junges Leben in dir und das ist nicht gefragt worden, ob es kommen will auf diese Welt oder nicht. Nimm es an! Der Herrgott schickt es dir, er weiß schon warum."

Lene war bestürzt. Darüber hatte sie noch kaum nachgedacht. Nein, das Kind sollte nicht unter ihrem Unglück zu leiden haben! Das nahm sie sich fest vor. Eine Kindheit wie die eigene wollte sie ihm unter allen Umständen ersparen. Sie verdrängte also den eigenen

Kummer und war fortan ganz auf das Wohl des Kindes bedacht. Wilhelm war in der Zeit ihrer Schwangerschaft anders. Fürsorglich und rücksichtsvoll, wie Lene dankbar registrierte. Für die ständigen Sticheleien Rosas war er nicht empfänglich, ja er verbot sie ihr sogar. Dass dies das Verdienst der guten Schwester war, ahnte Lene nicht. Diese hatte Wilhelm beiseite genommen.
“Wenn du willst, dass dieses Kind gesund auf die Welt kommt, dann lass deine Frau in Ruhe und sorg dafür, dass es ihr gut geht! Glückliche Frauen bringen fröhliche, gesunde Kinder zur Welt!”
Wilhelm gehorchte unverzüglich.

Schwester Margarita war eine lebenslustige, humorvolle Frau. Ihre Eltern besaßen eine Brauerei und einen Dorfgasthof im Oberfränkischen. Von Kind auf an Betriebsamkeit und Geselligkeit gewohnt, hatte sie gelernt mit den Menschen umzugehen, vor allem mit den schwierigeren Zeitgenossen. Ihre Eltern und ihre vier Geschwister waren fassungslos, als sie ihnen mitteilte, sie wolle ins Kloster. Sie hielten es für eine vorübergehende, ausgefallene Idee ihrer lebenslustigen Tochter, die diese sicher bald wieder aufgeben würde. Aber Juliane, wie Schwester Margarita damals noch hieß, beharrte auf ihrem Wunsch, so dass der Vater ihr ärgerlich verbot, weiter davon zu reden. Schließlich war er der festen Überzeugung, das Leben hinter Klostermauern könne nur Julianes Unglück bedeuten. Also riss Juliane von zu Hause aus und ging ins Kloster. Auch nach Abschluss ihrer Probezeit blieb ihr Entschluss fest und sie wurde Nonne, obwohl sie der Vater unter Tränen bat, ihr Vorhaben aufzugeben. Schwester Margarita war eine Schwester für die Menschen. Sie versteckte sich nicht hinter bigotten, wenig hilfreichen religiösen Formeln. Sie schaute in die Familien, erkannte wo es fehlte und versuchte, tatkräftig

zu helfen. Nicht nur auf medizinischem Gebiet. Heute würde man sie wohl als Konflikthelfer und Sozialarbeiter bezeichnen. Mehr als einem Altenbücher hatte sie schon die Leviten gerollt, so sie es für nötig befand und es geschafft, ihn zum Nachdenken zu bringen.
"So sind sie halt, die Kerli!", dieser Satz hatte bei Schwester Margarita keine Gültigkeit und mit Courage und Humor versuchte sie zu ändern, was unveränderlich schien.

Die Zeit der Schwangerschaft führte Lene und Wilhelm zueinander und wenn es auch ganz anders war, als mit Peter, so war es doch ein erster Schritt auf dem richtigen Weg.
Im Januar 1947 brachte sie Monika, ihre kleine Tochter zur Welt. Wilhelm war närrisch vor Freude und Lene erlebte erstaunt, wie zärtlich der sonst so grobe Wilhelm mit seiner Tochter umging.
Es war ein trockenes Jahr, 1947. Schon im Frühling und Frühsommer hatte es viel zu wenig geregnet. Die Heuernte fiel entsprechend mager aus und sorgenvoll sahen die Leute dem nächsten Winterhalbjahr entgegen. Es galt Futter zu sparen, so gut es ging. So ging auch Lene in den Wald zum ‚Strüpfen'. Von den Eichen wurden Äste abgeschlagen und die Blätter ‚abgestrüpft' und verfüttert oder sogar als Winterfutter gelagert. Durch die schlechte Ernährung erkrankte das Vieh oder verkalbte. Auch bei Bittners im Stall war das so. Erst hatte die Kuh entzündete Füße bekommen und schließlich das Kalb verloren.
"Das kommt nur daher, weil die Hex` auf dem Hof ist. Noch nie is so was bei uns passiert. Die bringt noch Unglück über uns alle und die ganze Hoffart!", für Rosa ein willkommener Anlass, gegen Lene zu hetzen. Aber im Moment hatte sie schlechte Karten, denn Wilhelm als junger Familienvater genoss sein Glück.

“Des ist net der Lene ihr Schuld. Des liegt an der Gerbsäure von dene Eichen”, stellte er gelassen richtig.
Zum Grasen ging man, mit Ausnahme des Sonntags, sowieso jeden Tag. War das Grastuch zu schwer, wurde es auf Reisig gebettet und nach Hause geschleift.
Im Herbst gab es eine reiche Bucheckernernte und alles, was Beine hatte, war im Wald zum Sammeln. Argwöhnisch beäugt wurden die Fremden, die mit Fahr- und Motorrädern in den Altenbücher Forst kamen und sich am ‚Büchellesen‘ beteiligten. Wie schon nach dem ersten Weltkrieg, waren Lebensmittel knapp und Fett oder Öl ganz besonders. Für die Altenbücher waren das aber ‚ihre Büchel‘, die sie nicht so ohne weiteres zu teilen bereit waren. Mehr als einmal wurden Fremde von besonders ergiebigen Plätzen verjagt und wichen der Übermacht und der Entschlossenheit der Einheimischen.

Auch die Kartoffelernte fiel in diesem Jahr mehr als mager aus und das bedeutete Hunger für die Spessarter, denen das Hauptnahrungsmittel fehlte. Die wenigen Kartoffeln waren außerdem von den Wildschweinen sehr begehrt. Früher hielt der Spessartzaun die unerwünschte Konkurrenz fern. Der Staketenzaun aus Eichenspälter, der den einstigen Wildpark der Wittelsbacher gegen die Dorfflur abgrenzte, war durchlässig geworden. Die Kriegs- und Nachkriegswirren brachten goldene Zeiten für die Schwarzkittel, denn eine regelmäßige Bejagung unterblieb und sie konnten sich übergebührlich vermehren.
Nachts kamen sie aus dem Wald auf die angrenzenden Felder, verwüsteten die Äcker und fraßen die kostbare Frucht, vor allem Kartoffeln. Was also tun? Den Förstern war es nicht möglich, durch strenge Bejagung Abhilfe zu schaffen. Sie hatten keine Jagderlaubnis und keine Jagdgewehre mehr. Gelegentlich veranstalteten die

Amerikaner Treibjagden, die aber ohne spezielle Orts- und Sachkenntnis nicht allzu erfolgreich waren.
Schließlich gestattete man den Einheimischen, über Nacht Wachen aufzustellen. Junge Burschen, ja noch halbe Kinder, wachten in mehreren Schichten draußen am Waldrand, schürten Feuer, lärmten, kurz taten das Notwendige, um die gefährlichen Konkurrenten zu verteiben.
Auch Wilhelm schob beinahe täglich eine Schicht Wache. Sie brauchten nicht allzu lange, um zu bemerken, wie nutzlos ihre Anstrengung war.
"Heut Nacht vertreibe` mer se und morgen Nacht, ach was, vielleicht scho` morge` früh sind se widder da!", bemerkte Moritz Gessner, Wilhelms Freund missmutig. Der nickte zustimmend.
"Es gibt nichts zu beiße` und die Wildsäu klaue` uns noch die paar Grumbern. Dabei bräuchte` mer nur zupacke` und mer hätte` den Topf voller Fleisch!"
Zunächst war es nur ein Gedanke, aber angesichts der Not nahm er schnell Gestalt an. Die Furcht mit dem Gesetz in Konflikt zu kommen, trat zurück hinter dem Willen, zu überleben. Nach allem, was die Leute durch den Krieg hinter sich gebracht hatten, war ihr Verhältnis zu Gesetz und Moral sowieso ein zwiespältiges. Das Vertrauen in staatliche Autorität war zerstört und die neue blutjunge Republik musste sich erst noch bewähren. Vor kurzer Zeit noch hatte man von den Männern verlangt, Menschen zu töten, um wievieles leichter fiel es ihnen jetzt zu wildern!
Schwarzmarkt, Schwarzschlachten und manch anderes war nötig, nur um zu überleben. Man hatte sich längst daran gewöhnt, mit Gesetzesübertritten zu leben.
‚Hilf dir selbst, sonst hilft dir keiner', war das Motto und so wurden die alten Karabiner der Väter aus dem Speicher, der Scheune oder aus anderen sicheren Verstecken geholt. Der Speisezettel wurde durch Wildbret

ergänzt und damit erheblich verbessert. Schließlich schlug man gleich zwei Fliegen mit einer Klappe: die Sauen, die im Kochtopf landeten, stillten den Hunger und konnten ganz sicher nicht ein weiteres Mal die Felder verwüsten und die Kartoffeln auffressen.
Jeden halbwegs normal veranlagten Altenbücher trieb außerdem die uralte Sehnsucht, selbst zu jagen. Es den Kurfürsten, Grafen, Königen und ihren verhassten Jägern gleichzutun und zu beweisen, dass man davon mindestens ebensoviel verstand, war ein von Generation zu Generation weitervererbter Traum.
Unerwartete Unterstützung erhielten die jungen Männer durch Rosa. Sie erschien mit einer Flasche Schnaps bei den Burschen und forderte sie unmissverständlich auf, zu handeln. Sie beschimpfte sie als ‚Hemschisser', würden sie denn weiterhin tatenlos zusehen, wie die ‚elendi Säu die paar Grumbern' wegfräßen.
Auch das Schwarzschlachten hatte Rosa unter ihre Fittiche genommen. Irgendein Neidhammel aus dem Dorf hatte Anzeige erstattet und die Landpolizei aus Stadtprozelten kam mit dem Fahrrad den beschwerlichen Weg hinaus nach Altenbuch, um der Sache auf den Grund zu gehen. Rosa überzeugte die Polizisten schnell, dass es klüger sei, den Kräfteverschleiß unverzüglich auszugleichen. Die Polizisten zogen ohne Anzeige, jedoch mit gut gefülltem Rucksack wieder davon.

So gut wie alles, was zum täglichen Leben nötig war, war rationiert. Nicht nur die Lebensmittel, auch an allen übrigen Waren herrschte Mangel. Die Geschäfte waren leer, die Händler hielten ihre Waren zurück bis zu der Zeit, in der wieder eine stabile Währung einen echten Gegenwert für das Angebot darstellte.

Auch Lene hatte Probleme, die nötige Grundausstattung für ihr Baby zu bekommen. Groß war ihre Freude deshalb, als eines Tages Mechthild, ihre jüngste Schwester mit einem Paket auftauchte.

"Wäsche für die Kleine! Nimm sie, du kannst sie jetzt gut brauchen. Die Mutter hat sie wohl aufgehoben und es wäre ihr sicher recht, wenn du sie jetzt kriegst. Der Otto und die Erika brauchen sie nicht so dringend. Die Erika kriegt die Kindersach` von daheim!"

Zwar waren die Sachen schon reichlich abgetragen, um nicht zu sagen schäbig, schließlich war die Brommsche Kinderschar keine kleine gewesen, aber Lene war dankbar, überhaupt etwas zu bekommen. Etliche Jahre später sollte sie entdecken, dass auch im Bittnerschen Haus eine Kiste mit Babysachen vorhanden war. Rosa hatte ihr diesen ‚Schatz' jedoch nicht gegönnt.

Bei den Schulschwestern konnte man in bescheidenem Umfang auch einiges für den Hausstand kaufen. Die Nonnen waren vor dem Krieg durch eine Schenkung noch zu einer größeren Menge verschiedener Stoffe gekommen. Lesar Lustig, der jüdische Händler, hatte vor seiner Emigration seine Lagerbestände geräumt und die Schwesternstation in Altenbuch nicht vergessen. Die Schwestern verarbeiteten die Ware zusammen mit ihren Handarbeitsschülerinnen zu Bettwäsche, Handtüchern, Kleidern und manch anderem. Hier konnte man einkaufen.

"Das Luder schmeißt dein Geld zum Fenster ′raus", keifte Rosa, als Lene eines Tages mit einem Paar Bettbezügen nach Hause kam.

"Das Geld dafür habe ich mir selbst zusammengespart, als ich in Frankfurt gearbeitet habe", antwortete Lene mit einem Lächeln. Seit Monikas Geburt konnten ihr die Sticheleien ihrer Schwiegermutter wenig anhaben.

Monika war ein ruhiges und braves Kind. Sie trank, schlief, wuchs und gedieh, kurz sie machte es Lene leicht, Mutter zu sein.

Erst als im Juni des folgenden Jahres die Währungsreform in Kraft trat, gab es wieder ausreichend Ware, doch jetzt gab es zu wenig Geld!
Der Wald ließ seine Leute auch diesmal nicht im Stich. Als ahnten die Buchen, wie lebensnotwendig ihre Früchte in jenen Zeiten seien, gab es auch in diesem Jahr eine äußerst reichhaltige Bucheckernmast. Das ist keinesfalls immer so, denn meist liegen mehrere Jahre zwischen den Masten.
Alles, was Beine hatte, war draußen beim Sammeln. Es kamen Händler von weit her, um das Buchenöl aufzukaufen und für einen Liter Öl erzielte man den phantastischen Preis von zwanzig Mark! Dazu mussten allerdings etwa zehn Pfund Bucheckern, gelesen und gereinigt, in der Ölmühle angeliefert werden. Eine mühsame Arbeit, denn die ‚Nüsschen' sind klein und leicht.
Lene hatte Monika in einem kleinen Holzleiterwagen immer dabei. So konnte sie, mit kurzen Pausen für das Stillen, ungestört arbeiten. In dieser Zeit ging eine schwere Grippeepedemie durchs Dorf und auch Lene, geschwächt durch Schwangerschaft, Stillen und schlechte Ernährung, wurde krank.
“Jetzt krötzt sie ja scho wieder! Eine junge Frau und ständig krank, wo gibt`s denn sowas?”, keifte Rosa und ließ bei der Versorgung der kranken Lene ihre ganze Verachtung und Abneigung spüren, so dass diese all ihre Willenskraft aufbot, nur um schnell wieder gesund zu werden. Bis auf einen schlimmen Husten, der erst mit der Wärme im Frühjahr weichen wollte, schaffte sie es auch gerade rechtzeitig, um nun ihrerseits die erkrankte Rosa zu

pflegen. Sie war ein schwieriger Patient, ungeduldig und boshaft.
“Da bist nur du schuld, dass ich jetzt auf meine alten Tage so krank werd! Hätte ich dich net pflege müsse,...” so oder so ähnlich schallten ihre Vorwürfe durchs Haus.

Eigentlich hatte sie nur einen wahren Freund, im Hause Bittner, dem sie vertrauen konnte. Jofel oder ‚Jofele‘ wie Wilhelms Bruder herablassend von jedermann genannt wurde, hatte sein Herz an Lene verloren. Lene befreite ihn aus seiner Vernachlässigung, in der er bisher gelebt hatte. Sie kümmerte sich um ihn, sorgte dafür, dass er sauber war und besorgte für ihn von ihrem Schwager Hans neue Kleider. Sie war die einzige, die ihn mit seinem richtigen Namen ‚Josef‘ anredete, die einzige, die ihm Respekt und Liebe entgegenbrachte und die einzige, die erkannte, dass Josef trotz seiner Behinderung Fähigkeiten entwickelt hatte, über die die sogenannten ‚Gesunden‘ nie verfügen.
Instinktiv erfasste Josef die Seelenlage seiner Mitmenschen. Es war fast, als könne er Gedanken lesen. Er war zur Stelle, wann immer Lene sich niedergeschlagen, verlassen oder mutlos fühlte. Er war einfach nur da und der Blick aus seinen schwarzen Augen sagte ihr ‚du bist hier nicht allein.‘
Kam es vor, dass Rosa bei den gemeinsamen Mahlzeiten Lene zu tyrannisieren begann, so schaute er seine Mutter einfach nur an, bis diese die Fassung verlor und ärgerlich abbrach. Nicht selten versuchte sie dann ihren Ärger an Jofel loszuwerden, ihn auf seine Kammer zu schicken oder ähnliches. Dann trat Lene mit ruhiger, aber fester Stimme dazwischen.
“Wenn Josef nicht hier sitzen und mit uns essen kann, dann werde auch ich den Tisch verlassen!”
Mit der Zeit entwickelten Josef und Lene eine perfekte Art der Verständigung. Sie brauchten sich nur anzuschauen,

um zu verstehen. Wilhelm beobachtete diese Art von Nähe mit Misstrauen, war aber andererseits froh, seinen Bruder in so guten Händen zu wissen.

Hin und wieder kam auch ihr Vater, um, wie er sagte, seine Enkeltochter zu besuchen. Von ihm war keine Hilfe zu erwarten, eher im Gegenteil. Er bestätigte die Vorurteile Rosas und ermunterte Wilhelm zu einer harten Hand gegenüber Lene.

“Die Weiber muss me kurz halte, sonst tanze se dir auf der Nas` rum”, war einer seiner Lieblingssprüche. Was beide zu erreichen suchten, trat ein. Wilhelm wurde misstrauischer und härter im Umgang mit Lene. Lene entzog ihm mehr und mehr das Wenige, das sie ihm von sich geschenkt hatte und litt schweigend.

Wilhelm hatte noch immer keine Arbeit gefunden und da er viel Zeit und Langeweile hatte, wurden seine Besuche im Wirtshaus häufiger und länger. Lene beobachtete sorgenvoll, wie ihr Ehemann ihrem Vater immer ähnlicher wurde, hatte aber nicht die Kraft, es zu verhindern.

So war es eigentlich nur eine Frage der Zeit, bis auch sie eines Tages Schläge erhielt.

Es geschah an einem Sonntagnachmittag. Ihr Bruder Otto und ihre Schwägerin Erika hatten sie besucht und ihr ein Bündel Briefe gebracht.

“Das sind die Brief, die du an Mama geschriebe hast, wie du in Frankfurt warst. Wir habbe ausg`räumt und dabei sind se uns in die Händ g`falle. Zum Wegwerfe zu schad. Wir habe uns gedacht, es ist vielleicht e schöne Erinnerung für dich.”

Es war eine bittersüße Erinnerung für Lene, die ganz in die Briefe versank, als der Besuch wieder gegangen war. Die Schilderungen aus ihrer Frankfurter Zeit, zeigten mit jeder Zeile, wie glücklich Lene damals war. Begeisterung,

Zuversicht und später, als sie von Peter berrichtete, das pure Glück. Die unerwartete Konfrontation mit der Erinnerung war zuviel für Lene. Hemmungslos begann sie zu weinen. Mit einemmal waren sie wieder da, all die sorgsam vergrabenen und verdrängten Erinnerungen. Schutzlos war sie ihnen ausgeliefert. In diesem Zustand fand sie Wilhelm, der angetrunken aus dem Wirtshaus kam. Er sah sie einen Moment lang überrascht an.

"Was plärst du hier `rum? Ist was passiert?"

Dann als er die Briefe liegen sah, griff er sich wahllos einen heraus und überflog ihn mit gerunzelter Stirn. Unseligerweise hatte er gerade jenen erwischt, in dem Lene ihrer Mutter von ihrer großen Liebe berichtete. Wilhelm lief puterrot an vor Zorn.

"Deinem Liebhaber flennst du hinterher. Ich hab`s ja g`wiest! Ich bin dir net gut genug. Die ganze Zeit habe ich es gewiest! Nur ausnutzen tust du mich!"

"Nein Wilhelm, das verstehst du falsch. Das ..."

"Ich versteh` das ganz richtig! Der Wilhelm ist nämlich net so blöd, wie du vielleicht denkst, du Luder!"

Dann schlug er zu. Schlug seine Enttäuschung und seine Angst heraus und Lene hielt still. Noch nicht einmal die Arme hob sie zur Abwehr. Das irritierte Wilhelm so, dass er nach zwei Schlägen aufhörte, sich abwandte und erneut ins Wirtshaus verschwand. Lene hatte keine Tränen mehr. Leer und ausgebrannt fühlte sie sich. Dabei aber auch auf eine seltsame Art zufrieden gestellt. Sie hatte das Gefühl, die Schläge verdient zu haben. Sie hätte nicht genau ausdrücken können, weshalb. Die Liebe zu Peter war noch immer da, obwohl sie jahrelang tapfer versucht hatte, sie zu verdrängen. Sie verursachte ihr jetzt Schuldgefühle. Erziehung und jahrhundertelange Prägung taten ihre Wirkung. Vergessen war, dass sie Wilhelm vor der Ehe darüber aufgeklärt hatte, an wem ihr Herz noch immer hing, dass er sehr wohl wusste, worauf er sich einließ und

er selbst erklärt hatte, sich damit bescheiden zu wollen, dass sie in gegenseitiger Achtung zusammenleben würden. Lene verstand seine Angst und mit dem Verständnis kam einmal mehr das Verzeihen, aber die Kraft, ihm seine Angst zu nehmen, hatte sie nicht. Sie würde sich ihm niemals ganz öffnen und schenken können, das begriff sie jetzt und die Gewissheit erfüllte sie mit Traurigkeit und Trostlosigkeit.
Dann hörte sie Monika und Rosa von ihrem Spaziergang zurückkommen.
“Wie gut, dass Monika nicht hier war und erlebt hat, dass er mich schlägt”, dachte sie und raffte flink die Briefe zusammen, um sie zu verstecken. Sie hatten bereits Unheil genug angerichtet und sollten nicht noch einmal in die falschen Hände fallen. Der Gedanke an ihre Tochter verursachte weiteres Unbehagen. Hatte sie nicht alles tun wollen, um ihrer Tochter gerade das zu ersparen? Sollte sich denn immer alles wiederholen? Lene fasste den festen Vorsatz, ihrem Mann keinerlei Grund mehr zur Klage zu geben.

Wilhelm kam sehr spät aus dem Wirtshaus. Er fiel über die schlafende Lene her, wie eine Bestie. Lene hatte keine Möglichkeit, sich zu wehren. Nach Ende des Albtraums, flüchtete sie in den Garten und spie sich den Ekel aus dem Leib. Als sich ihr Körper gereinigt hatte, sah sie sich um. Sie spürte, dass sie nicht alleine war hier draußen in der dunklen Nacht. Josef war in der Nähe, sie fühlte es, aber sie wollte ihn jetzt nicht sehen. Sie wollte überhaupt niemand sehen, zu erschöpft, zu leergebrannt!
Zaghaft begann am Horizont der Morgen zu grauen und Lene lief durch die taufrischen Wiesen den Hang hoch zum Waldrand. Das Laufen tat gut, es schaffte so etwas wie Befreiung für die gedemütigte Seele. Oben setzte sie sich auf eine Holzarge und starrte ins Leere. Der kühle

Morgenwind strich ihr besänftigend über Haar und Wangen. Langsam konnte sie wieder klar denken. Gab es eine Möglichkeit, diesem Albtraum zu entkommen? Lene dachte gründlich nach, wägte ab, grübelte und – resignierte. Es gab keinen Ausweg für sie. Sie war gefangen, genau wie einst Mathilde. Es blieb ihr nur das Aushalten, das geschickte Taktieren vielleicht, um Wilhelm nicht zu reizen, ihn zufrieden zu stellen.
Sie atmete tief durch. Es wurde Zeit, nach Hause zurückzukehren. Jetzt im Sommer ging es schon frühzeitig hinaus aufs Feld, und das Letzte wonach ihr jetzt der Sinn stand, waren andere Menschen. Nur einen konnte sie jetzt wieder in ihrer Nähe ertragen. Sie blickte sich suchend um.
"Josef, wo bist du? Komm lass uns nach Hause gehen!"
Zögernd kam Jofel aus seinem Versteck. Mit angstvollen Augen sah er seine Freundin an, doch diese schüttelte den Kopf.
"Nein, ich werde nicht fortgehen und dich alleine lassen. Hab keine Angst, ich bleibe!"
Beider Augen versanken ineinander, bis er die beruhigende Botschaft verstanden hatte.

Zu Beginn ihrer Ehe hatten Unbeholfenheit und Unkenntnis Lene erschreckt. Jetzt war es Hass, aber, wie damals, wurde sie wieder schwanger. Diesmal wehrte sie sich nicht mehr dagegen. Sie hatte nicht mehr die Kraft, vielleicht hielt sie aber auch die Schwangerschaft für einen mahnenden Fingerzeig des Schicksals, nicht aufzubegehren, sondern demütig alles zu ertragen.
Als sie den kleinen Klaus in Händen hielt, konnte sie nicht glauben, dass dieses kleine Wesen durch einen derart brutalen Akt der Gewalt entstanden war. Klaus war ein ausnehmend hübsches Baby und als er sie anblinzelte,

erfasste sie ein so starkes Gefühl der Zuneigung zu diesem hilflosen Bündel Mensch, dass sie weinte.
Wilhelm platzte fast vor Stolz über die Geburt des Stammhalters und es erfasste ihn die gleiche hilflose Rührung, wie schon bei Monikas Geburt. Sein Verhältnis zu Lene hingegen wurde durch die Geburt nicht verbessert, wie damals beim ersten Kind. Seit dem Zwischenfall mit den Briefen herrschte eine seltsame Scheu zwischen ihnen. Fast wie zwischen Fremden, die sich nur gelegentlich zum ehelichen Beischlaf nahe kamen. Und selbst bei diesem Akt war es eine einseitige Nähe. Wilhelm, getrieben durch das Bedürfnis nach sexueller Befriedigung, stieß auf eine Mauer aus Ablehnung und Angst, wohlverborgen unter demütigem ehelichem Gehorsam. Das verursachte bei ihm Schwermut oder Aggression, je nach Seelenlage. Doch gegen beides gab es ein hilfreiches Mittel: Alkohol! Längst brauchte es sein Körper, dass er sich in regelmäßigen Abständen betrank. Und das Geld, das er dafür verbrauchte, fehlte Lene für die Familie. Geschlagen hatte er sie seit jener schlimmen Nacht nicht wieder. Lene hatte aber auch alles getan, was in ihren Kräften stand, um einen solchen Zwischenfall zu vermeiden. Die eigenen Bedürfnisse bis zur Selbstaufgabe hintangestellt, den Ekel vor seiner Trunksucht hinuntergewürgt, die Bosheiten Rosas klaglos ertragen und sich nicht gestattet, über ihr Schicksal nachzugrübeln.

Als sie viele Jahre später darüber nachsann, warum sie das alles getan hatte, kam sie nur zu einer Erklärung: Die Kinder! Das Bedürfnis, die Kinder zu schützen, sie vor dem rauen Leben und der harten Wirklichkeit zu bewahren, war die Triebfeder für Lenes Handeln. Viel später erst wurde ihr klar, dass man Kinder nicht täuschen kann. Auch Klaus und Monika begannen frühzeitig, einen Teil der Bürde zu tragen.

Endlich hatte auch Wilhelm Arbeit gefunden. Er arbeitete im Steinbruch, eine schwere und ungesunde Arbeit. Der Abbau des roten Buntsandsteins erzeugte feinen Quarzstaub, der sich auf die Lunge legte und die feinen Lungenbläschen schädigte. Viele Steinbrucharbeiter starben früh an der gefürchteten Silikose. Außerdem war die Arbeit hart. Aber jetzt verdiente Wilhelm regelmäßig Geld, nicht nur die gelegentlichen Nebeneinkünfte aus Schiebereien mit Wild oder ähnlichem standen der Familie zur Verfügung. Besser gesagt, sie hätten der Familie zur Verfügung gestanden, wenn Wilhelm nicht einen großen Teil davon ins Wirtshaus getragen hätte.
Hin und wieder hatte Lene Verbündete: Hans Bittner, Wilhelms älterer Bruder sah bei seinen Besuchen genau, wie es um Lene bestellt war und erkannte den schlimmen Einfluss Rosas. Er versuchte Wilhelm ins Gewissen zu reden, ihm die Augen zu öffnen.
"Du weißt Wilhelm, was unsere Mutter für ein böses Weib sein kann! Sie tut der Lene viel Unrecht und du, stehst immer noch so unter ihrer Kuratell, dass du die Lene im Stich lässt. Sie ist dir ein tüchtiges Weib, schafft bis zum Umfallen, während du im Wirtshaus hockst und säufst! Schau sie `mal genau an, wie verhärmt sie geworden ist. Sie war so eine schöne Frau!"
"Sie wird älter, wie wir alle! Und schaffen müsse mer aach all. Ich kann ihr kein Leben bieten, wie einer feinen Dame aus der Stadt! Und die Mutter ist manchmal launisch, na und? Sie hat auch viel mitgemacht in ihrem Leben und im Alter, da hat man halt seine Grillen."
Hans spürte, dass an Wilhelm so nicht heranzukommen war und half deshalb auf andere Weise. Er war der Patenonkel von Klaus, sein ‚Doud' und unterstützte die Familie, so gut es ihm möglich war.

Einmal, als er Lene einen Geldschein zustecken wollte und diese sich weigerte anzunehmen, beruhigte er sie.
“Nimm das Lene und kauf davon für die Kinder und für dich was Gutes ein. Der Wilhelm braucht das net zu wissen.”
Er erfuhr es aber doch, presste aus Lene die Wahrheit heraus, als er nach der Herkunft der leckeren Sachen fragte.
“Das hört sich auf!”, brüllte er los. “Wir brauche kaa Geld vom Hans, wir könne unner Sach` selber kaafe.”
Lene nickte gehorsam und Hans löste das Problem, indem er Lene kein Geld mehr gab, sondern öfter einen Korb voll guter Sachen mitbrachte.

Wenige Tage nach Kläuschens Geburt, das Jahr war noch jung, überschlugen sich die Ereignisse im Dorf. Altenbuch, das kleine Spessartdorf, in dem selten etwas wirklich Aufregendes geschah, sorgte für Schlagzeilen, sogar in der überregionalen Presse. Als Wildererdorf kam es in die Schlagzeilen, und alte Klischees von Spessarträubern und Wilddieben erblühten neu.
Lene hatte es schon seit langem befürchtet und nun war es geschehen: Wilhelm wurde wegen unerlaubten Waffenbesitzes angezeigt und wegen des Verdachts auf Wilderei angeklagt. Aber nicht nur Wilhelm - mit ihm noch sechzehn weitere Burschen aus Altenbuch. Fast alle waren jünger als Wilhelm.
Das Dorf stand Kopf vor Aufregung und Besorgnis. Längst waren die nächtlichen Wachen zur Abwehr der Sauen unnötig geworden, aber eine kleine Gruppe hatte es beibehalten, auf die verbotene heimliche Pirsch zu gehen. Längst lief auch wieder ein geregelter Jagdbetrieb durch die staatlichen Forstbeamten, und es war ohnedies nur der starken Solidarität im Dorf zu verdanken, dass die Gruppe noch nicht aufgeflogen oder auf frischer Tat gestellt

worden war. Ein gut funktionierender Warndienst mit Spitzeln sorgte immer wieder dafür, dass sie entkamen. Der Erfolg ließ sie immer dreister und frecher werden.
Sie waren ein gut eingespieltes Team, jagten in kleinen Gruppen, oft sogar mit Hunden, Dorfkötern, die die wertvollen Jagdhunde mit Stammbaum an Können und Passion eher noch übertrafen.
Die Burschen trugen zuweilen ihre Waffen in aller Öffentlichkeit durchs Dorf, einmal sogar ein erbeutetes Stück Rehwild und demonstrierten so, wie wenig sie die Verfolgung durch die Förster oder Jäger fürchteten. Als einige aus der Gruppe bei einem Pirschgang am späten Nachmittag auf Waldarbeiter stießen und von diesen zur Rede gestellt wurden, kam es zur Prügelei.

"Wilhelm hör auf mit der Wilderei, das geht nicht mehr lange gut. Die Jäger sind wütend auf euch, die ruhen nicht eher, bis sie euch haben."
Lene wusste, dass ihre Warnung vergeblich war, denn die Sache war längst zu einem gefährlichen Spiel eskaliert. Es ging ums Prestige! Die uralte Fehde, Jäger – Wilderer, Dorfbewohner – Obrigkeit, jetzt war sie neu aufgeflammt. Es war der nötige Nervenkitzel, den die Männer inzwischen brauchten und der Erfolg nötigte sie, ihren ‚guten Ruf' zu verteidigen.
Es kam, wie Lene und viele andere besonnene Stimmen vorausgesagt hatten: Die Schlinge zog sich unmerklich zu. Völlig überraschend kam ein Sonderkommando der Polizei aus Aschaffenburg mit Durchsuchungsbefehl. Unnötig zu sagen, dass sie fündig wurden. Das Forstamt war voll mit Verdächtigen und ihren Verfolgern. Verhöre am laufenden Band und schließlich wurden siebzehn Männer nach Aschaffenburg in Untersuchungshaft gebracht. Den ganzen Februar über saßen sie ein und Anfang März fand der Prozess statt.

Der Bürgermeister setzte Himmel und Erde in Bewegung, um seinen Altenbüchern zu helfen, Verständnis zu wecken für die besondere Situation. Die Angeklagten, denen der Schreck ordentlich in die Glieder gefahren war und die jetzt erst so richtig begriffen, welche Folgen ihr aufregendes Spiel für sie haben könnte, waren reuig. Die Richter zeigten sich nachsichtig gegenüber den Vergehen, die aus Armut und Not begonnen, aus jugendlichem Imponiergehabe fortgeführt worden waren.
Es gab einen Freispruch, in sieben Fällen wurde das Verfahren eingestellt. Die restlichen neun, darunter auch Wilhelm, erhielten einen bedingten Straferlass ihrer Gefängnisstrafen, die zwischen einem und vier Monaten lagen. Ein Aufatmen ging durchs Dorf.
Der Ruf des berüchtigten Wildererdorfes, dessen Einwohner nicht lange zögern, gewalttätig zu werden, hängt dem Ort aber bis heute noch an.

Ein grauer Tag im Spätherbst, nasskalt und windig, so dass die Kälte durch alle Kleider drang. Lene spürte die Kälte nicht. In ihrem Kopf hatte nur ein Gedanke Platz.
"Er ist tot! Er hat endlich keine Macht mehr über mich!"
Keine Trauer um den Vater, den man zu Grabe trug. Zuviel hatte er ihr angetan, zuviel hatte sie gelitten. Es hatte Zeiten gegeben, da hatte sie gegrübelt, warum ihr Vater sie so sehr hasste. Je älter sie wurde und je mehr sie erfuhr, desto besser hatte sie verstanden, entschuldigt, verziehen. Als Konrad sie mit seinem Hass aber bis in das Bittnersche Heim verfolgte, hatte sie aufgehört zu entschuldigen. Sie begann ihn zu verachten und das traf ihn stärker, als wenn sie versucht hätte, ihm seine Bosheiten heimzuzahlen. Er war ihr zu gleichgültig, um

einen Gedanken der Bosheit oder des Hasses an ihn zu verschwenden.
“Du hast mich großgezogen, Konrad Bromm, und ich habe viel unter dir gelitten. Aber das Schlimmste ist mir erspart geblieben – du warst zum Glück nie mein Vater”, waren die letzten Gedanken, die Lene für ihren Ziehvater übrig hatte.

Klaus war ein ungewöhnliches Kind. Er schien in allen Lebenslagen ein sonniges Gemüt zu bewahren und seinem Charme konnte sich schwerlich einer entziehen. Wurde Wilhelm wütend und drohte die Situation zu eskalieren, stellte er sich mit schelmischen Grinsen vor den Vater und fragte mit unschuldigem Augenaufschlag: “Ist das jetzt ernst oder galerst du, Papa?” , und noch jedesmal beschwichtigte ihn Wilhelm dann leicht verlegen damit, dass alles nur Spaß sei.
Auch ein Raubein wie Wilhelm konnte sich dem Charme des Kleinen nicht entziehen und seine Wut verpuffte. Sogar Rosas Grillen vertrieb der Kleine, auch sie war nicht gefeit gegen seine Liebenswürdigkeit.
Das innigste Verhältnis aber, hatte er zu seiner Mutter. Lene liebte ihn so sehr, dass es fast schmerzte. Instinktiv ahnte er, wann er sie durch einen drolligen Spaß aufheitern oder ihr, in seiner unnachahmlichen Art, Zärtlichkeiten schenkten musste. Manchmal meldete sich Lenes Gewissen, sie befürchtete, Monika zu vernachlässigen. Dann gab sie sich alle Mühe, keine Unterschiede in der Behandlung beider Kinder zu machen. Aber auch Monika war dem Kleinen verfallen und zeigte keine Eifersucht. An einem schönen Tag im September war sie mit Klaus

unterwegs, um Äpfel zu ernten. Sie stieg mit ihm eine alte ‚Hohle‘ hoch und als sie fast oben angelangt waren, quengelte der Kleine, er könne nicht mehr weiter.

“Meine Arme tun so weh vom vielen Laufen! Ich kann nicht mehr weiter”, mit ernsthaftem Gesicht begann er, seine Arme zu massieren.

“O, wenn dir die Arm sooo weh tun, dann kannst du freilich nicht mehr laufen”, bestätigte Lene und verkniff sich ein Grinsen. Sie setzten sich beide am Wegrand ins Gras, dort wo der Weg eine Biegung macht, um vollends auf die Höhe zu gelangen. Von dort oben hatte man einen herrlichen Blick hinunter aufs Dorf, über die Wiesen und Obstbäume hinweg, die steilen Hänge hinunter. Das Auge hatte hier immer etwas zu entdecken: Einen kleinen Horst mit Laubbäumen, eine Hecke, die jetzt im Herbst leuchtend rot verfärbt war oder der weite Blick über das ganze Tal hinweg zum gegenüberliegenden Hang, wo wieder das große, nicht enden wollende Meer des Waldes begann.

Plötzlich wurde Lene bewusst, dass sie schon einmal hier gesessen hatte. Vor langer Zeit, zusammen mit Peter. Es war das erste Mal, dass sie sich ganz bewusst an ein schönes Erlebnis mit Peter erinnerte und die Erinnerung auch zuließ. Sie war erstaunt, dass es nicht so schmerzhaft war, wie früher und als sie auf das müde Kind in ihren Armen schaute, traf sie die Erkenntnis wie ein Blitz. Es war Peters Art, die Klaus an sich hatte und die ihn so anziehend machte! Wie war das möglich? Peter war nicht sein Vater! Weder seine Mutter noch sein Vater verfügten über soviel Frohsinn und Charme.

“Hast du ihn mir geschickt, Peter, damit ich`s hier besser aushalten kann?”, tonlos kam die Frage über ihre Lippen und dann begannen die Tränen zu rollen. Lautlos weinte Lene vor sich hin. Der Stein, unter dem sie ihre Erinnerungen begraben hatte, wurde leichter und leichter.

Nach einiger Zeit fand sie ihre Fassung wieder. Sie wusste nicht, wie lange sie da gesessen hatte, aber sie fühlte sich auf wunderbare Weise getröstet. Klaus war der Schutzengel, den Peter geschickt hatte, dessen war sie sich sicher.

Der Bub war glücklicherweise eingeschlafen und konnte sich nicht über Lenes Tränen beunruhigen. Zum erstenmal seit langer Zeit war es möglich, Erinnerungen zuzulassen, ohne dabei vom Schmerz fast ausgelöscht zu werden.

Bislang hatte sie immer gedacht, es sei ein besonders grausamer Zug des Schicksals gewesen, sie erst so unsagbar glücklich zu machen und ihr dann alles zu nehmen. Heute kam ihr ein neuer Gedanke. Was, wenn sie die Zeit in Frankfurt, die Zeit mit Peter nicht erlebt hätte?

"Dann hätte ich nie erfahren, wie glücklich sich zwei Menschen gegenseitig machen können", dachte sie bestürzt. Dass sich Menschen unglücklich machen können, hatte sie schließlich seit ihrer frühen Kindheit zur Genüge erfahren. Was, wenn sie nicht auch das Gegenteil erlebt hätte? Nachdenklich schaute sie auf das schlafende Kind in ihrem Arm.

"Was immer dir auch das Leben bringen mag, mein Sohn, ich wünsche dir von ganzem Herzen nur eines: Wenigstens einmal sollst du eine ganz große Liebe erleben dürfen."

Jetzt konnte Lene auch hin und wieder die alten Briefe von Anton, der Mutter und von Peter hervorholen und darin lesen. Dann tauchte sie ein in die Welt der Erinnerung, schöpfte Kraft aus dem Glück der Vergangenheit. Dankbar dachte sie an Tante Pauline und hielt stumme Zwiesprache.

"Als kleines Kind hast du es mir schon beizubringen versucht! Schöne Erinnerungen muss man sich aufheben, die kann einem keiner nehmen. Und ich war so dumm und habe sie mir beinahe selbst genommen. Habe sie

eingeschlossen und vergraben und mir nicht erlaubt, daran zu rühren, nur weil ich so verbittert und unglücklich war! Meine Mutter war schließlich auch kein böses, verbittertes Weib geworden, sondern hat sich ihren Humor bewahrt, obwohl sie nicht viel zu lachen hatte. Das konnte sie vermutlich nur, weil sie die Freude im Herzen festgehalten hatte. Was aus mir geworden wäre, wenn ich so weiter gemacht hätte, weiß ich ganz genau: Ich wäre geworden wie Rosa! Die hat sich keine Freude aufgehoben, hat ihre ganze Hoffnung auf ihren jüngsten Sohn gesetzt und als der sie dann enttäuschte, ist sie endgültig ihrer Verbitterung zum Opfer gefallen."
Fast bekam sie Mitleid mit Rosa, als ihr die Zusammenhänge jetzt so klar wurden. Sie konnte es gut nachvollziehen. Auch ihr bedeuteten die Kinder unendlich viel und auch sie setzte große Hoffnungen auf sie. Und noch etwas wurde ihr klar: Sie musste sich davor hüten, den gleichen Fehler zu begehen. Sie musste sich schon jetzt darin üben, die Kinder loslassen zu können, sie nicht mit ihren eigenen Sehnsüchten und Hoffnungen zu überfrachten.

Gerade in dieser Zeit, als Lene wieder Zugang zu ihren Erinnerungen fand, sorgte Wilhelm dafür, dass die Zeugnisse jener Zeit verschwanden. Zwar hatte Lene geglaubt, mit der nötigen Vorsicht ans Werk zu gehen, wenn sie ihre Erinnerungsstücke hervorholte, aber die ständig brodelnde Eifersucht versah Wilhelm mit eben jenem Spürsinn und Misstrauen, das nötig war, um hinter ihr Geheimnis zu kommen. Vielleicht hatte ihn auch Lenes veränderte Seelenlage stutzig gemacht, ihre Gelassenheit und Heiterkeit.
An einem Sonntagnachmittag war sie alleine zu Hause. Die Kinder waren mit Rosa bei einer Freundin und Wilhelm wie immer im Wirtshaus. Als sie die Briefe

hervorholen wollte, fanden sich nur noch die der Mutter, Antons und die ihrer Freundin Auguste. Peters Briefe waren verschwunden, ja sogar der Verlobungsring von ihm war weg.
Ihr wurde schwarz vor Augen, nicht vor Kummer wie sonst immer, sondern vor Zorn. Als Wilhelm am Abend ins Schlafzimmer wankte, saß sie aufrecht im Bett.
"Die Briefe! Wo sind die Briefe und der Ring?"
"Die Briefe - ?", einen kurzen Moment stierte Wilhelm sie verständnislos an, dann begriff er.
"Du willst wisse, wo die Brief sin?", er lachte bitter auf, "Die Briefe sin leider nimmer zu gebrauche. Ich habe Papier gebraucht zum Anschüren. War nichts anderes zu finde, leider! Habbe gut gebrannt", fügte er sarkastisch hinzu.
Lene starrte ihn ungläubig an. Ihr Verstand begriff einfach nicht, was ihre Ohren eben vernommen hatten.
"Und der Ring?", flüsterte sie, fast ohne Stimme.
"Der Ring? Der hat einen guten Preis erzielt. En Ami hat ihn kaaft, er wollt ein Geschenk für sein 'Fräulein'. Das neue Sofa hab ich dafür angeschafft, davon habbe mer mehr als von dem dämlichen Ring."
Eine kurze Zeit war es still im Zimmer, dann schrie Lene los. Schrie und beschimpfte Wilhelm, wie sie noch nie in ihrem ganzen Leben einen anderen Menschen beschimpft hatte. Eine Weile ließ Wilhelm mit mundoffenem Staunen alles geschehen. Dann begriff er, welche Ungeheuerlichkeit hier vor sich ging und schlug zu. Er wollte sich auf sie stürzen, doch da ging Jofel, sein Bruder, plötzlich dazwischen. Mit einem heiseren Schrei stürzte er sich auf Wilhelm. Der hatte zwar keine Mühe den zierlichen Jofel zur Seite zu schleudern, aber es verschaffte Lene die Zeit, zu entkommen. An der obersten Treppenstufe holte er sie ein und Lene, die seinen

Schlägen ausweichen wollte, stolperte und fiel die ganze steile Treppe hinunter. Dann wurde es dunkel.

Als sie wieder zu sich kam, umstand sie ein erschrockener Wilhelm, eine ständig vor sich hin jammernde Rosa und die kleine Monika, die sie mit angstvollen Augen anstarrte.
"Mama hat nicht aufgepasst, ist gestolpert und die Treppe heruntergefallen", versuchte sie die Kleine zu beruhigen. Monika weigerte sich, zurück in ihr Bett zu gehen.
"Ich muss jetzt auf die Mama aufpassen. Mama braucht eine Krankenschwester".
Also durfte sie sich zu Lene ins Bett legen und sie behüten. Vor ihrer Kammertür kauerte Jofel, in seinen Augen schwammen Tränen.
"Es ist nichts, mein Guter, sorge dich nicht! Du hast mich gerettet, mein Bruder!" Mit den Augen übermittelte Lene ihrem treuen Freund den Dank.
Der Sturz hatte schlimmere Folgen als Lene sich eingestehen wollte. Sie konnte am nächsten Tag nicht auf den Beinen bleiben vor Schwindel, und die Krankenschwester befahl Bettruhe wegen des Verdachts auf Gehirnerschütterung. Doch woher die Zeit nehmen, ausreichend lange das Bett zu hüten, wenn zwei kleine Kinder, ein Ehemann und die Schwiegermutter darauf warteten, versorgt zu werden? Wenn das Vieh gefüttert und die Feldarbeit getan werden mussten? Es ging Lene immer schlechter seit diesem Sturz. Abgearbeitet, ausgemergelt durch die schlechte Ernährung und überdies mit dem dritten Kind schwanger, hatte ihr Körper keine Kraft mehr. Eine schlimme Erkältung kam hinzu und Lene verlor ihr Kind.
Auch eine Fehlgeburt ist eine Geburt und Lene hätte dringend Schonung und Erholung gebraucht. Aber das stand ihr nicht zu. Wilhelm geduldete sich kaum, die Zeit

des Wochenbettes rechtschaffend abzuwarten, um von ihr den ehelichen Beischlaf einzufordern.
Auf das neue Sofa hat sich Lene übrigens nie wieder gesetzt.

Sorgfältig arrangierte Lene die vielen Blumen, die sie aus dem Garten geholt hatte zu einem wunderschönen Strauß. Rosen, Levkojen, es waren vor allem Josefs Lieblingsblumen, die sie zu einem Strauß band. Monika kam zu ihr ins Zimmer, in der Hand ihr Lieblingsstofftier. Butz, der Hund, schwarz – weiß gefleckt, gezeichnet von Monikas Zuneigung. Die ehemals weißen Stellen waren ergraut, das Fell an einigen Stellen blank gescheuert bis auf den Stoff und eines seiner Glasaugen hatte er auch eingebüßt. Mit ernstem Blick reichte sie ihrer Mutter das Lieblingstier.
"Gib das dem Onkel Josef mit in den Sarg, damit er nicht so alleine ist und sich nicht fürchten muss."
"Bist du sicher, dass du ohne den Butz zurechtkommst? Onkel Josef würde nicht wollen, dass du jetzt noch einen Freund verlierst."
"Ich habe ja noch euch, Mama. Der Josef hat jetzt gar keinen, der muss sich ganz alleine auf den Weg in Himmel machen, da ist es besser, er hat den Butz bei sich."
Bewegt nahm Lene das Geschenk ihrer kleinen Tochter an sich. "Das ist ein sehr wertvolles Geschenk für Josef und wenn er könnte, würde er dir sagen, wie sehr es ihn freut."
Heute also würden sie Josef zu Grabe tragen, den stummen Freund, den Wächter ihrer Seele.Wieviel ihr die Freundschaft des ‚Blödele' bedeutet hatte, wurde ihr erst jetzt bewusst, da sie ihn verloren hatte. Zum Abschied hatte er ihr das kostbarste Geschenk gemacht, das er besaß: Er hatte sein Leben gegeben für ihren Sohn Klaus.

Jofel war für Monika und Klaus der beste Freund gewesen, den sie sich wünschen konnten. Besser als es jeder andere Erwachsene je hätte sein können. Hatte er sich doch die Arglosigkeit und die Unschuld einer Kinderseele bewahrt. Wenn er mit ihnen spielte, strahlten seine Augen und der debile Ausdruck in seinem Gesicht war völlig verschwunden. Er hatte ihnen all seine Zuneigung geschenkt und die Kinder hatten diese uneingeschränkt erwidert.

Vor zwei Tagen war Klaus in einem unbewachten Moment von zu Hause weggelaufen und zu den Forellenteichen, die am Anfang des Dorfes gelegen waren, marschiert. Obschon er einen ziemlich weiten Weg zu gehen und eine Haselnussrute als Angel bei sich hatte, gelangte er unbehelligt bis an den See. Etwa um diese Zeit, begann Jofel ihn zu vermissen und alamierte mit kehligem Bellen seine Leute. Aus seinen Augen sprang die Angst auf Lene über und er schüttelte verzweifelt den Kopf, als er sah, dass sie die Suche Richtung Wald starteten. Alleine lief er los zum Teich und als er dort ein blaues Jöppchen treiben sah, stürzte er sich, mit heiserem Brüllen aber ohne zu zögern ins Wasser. Sein heiseres Geschrei hatte Helfer alamiert und es gelang, Klaus zu retten. Für Jofel kam die Hilfe zu spät.

Lene saß an seinem Totenbett und nahm Abschied von ihrem Freund, der durch seine Tat alle beschämte, die ihn Zeit seines Lebens ein ‚Blödele‘ gehießen.

“Woher wusstest du, dass Klaus in Not war? Wieso bist du sofort an die richtige Stelle gelaufen? Keiner von uns wäre rechtzeitig gekommen, keiner hätte das Unglück verhindern können. Nur einer wie du, der sehen kann, was uns verborgen bleibt und erspüren, was für uns nicht existiert, nur so einer hat die Gabe für solch ein vollkommenes Geschenk.”

Auch Wilhelm und Rosa waren voller Dankbarkeit und zum ersten Mal empfanden sie Hochachtung vor dem behinderten Bruder und Sohn. Allein zeigen konnten sie es nicht. Ein Waldspessarter tut sich schwer mit dem Zeigen von Gefühlen und jetzt war es ja auch für Josef zu spät. Zu Lebzeiten hätte er Zeichen der Liebe, der Achtung gebraucht. Die Gewissheit, so angenommen zu sein, wie er nun mal war. Diese Gewissheit hatte ihm nur eine gegeben, Lene! Ihr hatte er es jetzt auf seine Weise gedankt.

Die folgenden Jahre waren hart für Lene. Oft glaubte sie sich in einem schwarzen Tunnel, ohne Chance, das Ende je zu erreichen. Sie hatte wenig Kontakt zu den Leuten im Dorf. Man hielt Lene allgemein für hochmütig. Das war aber falsch. Lene fand lediglich keinen Weg aus der Einsamkeit, und die trostlosen Verhältnisse zu Hause veranlassten sie, sich immer weiter in ihr Schneckenhaus zurückzuziehen. Lediglich zu Mechthild, ihrer Schwester, hatte sie engeren Kontakt. Aber die Furcht, den Schein des intakten Familienlebens nicht wahren zu können, also ein Versager zu sein, hielt sie davon ab, die Schwester allzu sehr mit den eigenen Problemen zu belasten.
Die weiße Frau erschien wieder in den Nächten, oft in Begleitung der Menschen, die Lene einst geliebt hatte. Peter, Tante Pauline, die Mutter, Anton, Josef, ja sogar Anna, die Köchin geisterten durch ihre Träume. Die Versuchung der Sehnsucht nachzugeben und ihnen zu folgen war groß. Aber was würde dann aus Monika und Klaus werden? Sie biss die Zähne zusammen und hielt durch und endlich, als sie es alleine wirklich nicht mehr geschafft hätte, zeigte das Schicksal Einsehen und es kam Hilfe.

Auguste, die Freundin aus Kindertagen, tauchte wieder auf. Sie war mit ihrer Familie nach Stadtprozelten gezogen. Ein Flecken, so klein, dass man nicht so leicht eine Stadt dahinter vermutet hätte. Es schmiegte sich an den schmalen Prallhang des Maines, zwei Häuserzeilen breit. Eingekeilt zwischen Fluss und Berg, drückte sich die Stadt am Main entlang, überragt von einer mächtigen Burgruine, die hoch oben am Berg das Flusstal überwachte. Gleichwohl waren seine Bewohner stolz auf ihr Stadtrecht und trugen ihren Status gegenüber den Nachbarn aus den Dörfern mit gebotenem Selbstbewusstsein zur Schau.

Sie hatten den Kontakt nie abreißen lassen in all den Jahren, aber erst jetzt, da Auguste in der Nähe war, war ein Wiedersehen möglich. Augustes Mann hatte bereits ein Auto, er hatte in Stadtprozelten ein Elektrofachgeschäft eröffnet. Auguste hatte sich um die beiden Töchter und den Sohn zu kümmern und daneben noch die Büroarbeiten fürs Geschäft zu erledigen. Die Arbeit im Betrieb ließ sie zu einer selbstständigen und selbstbewussten Frau reifen, deren Mann diese Eigenschaften schätzte. Ohne ihre zuverlässige Unterstützung und ihr Organisationstalent stände das Elektrogeschäft 'Hasenstab' auf wackeligen Füßen. Ganz anders als bei Lene also, und doch – auch Auguste hatte Kummer.

Ihr Mann Paul war stets Hahn im Korb. Seine unkomplizierte und lausbubenhafte Art machte es ihm leicht, seine Mitmenschen für sich einzunehmen. Pauls Humor und sein Charme waren ein Teil seiner Persönlichkeit, sein Leichtsinn und seine Empfänglichkeit für alles Weibliche war der andere. Auguste lebte mit der häufigen Demütigung durch seine Untreue. Eigentlich, so vertraute sie Lene an, habe sie dem Umzug und dem

Aufbau einer eigenen Firma nur zugestimmt, in der Hoffnung, Paul würde durch diese Aufgabe gewissenhafter und zufriedener. Seine Ruhelosigkeit würde mit zunehmender Arbeit und wachsendem Erfolg verschwinden.

"Wäre mein Leben mit Peter auch so verlaufen, wenn es ein gemeinsames Leben für uns gegeben hätte?" Lene stellte die Frage mehr sich selbst als Auguste. Diese zuckte ernüchtert die Schultern. "Da kann man nur vermuten, Lene. Aber die Art von Mannsbildern ist unverbesserlich, sie huldigen der Untreue wie die alten Juden dem goldenen Kalb!"

Peters Charakter, reduziert auf die Eigenschaften eines Schürzenjägers, unmöglich! Alles in Lene schrie nach Widerspruch. Gelassen ermunterte sie jedoch Auguste fortzufahren, denn sie spürte, dass die Freundin Zuwendung brauchte.

Nach jedem Seitensprung kehrte Paul voller Reue und Selbstvorwürfe zu Auguste zurück. Er schwor Besserung, er kaufte Geschenke und – er brach seine Schwüre mit steter Regelmäßigkeit. Auguste warf ihm Blumen und Geschenke vor die Füße, tobte, raste und liebte ihn doch immer wieder aufs Neue. Mit der Zeit wurde das Toben weniger und damit auch das Lieben, trotzdem blieb sie bei ihm, denn da waren ja die Kinder! Die Kinder und auch das Geschäft, die Existenzgrundlage. Ein Waldspessarter vergisst die Armut seiner Kindheit nie und das Letzte, was er oder sie tun würden, wäre, die mühsam aufgebaute Existenz aufs Spiel zu setzen.

Als Auguste dann von Lenes Los erfuhr, schien ihr der eigene Kummer vergleichsweise unbedeutend. Über Lenes Aussehen und ihre körperliche Verfassung war sie erschrocken.

“Was ist mit dir los, Mädchen? So kannst du doch nicht mehr lange weitermachen!”
“Empfindlich is se, rein gar nichts kann se aushalte! Immer is se gleich krank”, mischte sich Rosa dazwischen.
“Ich habe die Lene gefragt und nicht dich, Rosa!”, kühl verwies Auguste die alte Frau in ihre Schranken, worauf diese sich beleidigt verzog. Auguste schnitt eine Grimasse.
“Wenn du die jeden Tag aushalten musst, weiß ich eigentlich schon genug! Das haut ja das stärkste Pferd um!”, mitfühlend legte sie ihren Arm um die Freundin. Lene, die endlich jemand um sich hatte, der Mitgefühl zeigte und sie verstand, schüttete ihr Herz aus. Alles vertaute sie Auguste an, sogar von ihren Träumen berichtete sie, worauf diese besorgt die Stirn runzelte. Aber sie wäre nicht Auguste, wenn sie nicht in ihrer praktischen und herzerfrischenden Art die richtige Seelenmedizin für Lene gehabt hätte.
“Lene, jetzt heißt es aufgepasst! Dieser alte Drachen und ihr sauberer Sohn bringen dich noch ins Grab! Den Triumph wollen wir ihnen doch nicht gönnen? Du hast zwei so liebe Kinder, die brauchen dich!”
“Das allein ist es ja, was mir noch die Kraft gibt weiterzumachen! Ich weiß nur nicht, wie lange noch.”
“Noch lange, Lene, dafür will ich schon sorgen!”, erwiderte Auguste mit grimmiger Entschlossenheit.
“Zuerst bringe ich dich zum Doktor. Den brauchst du dringend, das sieht jeder, bis auf Wilhelm, dieser Trottel”, fügte sie noch halblaut hinzu.

Lene erwachte aus einem bleiernen Schlaf, weil ihr ständig jemand die Wange tätschelte und mit munterer Stimme “Frau Bittner aufwachen! Sie haben lange genug geschlafen!”, rief. Es strengte sie ungeheuer an, überhaupt die Augen aufzubekommen und als sie es endlich geschafft hatte, blendete sie ein gleißend helles Licht. Ihr Blick fiel auf eine große Uhr an der Wand, einer Bahnhofsuhr ähnlich, die halb zwei zeigte. Sie überlegte, ob es wohl halb zwei am Nachmittag oder halb zwei in der Nacht sei, fiel aber sofort wieder in den schweren, bleiernen Schlaf zurück.

Der zweite Versuch, wach zu werden gelang schon viel besser, wohl auch deshalb, weil ein schneidender Schmerz in ihrem Bauch ihr fast die Luft zum Atmen nahm. Sie stöhnte auf und eine Krankenschwester kam an ihr Bett.

“Wie geht es Ihnen, Frau Bittner? Haben Sie starke Schmerzen?”

“O Gott, es ist furchtbar! Was habt Ihr mit mir gemacht?”

“Es war eine schwere Operation und es ist ganz normal, dass Sie jetzt starke Schmerzen haben. Wir geben nachher noch ein Schmerzmittel in den Tropf, nur jetzt gleich geht es nicht. Sonst wird es zuviel.”

“Schlafen”, dachte Lene, “das ist das einzige Mittel, um dieser Hölle aus Schmerzen zu entkommen.”

Als sie wieder erwachte, lag sie in ihrem Krankenzimmer und die Schmerzen waren halbwegs erträglich. Der Arzt kam und sah sie ernst an.

“Es war höchste Zeit, dass Sie zu uns gekommen sind, Frau Bittner! Ein Wunder, dass Sie es überhaupt so lange ausgehalten haben! Sie hatten starke Vernarbungen an der Gebärmutter und es hatten sich Myome gebildet, von denen einige schon sehr groß waren.Wir mussten die Gebärmutter herausnehmen. Kinder werden Sie keine mehr bekommen können, aber ich glaube, das ist besser so.”

Lene dachte dankbar an Auguste, die darauf bestanden hatte, sie zum Gynäkologen zu bringen, als diese ihr anvertraute, dass sie bei der monatlichen Menstruation fast jedesmal verblutete. Zwar hatte es sie große Überwindung gekostet, sich der notwendigen Untersuchung zu

unterziehen, aber letzendlich hatte es ihr das Leben gerettet.
“Sie sind auch eine dieser Frauen, die nie an sich selbst denken, was?”, der Arzt sah Lene mit wissendem Blick an. “In jedem Fall möchte ich dringend mit Ihrem Mann sprechen, ich glaube, das ist nötiger als jedes Medikament!”
Was der Doktor Wilhelm zu sagen hatte, erfuhr Lene nie. In jedem Fall musste er ihm ordentlich die Leviten gelesen und ihm gründlich Angst eingejagt haben. Wilhelm bedrängte Lene von da an nicht mehr. Er zwang Lene nie mehr zu einem ehelichen Beischlaf, der mehr einer Vergewaltigung glich.
Lene genoss die Zeit im Krankenhaus. Sie konnte von dem Luxus, umsorgt und verwöhnt zu werden, gar nicht genug bekommen. Weil sie so ein dankbarer Patient war, umhegten sie die Ärzte und Schwestern auch ganz besonders und sie fühlte sich wie im Paradies.

Auguste, wie auch der Arzt wussten, was Lene bei ihrer Rückkehr nach Hause erwartete: Schwere körperliche Arbeit, der sie nicht auskam. Beide bemühten sich deshalb um einen Kuraufenthalt für Lene. Aus dem Krankenhaus entlassen, kam Lene mit Hilfe des Müttergenesungswerkes zu ihrem ersten Aufenthalt im Gebirge, zu einer Kur.
Oberammergau, wo das Kurheim stand, übertraf alle ihre Erwartungen. Lene war begeistert von den Bergen, den Seen und den Menschen. Der große Kindheitstraum war in Erfüllung gegangen und hätte sie nicht Sehnsucht nach ihren Kindern gehabt, wäre ihr Glück vollkommen gewesen.
Frau von Bergenau, die Leiterin des Heimes, hatte ihren Schützlingen strenge Anweisungen gegeben, alle Gedanken an zu Hause, Familie, Kinder und Ehemann

unerbittlich beiseite zu schieben und den Aufenthalt nur für sich selbst, für das eigene Wohlbefinden zu nutzen. Alle Frauen, die mit Lene im Kurheim waren, hatten mehr oder weniger die gleichen Probleme. Alle waren durch die familiären Verhältnisse bis an die Grenze ihrer Belastbarkeit und darüber hinaus gekommen und auf die eine oder andere Weise daran zerbrochen.
"Hier habt ihr Zeit, nur an euch zu denken und für euch zu sorgen, also nutzt sie!", war Frau von Bergenaus Lieblingssatz und zu Lenes großem Erstaunen funktionierte es nach einer kleinen Weile auch immer besser.
Sie genoss die langen Spaziergänge über die Bergwiesen und da sie ein Frühaufsteher war, war sie meist schon vor dem Frühstück mutterseelenallein zu ihrer ersten kleinen Runde unterwegs. Sie liebte diese morgendlichen Spaziergänge über alles. Die Welt war noch friedlich und unschuldig, frei von Zank und Hader, von Sorgen und Kummer.
Mit der Ruhe und der Erholung kam auch die Kraft zurück und am Ende des Aufenthaltes hatte Lene die Mühsal der zurückliegenden Jahre ein gutes Stück weit hinter sich gelassen.

Auguste empfing Lene in Aschaffenburg am Bahnhof, denn Lenes Freundin hatte jetzt selbst den Führerschein gemacht und konnte sie mit dem Auto abholen. Lene war fast nicht mehr wiederzuerkennen. War das noch die Frau, die sich vor einigen Monaten krank, ausgemergelt und erschöpft durchs Leben geschleppt hatte? Lenes Augen strahlten, wie lange schon nicht mehr und ihr Gesicht hatte eine frische Bräune, was sie jünger und attraktiver wirken ließ.

“Gut schaust du aus!”, Auguste war sehr zufrieden mit dem Erfolg der Kur.
“Ich habe dir ja soviel zu erzählen! Es war so herrlich in den Bergen! Dass ich das erleben durfte!”, dankbar fiel sie der Freundin um den Hals, unfähig auszudrücken, welche Gefühle sie bewegten. Aber Auguste verstand sie auch ohne Worte und, um die aufkommende Rührung zu überspielen, sagte sie augenzwinkernd: “Du hast auch noch Zeit zum Erzählen. Ich habe ein bisschen geschummelt. Die nächsten drei Stunden gehören noch uns, früher rechnen sie nicht mit deiner Ankunft.”
Augustes Idee sorgte für den krönenden Abschluss der Kur und Lene bewunderte die Freundin ob ihrer Schläue.
“Lene, Lene, die Männer wollen hin und wieder betrogen werden, glaub` es mir! Du mit deiner schnurgeraden und bedingungslosen Ehrlichkeit machst dir das Leben einfach zu schwer. Noch dazu, wenn man einen Ehemann wie Wilhelm hat und eine Schwiegermutter wie Rosa! Lene, fang endlich an, dich zu wehren!”
“Ach Auguste, wenn das so einfach wäre! Denk mal an die Kinder, die müssten doch darunter leiden!”
“Die Kinder leiden auch so! Mach dir da nichts vor. Natürlich kannst du Wilhelm und Rosa nicht den Krieg erklären und den großen Aufstand proben. Fang mit kleinen Schritten an und denk mehr an dich! Vor allem Lene, sieh zu, dass du nebenbei selbst etwas Geld verdienen kannst, damit du weniger von Wilhelm abhängig bist!”
Auguste bestand darauf, dass sich Lene, da die Gelegenheit schon mal so günstig sei, ein neues Kleid, einen Rock und einen Pullover zulegte.
“Kein schlechtes Gewissen, jetzt!”, befahl Auguste streng, als sie Lenes ängstlichen Blick bemerkte.Beide waren sie so ausgelassen und fröhlich, wie schon lange nicht mehr und Lene stöhnte glücklich.

“Jetzt weiß ich, was mir so sehr gefehlt hat! Jemand, mit dem ich so unbeschwert lachen und einfach nur froh sein kann. Früher war das meine Mutter, die dafür sorgte, dass uns das Lachen nicht ausging, dann war es Peter und jetzt bist es du! Dich hat wirklich der Himmel geschickt, Auguste Hasenstab, geborene Schmitt!”
“Und du Lene Bromm, verheiratete Bittner, hast das auch verdient! Es war überhaupt sehr nachlässig vom Himmel so lange damit zu warten!”

Als sie gut erholt und neu eingekleidet zu Hause eintraf, waren alle begeistert, alle – bis auf Rosa. Die wurde nicht müde zu jammern und zu klagen, wie sehr sie sich jetzt auf ihre alten Tage habe anstrengen müssen, um hier alles am Laufen zu halten.
“Gar nicht wahr! Tante Mechthild ist doch immer gekommen und hat fast alles gemacht. Und die Moni und ich haben auch ganz viel geschafft!”, es war Klaus, der seine Großmutter nachdrücklich der Wahrheit verwies.
Lene tauschte einen schnellen Blick mit ihrer Freundin und beide hatten Mühe, sich das Lachen zu verkneifen. Dankbar dachte Lene an ihre jüngste Schwester und als sie sich bei ihr bedanken wollte, wehrte die ab.
“Hast du nicht immer für uns Kleinere gesorgt, uns zur Hälfte groß gezogen? Bist du nicht unseretwegen aus Frankfurt zurück, als die Mutter krank wurde? Das war doch wohl das Mindeste, was ich jetzt für dich tun konnte!”

Endlich meinte es das Schicksal freundlicher mit Lene – und nicht nur mit Lene. Langsam kam der Wohlstand auch in das entlegene Spessartdorf gekrochen. Lange genug Zeit gelassen hatte er sich ja damit! Immer mehr Dorfbewohner konnten sich ein Auto leisten, man begann die Häuser zu renovieren, neu und luxuriös zu bauen. Nur auf das

Fernsehen mussten die Altenbücher länger warten, denn es war nicht so einfach, die Funkwellen in das enge Tal zu lenken. Erst als oben am Hohen Berg ein Umsetzer gebaut wurde, flimmerten auch hier ordentliche Bilder über die Mattscheibe.
Endgültig vorbei waren jetzt die Zeiten, wo man sich an den Winterabenden zum Stricken und Erzählen getroffen hatte. Es gab ja jetzt einen ‚Erzähler' in jedem Haus. Immer stärker zerfiel die einstmals so starke Solidarität und der Zusammenhalt unter den Dorfbewohnern. Früher hatte die Not diesen Zusammenhalt diktiert, jetzt war das nicht mehr nötig. Stattdessen schlich sich ein unguter Geist in die Gemüter: Der Neid. Mit aller Kraft konzentrierte sich jeder darauf, mit dem Fortschritt mitzuhalten.
Von jeher hatte man hart arbeiten müssen, hier im Tal. In früheren Zeiten, um den armen Böden das Lebensnotwendigste abzutrotzen – jetzt schuftete man für das Fernsehgerät, das neue Auto oder den Ausbau des Hauses. Überstunden, Schwarzarbeit, Heimarbeit, jeder wollte teihaben am Wohlstand.
Auch Lene fand Arbeit. Heimarbeit für eine kleine Lederwarenfabrik, die sich im Dorf angesiedelt hatte und die etlichen Frauen Arbeit verschaffte. Wilhelm war es gelungen, einen neuen Arbeitsplatz zu finden. Er fand Arbeit in der ‚Glanzstoff', wie die chemische Fabrik in Elsenfeld im Volksmund genannt wurde.
"Wenn ich denke, wie ich mich geplagt hab`, im Steinbruch und wie einfach die Arbeit jetzt ist!", kommentierte Wilhelm den Wechsel dankbar.

An Arbeit fehlte es Lene noch immer nicht. Zwar hatte die Landwirtschaft mehr und mehr an Bedeutung verloren, auch Bittners hatten das Vieh mit Ausnahme der Hühner und eines Schweines abgeschafft, aber das Nähen bis tief

in die Nacht und die Pflege Rosas erforderten viel Kraft. Rosa wurde immer hinfälliger, brauchte Pflege rund um die Uhr, aber ihr Verstand war nach wie vor glasklar und ihre Bosheit ungebrochen.
Mechthild, Lenes jüngste Schwester, stand ihr zur Seite so oft es möglich war, und Lene nahm ihre Hilfe dankbar an. Rosas Todeskampf zog sich über zwei Wochen hin. Immer öfter lag sie in einem Dämmerschlaf, aus dem sie dann aber unvermutet aufschreckte und Lene böse und misstrauisch ansah.
"Ich sterb net! Wartest scho, dass ich endlich die Augen zumach`, gell? Nichts da, den Gefalle tu ich dir net!"
Lene war ihr nicht böse, ob dieser letzten Garstigkeiten. Sie begriff, dass die alte Frau ihre Angst vor dem Tod abreagierte. Als es dem Ende zuging, fragte sie Rosa, ob sie den Pfarrer holen solle.
"Den Pfarrer, bist du verrückt? Ich brauch doch kaan Pfarrer, ich sterb doch net!"
Lene war sehr verwundert, denn auf den Pfarrer und die Kirche hatte Rosa nie etwas kommen lassen. Von bigotter Frömmigkeit, war sie nicht nur eine eifrige Kirchgängerin, sondern hatte auch alles, was die schmale Rente ermöglichte der Kirche zugetragen. Immer darauf bedacht, ihre Schwiegertochter davon in Kenntnis zu setzen. Dutzendweise hatte sie Patenschaften für arme Heidenkinder gekauft, statt ihren Enkeln ein Paar neue Schuhe oder einen warmen Mantel. Jetzt wollte sie den Pfarrer nicht sehen, soviel Angst vor dem Sterben hatte sie. Lene beschloss, den Pfarrer trotzdem zu holen, bereitete ihn aber darauf vor, dass es Schwierigkeiten geben könnte.
"Ich brauch die letzt` Ölung net, ich sterb net!", verzweifelt gellte Rosas Schrei durchs Haus.

“Aber, aber Frau Bittner!”, der Herr Pfarrer war sichtlich erschrocken, so kannte er Frau Bittner nicht. “Heute ist doch Donnerstag! Krankenkommunion, Frau Bittner!”
Solchermaßen beruhigt, war Rosa bereit, die Kommunion zu empfangen. Drei Tage noch hing sie mit großer Zähigkeit am Leben. Wann immer sie zu sich kam, schrie und tobte sie, dass sie nicht sterben würde. Es war Lene unerklärlich, woher sie die Kraft dazu noch nahm. Während Hans, Wilhelms Bruder, Lene öfter am Krankenbett ablöste, hielt es Wilhelm dort nicht aus. Er flüchtete, aber nicht ins Wirtshaus, sondern stürzte sich in die Arbeit. Er machte Holz, dass es gleich für zwei Winter ausreichte, begann die alte, baufällige Scheune einzureißen, kurz arbeitete wie noch selten in seinem Leben.

“Wilhelm, deine Mutter braucht dich! Es geht zu Ende.”
Wilhelm war sichtlich furchtsam und Lene musste ihn fast in die Kammer ziehen. Rosa war nicht mehr bei Bewusstsein. Lene drückte Wilhelm auf einen Stuhl neben dem Bett und bedeutete ihm, die Hand seiner Mutter zu nehmen. Rosa schlug kurz die Augen auf, erkannte ihren Sohn und atmete tief durch. Sie entspannte sich und Lene sah erstaunt, wie sich ihr Gesicht entkrampfte und die Andeutung eines Lächelns darüberhuschte. Einige tiefe Atemzüge noch und sie starb.

“Gott sei Dank, jetzt konnte sie doch noch in Frieden gehen!”, tröstete Lene die Brüder und sich selbst. Alle waren erleichtert, dass die alte Frau ihren Todeskampf ausgestanden hatte. Es hatte die ganze Familie erschüttert, mitanzusehen, wie Rosa litt, wie hilflos sie ihrer Furcht ausgeliefert war und wie sinnlos sie dagegen ankämpfte, statt zu versuchen, Frieden zu finden mit den Ihren. Jetzt legte sich die Erschöpfung wie ein Bleimantel auf Lene.

“Kümmert euch um alles Notwendige, ich muss jetzt erst `mal schlafen”, bat sie die beiden Bittners. Lene schlief einen Tag und eine Nacht durch, so erschöpft war sie, und Wilhelm achtete streng darauf, dass niemand sie störte.

Mit Wilhelm ging eine seltsame Veränderung vor, seit seine Mutter gestorben war. Er war ihr Herzblatt gewesen, bevorzugt vor den beiden Brüdern, verwöhnt und umsorgt in einem Maße, wie es die anderen beiden Bittnerschen Buben nie erfahren hatten. Der Preis dafür war hoch, denn seit seiner frühesten Kindheit hatte Rosa ihren Jüngsten in strenger Abhängigkeit von sich erzogen. Wilhelm hatte früh verinnerlicht, dass er seiner Mutter Gehorsam und Dankbarkeit auf ewig schuldete. Einmal nur in seinem Leben war er ungehorsam gewesen, bei der Wahl seiner Ehefrau. Daraufhin hatte Rosa alles darangesetzt, ihrem Sohn zu beweisen, wie falsch seine Wahl war und mit der Zeit hatte ihr ständiges Gift gewirkt. Sie hatte Erfolg gehabt.
Zwar waren die Bosheiten, mit denen sie Lene bedachte, ganz offensichtlich, ihre ständige Hetze gegen die Schwiegertochter zu vordergründig, um sie nicht klar als solche zu entlarven, aber Wilhelm hatte weder den Mut, noch die Kraft sich aus der mütterlichen Umklammerung zu befreien. Er verachtete sich für seine Schwäche und verübelte seiner Mutter ihre Tyrannei, aber das gestand er sich nicht ein. Stattdessen rächte er sich an seiner Ehefrau, so dass Lene gleich doppelt unter Rosa zu leiden hatte.
Als Rosa nun aus seinem Leben gegangen war, ergriff eine ungeheuere Erleichterung den ganzen Wilhelm. Er fühlte sich von einer schweren Last befreit und das setzte soviel Energie und Schaffenskraft bei ihm frei, dass er fast nicht zu bremsen war. Freudig ging er auf Lenes Wünsche nach einer gründlichen Renovierung des Hauses ein.
"Des alt Gelärch kommt alles wech. Wenn scho`, dann mache mer des von Grund auf neu!"

So entstand aus dem Bittnerschen Anwesen ein komfortables Haus mit einer kleinen Ferienwohnung zum Vermieten.

Viele Jahre später stieß Lene in einem Buch auf den Satz, dass Männer, die unter ihren Müttern zu leiden hatten, sich immer an ihren Ehefrauen oder Freundinnen rächen würden.
Für Lene war dieser Satz eine Offenbarung.
"Warum habe ich das nicht früher gelesen?', dachte sie wehmütig. "Aber selbst wenn ich es früher gewusst hätte, hätte es etwas geändert an unserer Situation? Ich hätte manches an Wilhelms Verhalten besser verstanden, hätte ihm verziehen, aber hätte ich die Kraft gehabt, es zu verändern?", grübelte sie weiter. Sie kam zu dem Schluss, dass es geradeso gelaufen wäre, wie es gelaufen war, denn sie war ehrlich genug, sich einzugestehen, dass die Ergebenheit, mit der sie ihr Schicksal ertrug, sie davon abgehalten hätte, ernsthaft dagegen anzugehen.

Verständlich, dass Lene ihrer Schwiegermutter keine Träne nachweinte und Wilhelms Erleichterung teilte. Erstaunlich schon, dass sich Lene nicht zur Verbitterung gegenüber Rosa hinreißen ließ. Wenn sie an das erlittene Unrecht dachte, erfasste sie eher Traurigkeit, aber kein Hass. Es war wohl Rosas erbitterter Todeskampf, der Lene von aller Feindseligkeit befreit hatte. Während sie die Angst der alten Frau vor dem Tod erlebte, begriff sie, dass Rosa ihr Fegefeuer schon hier auf Erden auszustehen hatte und sie empfand nurmehr Trauer und Mitleid mit der Alten, die sich und anderen das Leben so unerträglich gemacht hatte.

Monika und Klaus wuchsen heran und die Jahre vergingen, wie es Lene schien, immer schneller. Lene legte Wert auf eine gute Ausbildung der Kinder und bestand darauf, dass beide die Realschule besuchten. Als Wilhelm einwandte, für Monika sei das nicht so wichtig, schließlich sei sie ja ein Mädchen, wurde Lene ärgerlich wie noch selten in ihrem Leben, so dass Wilhelm eingeschüchtert nachgab.
Das alles ereignete sich, nachdem Lene zur Kur gewesen, und mit Augustes Hilfe, dem Leben wieder geschenkt worden war. Das Zubrot der Heimarbeit vertrieb das Gespenst der Armut endgültig und Bittners konnten ihren Kindern eine solide Ausbildung ermöglichen.

Immer öfter kamen jetzt Feriengäste in das kleine Spessartdorf und auch Lenes Ferienhäuschen war häufig besucht. Viele der Gäste kamen aus dem Ruhrgebiet, um in der sauberen Spessartluft durchzuatmen und sich zu erholen. Nicht nur wegen des Verdienstes waren sie gern gesehen im Dorf, sie brachten auch frischen Wind ins ‚Örtle‘, ein bisschen städtisches Flair.
An einem herrlichen Frühsommertag, zu Beginn des Monats Juni, hielt ein dunkelblauer Mercedes vor dem Bittnerschen Haus. Der Fahrer stieg aus, schaute sich suchend um und betrat zögernd den Hof. Lene, die eben die Hühner gefüttert hatte und über den Hof kam, blieb abwartend stehen.
“Verzeihen Sie, bin ich hier richtig bei Frau Lene Bromm?”
“Ja - das heißt eigentlich heiße ich Bittner, mein Mädchenname ist Lene Bromm.” Lene sah den Fremden mit unverhohlener Neugierde an.
“Sie vermieten Zimmer zur Sommerfrische?”
“Ja, das ist richtig, aber ...”,
“Aber? Haben Sie nichts mehr frei?”

“Doch, doch schon, aber ich weiß nicht so recht, ob Ihnen unsere Zimmer gefallen werden? Ich könnte mir vorstellen, Sie sind Besseres gewohnt.”
Lächelnd verneinte der Gast, der sich dann als Max Wegmann vorstellte, Professor für Philologie.
Lene ließ ihrem neuen Gast ausreichend Zeit, sich einzurichten und lud ihn schließlich zu einer Tasse Kaffee und einem Stück Rhabarberkuchen ein. Ohne viel Umschweife stellte sie ihm dann aber ihre Fragen.
“Wie kommt es, dass Sie ausgerechnet bei mir ein Zimmer haben wollen und wieso benutzten Sie meinen Mädchennamen?”
Max Wegmann lächelte und Lene fand ihn sofort sympatisch.
“Ich hatte mir schon lange vorgenommen, die Heimat meines besten Schulfreundes Anton kennenzulernen – und nicht nur seine Heimat, auch seine Lieblingsschwester, von der er immer so oft gesprochen hat.”
Lene starrte den Fremden überrascht an. Es dauerte eine kleine Weile, bis sie diese Nachricht verarbeitet hatte. Nach so langer Zeit tauchte ein Mensch auf, der Anton gekannt, mit ihm die langen Jahre der Schulzeit verbracht hatte und sogar sein Freund gewesen war. Vor Freude färbten sich ihre Wangen flammend rot. Ohne Nachzudenken ergriff sie die Hände von Max und drückte sie fest.
“Ein Freund von Anton, nach so langer Zeit! Das ist ein wunderbares Geschenk für mich!”, verlegen ließ sie seine Hände wieder los und versuchte, sich zu beruhigen. Auch Max Wegmann räusperte sich einige Male, bevor er weitersprechen konnte.
“Anton war ein prächtiger Bursche und der beste Freund, den man sich nur wünschen kann. Dabei hatte er es anfangs wahrhaftig nicht leicht bei uns!”

Er begann zu erzählen, von Antons schwierigem Beginn im Internat. Wie er von allen gemieden wurde, einfach nur, weil er bettelarm war und seine Herkunft – das kleine abgeschiedene Spessartdorf – nicht verleugnen konnte.
"Wir hatten ja anfangs Schwierigkeiten, ihn zu verstehen, aber Anton lernte schnell. Bald schon merkten wir, was für ein außergewöhnlich kluger Kopf er war. Aber das hat ihm auch nicht viel geholfen, denn wir gönnten ihm diese Gaben nicht. Und ich tat mich in dieser Zeit besonders hervor, ihn zu ärgern. Er hatte sich auch nie gewehrt, wenn wir ihn prügelten, hat immer nur alles weggesteckt. Bis dann eines Tages...", Max lachte leise, bevor er mit dem Erzählen fortfuhr.
"Bis er dann eines Tages unsere ständigen Attacken doch nicht mehr aushielt. Er hat mir eine ordentliche Abreibung verpasst damals, und ich hatte das mehr als verdient! Von da an hatte er zwar Ruhe, aber noch immer keinen Freund. Wenige Wochen später rettete er mir das Leben, als er mich halbersoffen aus dem Main zog. Von da an waren wir unzertrennlich. Ich hatte entdeckt, dass es keine Rolle spielt, ob einer tagein, tagaus mit der gleichen Hose herumläuft oder ob er, wie die meisten von uns, einmal im Monat ein neues Wäschepaket von zu Hause erhielt."
"Die Hosen zum Wechseln bekam er ja dann von Ihnen."
"Praktischer Weise war Anton ein ganzes Stück kleiner als ich. Es war nicht schwierig von zu Hause die Erlaubnis zu bekommen, meine Sachen an ihn weiterzugeben."
"Anton hat viel von Ihnen erzählt, auch das mit den Hosen. Dass er sich nicht gewehrt hat, lag einfach daran, dass Anton Prügel hasste, wie nichts sonst in seinem Leben. Er fand es immer armselig, mit Gewalt sein Ziel zu erreichen."
Lene zögerte einen Moment, ob sie noch weitersprechen sollte, hatte dann aber doch nicht den Mut dazu. Sie

kannte Max Wegmann noch nicht gut genug, um ihm noch mehr anzuvertrauen.
Der Professor blieb zwei volle Wochen bei Lene wohnen. Tagsüber war er wandern im Wald. Zuweilen fragte er Lene nach ganz bestimmten Plätzen und Orten, die er aus Antons Erzählungen kannte und die er aufsuchen wollte. Wilhelm hatte den Gast zunächst misstrauisch beäugt, war aber dann sehr geschmeichelt, einen echten Professor beherbergen zu können. So tat er alles, damit dieser sich auch wohl fühle. Am Abend saß Max Wegmann am liebsten mit Lene zusammen und sie tauschten Erinnerungen aus. Ziemlich rasch hatte Lene Vertrauen zu Max gefasst und wich den vorsichtigen Fragen nach ihrer Kindheit nicht länger aus.
"Wir beide, Anton und ich, hatten frühzeitig Gelegenheit, Prügel und Gewalt verabscheuen zu lernen", begann sie den Bericht ihrer harten Kindheit. Sie sah Max während des Erzählens nicht an, so als schäme sie sich noch heute für ihren Ziehvater.
"Das hätte doch gereicht für ein Menschenleben. Mussten Sie sich dann auch noch so einen Ehemann aussuchen?"
Lene blickte ihn betroffen an. Über Wilhelm hatte sie kein Wort verloren, wie konnte er zu so einem Urteil gelangen?
"Ich habe Augen zu sehen und Ohren zu hören. Außerdem kann ich zwei und zwei zusammenzählen..."
"Damals nach dem Krieg ..., ich hatte keine Wahl - ich glaubte, keine zu haben. Ich habe nicht nur Anton verloren in diesem elenden Krieg, sondern auch meinen Verlobten."
"An eine zweite große Liebe konnten sie nicht mehr glauben?"
"Nein, das lag so fern. Zum Alleinebleiben fehlte mir der Mut und für diese Feigheit musste ich büßen."

“Das ist nicht nur Ihnen so ergangen, in diesen Zeiten. Wir hätten einander früher begegnen sollen, Lene!” Max Wegmann stand unvermittelt auf und verließ schnell das Zimmer. Zurück blieb Lene, ziemlich verwirrt.
Am nächsten Morgen sprachen sie nur über Belangloses und Lene schien, als hätte es diesen Augenblick der Nähe nie gegeben. Erst nach einer Weile begriff sie, dass Max sie schützen wollte und deshalb nicht zuließ, ihre Freundschaft durch eine Liebe zu gefährden, die doch nur zum Scheitern verurteilt wäre.
Es war Lene eine Herzensangelegenheit, dass auch Auguste den Jugendfreund ihres Bruders kennenlerne. Kurz vor seiner Abreise saßen die drei bei Kaffe und ‚Äppelsblootz‘ zusammen. Die Gespräche drehten sich um die ‚alten Zeiten‘ und Max Wegmann war ein aufmerksamer Zuhörer.
“Woher nehmt Ihr Frauen die Kraft, all das durchzustehen? Ist es die Religion, die Euch Halt gibt?”
Die beiden Frauen fanden nicht gleich Antwort. Zu ungewöhnlich die Frage, zu groß die Überraschung.
“Sicher hilft der Glaube über vieles hinweg”, begann Lene dann zögernd. “Aber das ist es nicht allein! Wir kennen nichts anderes. Kummer, Arbeit, Sorgen, das ist normal, das geht jeder Frau hier so!”
“Es ist schon ein Glücksfall, wenn man einen Ehemann hat, der nicht zuviel säuft und nicht gewalttätig ist. Dann hat man eine 'gute Partie' gemacht!” Auguste lächelte spöttisch bei diesem Satz.
Es sei auch immer schon so gewesen, fügte Lene hinzu. “Unsere Mütter, Großmütter, Urgroßmütter – sie haben nichts anderes gekannt und uns darauf vorbereitet, dass uns das Gleiche erwartet. Was sollen wir denn auch machen? Da ist die Familie, die Kinder ... Kann man denn einfach davonlaufen vor der Aufgabe, die der Herrgott einem gestellt hat?”

“Eine große Frage, Lene. Eigentlich eine philosophische!”, nachdenklich spielte Max mit dem Ring an seinem Finger.
“Außerdem - dann müssten viele davonlaufen, das halbe Dorf wär` fort!”, warf Auguste trocken ein.

Der Abschied von Max fiel Lene schwer. Sie hielten über viele Jahre Kontakt und noch zweimal kam Max Wegmann, Lene in Altenbuch besuchen. Bei jedem Abschied durchlebte Lene das bittere Gefühl des Entsagens und Verzichtens wieder neu, wissend dass *er* der Mann war, mit dem ein neuer Anfang möglich gewesen wäre. Niemals jedoch erwägte sie ernsthaft, diesen Neuanfang auf dem Unglück anderer Menschen zu begründen.

Die folgenden Jahre brachten nichts Ungewöhnliches in Lenes Leben. Alles verlief in geordneten Bahnen. Die Kinder begannen erfolgreich, ihr Leben selbst in die Hand zu nehmen. Klaus startete eine Weiterbildung zum Elektroingenieur. Danach trieb ihn die Abenteuerlust aus dem kleinen Spessartdorf in die weite Welt und er arbeitete bevorzugt im Ausland. Lene vermisste ihn sehr, seine unbeschwerte Art fehlte ihr und so stand sie in intensivem Briefwechsel mit ihrem Sohn. Besser, Lene schrieb Briefe und Klaus griff zum Telefon. Dabei spielte die Entfernung für ihn offensichtlich keine Rolle, egal, wie tief in der Wildnis er auch steckte, er fand immer einen Weg, mit seiner Mutter zu telefonieren.

Monika fand einen Mann nach Lenes Herzen. Endlich war die unglückselige Verkettung von Heirat, Unterdrückung und Gewalt, die in ihrer Familie schon so lange bestand, beendet. Sie wurde nicht müde, ihrer Tochter die

Qualitäten ihres Ehemannes Werner anzupreisen, so dass diese gelegentlich schon unwillig reagierte.
Was Lene eigentlich glaube, fragte sie ihre Mutter eines Tages gereizt, nur weil ein Ehemann nicht prügele, sei er noch lange kein Halbgott. Sie, Lene, dürfe nicht vergessen, dass die Zeit sich gewandelt habe und damit auch das Verständnis vom Zusammenleben von Mann und Frau. Wenn ein Mann sich heute so benähme, wie Wilhelm früher, würde ihn seine Ehefrau in die Wüste schicken! Schließlich könne sie sehr wohl für sich selbst sorgen und zur Not auch für ihre Kinder.
Lene wusste nicht, was sie mehr beeindruckte: Die Selbstverständlichkeit, mit der ihre Tochter solch schicksalsschwere Worte hinwarf oder die Tatsache, dass sie wahrhaftig in der Lage wäre, sie zu verwirklichen. So recht gelang es ihr nicht, sich über den Zuwachs weiblicher Macht zu freuen. Darüber zu verfügen, erschien ihr noch immer frevelhaft, eine Herausforderung des Schicksals.
"Du kannst halt nicht raus, aus deiner Haut, Mama. Vielleicht fehlt dir einfach der Mut!"
Die letzte Bemerkung Monikas traf sie. War sie tatsächlich zu feige? Immer schon - ihr ganzes Leben lang? Bestimmt erforderte eine Trennung auch in heutiger Zeit viel Mut, auch wenn sie nicht mehr, wie früher, einem Sprung in den Abgrund gleichkam. Und mit Feigheit oder besser mit mangelnder Zuversicht in die eigenen Fähigkeiten hatte ihr persönliches Unglück seinen Anfang genommen. Sicher, es war der Krieg gewesen, der die Lawine des Unglücks ins Rollen gebracht hatte, aber dann –
'Dann hätte ich mein Leben selbst in die Hand nehmen müssen und nicht feige davonlaufen dürfen in das nächste Unglück', schrieb Lene in ihr Tagebuch, nachdem sie über alles noch einmal gründlich nachgedacht hatte. Und weiter: 'Es ist gut, dass die jungen Frauen sich heute

besser wehren können. Mir selbst hätte es wahrscheinlich nicht viel genutzt, wenn ich diese Möglichkeit gehabt hätte. Ich hatte nie gelernt, sie anzuwenden. Man hatte mir frühzeitig und gründlich beigebracht, auszuhalten.‘

Wilhelm ging es nicht gut. Die wilden Jahre und sein ungesunder Lebenswandel forderten ihren Tribut. Dem Alkohol hatte er schon seit einigen Jahren gänzlich abgeschworen, als ihm der Arzt gesagt hatte, wie schlecht es um ihn bestellt sei.
“Ich hab` de Tod scho` uff der Zunge sitze` und d`rüm rühr` ich kaan Tropfe` mehr aa!”, war seine nüchterne Bilanz und zu Lenes Erstaunen hielt er Wort.
Wilhelm wurde Rentner und er hatte Schwierigkeiten, sich an den neuen Lebensabschnitt zu gewöhnen. Haus und Hofstatt waren vorbildlich in Ordnung, der Brennholzvorrat für mehrere Jahre lagerte zum Trocknen, und Wilhelm wusste nichts Rechtes mit sich anzufangen. Um seiner Langeweile Abhilfe zu schaffen, ermunterte ihn Lene, lange Spaziergänge zu machen. Aber Wilhelm fand nur dann Freude daran, wenn Lene ihn begleitete. Die beiden machten es sich zur Gewohnheit, schon früh am Morgen in den Wald zu laufen und etliche Kilometer zurückzulegen.
In den Wald zu gehen, ohne arbeiten zu müssen, einfach nur zum Vergnügen, das war für Lene eine ganz neue Erfahrung. Das kannte sie bisher nur aus den Erzählungen ihrer Feriengäste. Jetzt konnte sie auch deren Schwärmereien über die Schönheit der Natur besser nachvollziehen, ja sie musste ihnen Recht geben: In die Stille der Wälder einzutauchen, war vergleichbar mit dem Besuch einer feierlichen Messe. Der Mensch fand zu sich selbst. Meist war auch die Unterhaltung mit Wilhelm nur eine sehr spärliche und die beiden stillen Waldwanderer stießen des öfteren auf eine Rotte Sauen, ein Rudel

Hirsche oder eine Rehgeis mit ihrem Kitz. Dann bekam Wilhelm glänzende Augen und die alte Jagdleidenschaft erwachte wieder.

Je schwächer er wurde, desto mehr klammerte er sich an Lene. Er wurde eifersüchtig, misstrauisch und versank oft in Selbstmitleid. Lene verachtete ihn dafür. Mehr und mehr musste sie sich überwinden, für ihn da zu sein, ihn aufzumuntern oder gar ihn zu pflegen. Seine Tischmanieren, die Art, beim Fernsehen einzuschlafen, laut zu schnarchen und dabei zu sabbern, kurz sein Benehmen schlechthin, das sie bisher als unabänderlichen Charakterzug Wilhelms hingenommen hatte, stieß sie ab. Sie war seiner müde und deshalb nagte das schlechte Gewissen an ihr.
"Er hat sich völlig geändert", gab sie zu, "er ist nicht mehr gewalttätig und folgt mir wie ein Hündchen. Trotzdem kann ich ihn fast nicht mehr in meiner Nähe ertragen!"

Also griff das Schicksal ein und holte Wilhelm weg. Ein Schlaganfall überraschte ihn auf der Leiter bei der Apfelernte. Er stürtzte die Leiter hinunter und als Lene ihn fand, war er bereits tot. Traumatische Reue bei Lene.
"Jetzt hast du, was du dir gewünscht hast! Den Wilhelm wolltest du nicht mehr um dich haben! Nun ist er tot und du hast Schuld daran!"
In ihrer gründlichen Art ging sie erbarmungslos mit sich ins Gericht und war überzeugt, dass sie zumindest die moralische Schuld an Wilhelms Tod trug. Und nicht nur seinen Tod nahm sie zum Anlass, sich zu verurteilen. Das ganze Eheleben zog an ihr vorüber und Lene gab sich die Schuld am Scheitern der Beziehung.
"Ich habe es einfach nicht geschafft, ihm die Gewissheit zu geben, dass ich ihn liebe. Er hat immer mit dem

Schatten von Peter leben müssen!", dachte sie reuevoll und nahm selbstverständlich die Schuld auf sich.

“Lene war erleichtert, als ihr Vater, vielmehr ihr Ziehvater, starb. Ich, war ich traurig als mein Vater starb, oder war auch ich erleichtert?
Monika war traurig über den Tod unseres Vaters, da bin ich mir sicher. Sie stand ihm aber auch näher als ich. Von uns allen stand sie ihm wahrscheinlich am nächsten. Ich selbst hatte zu meinem Vater...”
Klaus grübelte lange. Er wollte eine ehrliche Antwort finden und es sich nicht einfach machen. Aber die Zeit hatte schon vieles zugedeckt und er war unsicher, ob aus der Erinnerung heraus nicht ein falsches Bild entstünde, ob der Blickwinkel aus dem Jetzt gültig sei, für die damalige Zeit. Bilder aus der Kindheit zogen vorbei und Klaus erinnerte sich, dass sein Vater bei seinen Freunden sehr beliebt war. Wer außer Wilhelm hätte sich die Mühe gemacht, im Winter einen entsprechenden Vorrat an Schneebällen in die neue Tiefkühltruhe einzulagern und die Kinder dann mitten im Hochsommer mit einer Schneeballschlacht zu verblüffen? Solche Späße waren typisch für Wilhelm und trotzdem standen sich Vater und Sohn nicht sehr nahe.
“Ich hatte ein neutrales Verhältnis zu ihm”, versuchte es Klaus.
“Nein falsch! Weder ich zu ihm, noch er zu mir. Bestimmt war ich, je älter ich wurde, eine Enttäuschung für ihn. Ich entsprach nicht seinen Vorstellungen von einem Mann, ich war anders. Wenngleich er nie erfuhr, wie sehr ich anders war. Meine Homosexualität hätte er nicht tolerieren können, da bin ich mir sicher. Genauso wenig wie ich seine despotische Art, mit Lene umzugehen ertragen konnte.”

Da fiel Klaus ein Gespräch zwischen seinen Eltern ein, dessen Ende er unbeabsichtigt mitgehört hatte. Er mochte damals knapp volljährig gewesen sein und Wilhelm wollte seinem Sohn eine Freude machen und ihm ein Motorrad schenken. Klaus war nicht sehr begeistert von dieser Idee, er schlug vor, das Geld für ein Auto zu sparen. Wilhelm, enttäuscht über die Reaktion seines Sohnes, vermutete, Klaus sei möglicherweise zu feige, um Motorrad zu fahren.

"Der Klaus gibt nie en richtige Kerl, des is und bleibt en Waschlappe, zum Glück en spaßiger!", milderte der Vater sein vernichtendes Urteil ab. Einer, der immer nur zu Haus sitze und nie mit Freunden ‚einen d`rauf mache', ja statt dessen lieber am Herd stehe und koche, das könne kein rechter Mann werden.

"Der Bub geht seinen Weg, aber er geht ihn auf andere Art als du, Wilhelm und du musst das hinnehmen. *Ich* finde *seinen* Weg sehr viel besser, aber ich bin ja nur eine Frau!"

Ob Wilhelm die feine Ironie von Lenes Erwiderung begriff, ist fraglich. Das Gespräch endete jedenfalls an diesem Punkt.

"Ob Lene damals schon wusste, dass ich homosexuell war? Nein, unmöglich! Damals wusste ich es selbst noch nicht.

Mein Vater gab sich jedenfalls Mühe, mich so zu nehmen, wie ich nun einmal war und das war mit Sicherheit Lenes Verdienst. Kurze Zeit später bin ich dann ja von zu Hause fort und erst als ich die Enge und die Engstirnigkeit des Dorfes hinter mir gelassen hatte, konnte ich mit meiner Andersartigkeit vertraut werden. Aber ich hatte damals schon ein schlechtes Gewissen meiner Mutter gegenüber, obwohl *sie* mein Weggehen nie beklagte. Nein, im Gegenteil, sie machte mir Mut, sagte, dass es nur gut sei für junge Leute, ihre Nase in den Wind zu strecken und

sich die Welt anzusehen. Trotzdem hatte ich immer das Gefühl, sie schutzlos zurückzulassen und das wurde erst besser, als...
Es wurde erst besser, als der Vater starb!"
Die Erkenntnis traf Klaus wie ein harter Schlag. Sie war in seinem ganzen Körper spürbar, durchflutete ihn schmerzhaft wie eine heiße Welle.
"War das der Teil der Bürde, die ich auf mich genommen hatte, von Kindsbeinen an? Das Gefühl, für die Mutter verantwortlich zu sein? Wenn das so wäre, dann hätte ich guten Grund gehabt, erleichtert zu sein, als mein Vater starb.
Ja, wenn ich ehrlich bin, überwog die Erleichterung die Trauer. Trauer gab es nur deshalb, weil mein Vater immer irgendwie außerhalb stand. Er gehörte nie so richtig zu uns dazu. Die Familie, das war die Mutter und die Schwester, ein Kleeblatt waren wir, das den Vater gar nicht wirklich dabei haben wollte.
Also jetzt auch Schuldgefühle, so wie bei Lene?"
Klaus sann lange nach.
"Nein, keine!"

Er saß vor einem Bild seiner Mutter. Lene mit weißer Küchenschürze und Häubchen vor dem Dienstboteneingang der Wolkensteinschen Villa. Seine Spurensuche war so gründlich gewesen, dass er sogar die Wolkensteinsche Villa in Frankfurt ausfindig gemacht hatte. Das Haus hatte den Krieg fast unbeschadet überstanden, jetzt aber einen anderen Eigentümer.
Klaus betrachtete das Bild, holte sich sogar eine Lupe, um die Gesichtszüge seiner Mutter möglichst genau erkennen zu können. Er sah eine hübsche junge Frau, mit nachdenklichem, zweifelnden Blick, so als misstraue sie ihrem gegenwärtigem Glück.
Wehmut packte ihn und das Gefühl, versagt zu haben.

“Hätte ich dir nur helfen können, deine Selbstanklage zu entkräften! Du standest alleine mit deinem Kummer. Weder deiner besten Freundin, noch uns Kindern hast du dich anvertraut. Wir führten deinen Kummer auf die Trauer um Wilhelm zurück und das konnte ich nicht nachvollziehen. Ich erwartete Erleichterung und sah Trauer. Ich hoffte auf deinen Mut zum Neuanfang und erlebte verzweifeltes Zaudern. Ein Außenstehender war es schließlich, der dir half.
Also habe auch ich meinen Sack voll Schuld, aber ich weiß, du würdest nicht wollen, dass ich ihn schleppe. Es wäre das letzte, was du dir wünschtest. Nur, wo wird man ihn los, diesen verdammten Sack?”

Nun gab es keinen Mann mehr in Lenes Leben, der sie unterdrückt oder gequält hätte und doch war sie nicht frei. Jetzt begann sie, sich selbst das Leben schwer zu machen, sich selbst zu kasteien.
Damit peinigte sie nicht nur ihre Seele, auch ihr Körper litt darunter. Zumal sie nicht den Mut fand, mit jemandem darüber zu sprechen. Noch nicht einmal Auguste, die mittlerweile auch verwitwet war, gelang es, Lene aufzuheitern, sie abzulenken. Einzig ihrem Tagebuch vertraute sie ihre Nöte an. Lene hatte ständig Magenschmerzen, litt unter Appetitlosigkeit, die sich steigerte bis zu einem regelrechten Ekel vor dem Essen. Die Ärzte, die Lene der Reihe nach untersuchten, konnten die Ursache nicht finden und Lene ging es immer schlechter. Schließlich beschlossen Lenes Kinder, sie zu einer Kur in die Berge zu schicken. Hier traf Lene Pfarrer Baumhof.

Pfarrer Baumhof war ein gänzlich anderer Seelsorger, als die, die Lene bisher erlebt hatte. Bereits seine erste Predigt beeindruckte Lene sehr und noch selten hatte sie soviel mitnehmen können in den Tag, wie nach dieser Messe. Dann traf sie ihn im Park des Sanatoriums bei ihren frühmorgendlichen Spaziergängen. Ein Jogger lief über die sandigen Parkwege und während Lene noch etwas ängstlich rätselte, wer schon so zeitig am Morgen unterwegs sei, winkte er ihr zu und wünschte ihr einen ‚gesegneten Morgen'. Lene war verblüfft. Ein Pfarrer, der joggte! Schon aus reiner Neugierde ging sie jetzt häufig in die Messe und nahm an den verschiedenen Veranstaltungen der kirchlichen Seelsorge teil.

‚Jede Krankheit hat ihre Ursache in der Seele', hieß ein Vortrag, der von einem Arzt, einem Psychologen und

Pfarrer Baumhof gehalten wurde. Staunend erfuhr Lene, wie sehr Körper, Geist und Seele miteinander verknüpft und voneinander abhängig sind. Solchermaßen aufgeklärt, fasste sie Mut und bat Pfarrer Baumhof um ein Beichtgespräch.
Endlich konnte sie jemandem von ihren Gefühlen berichten, ihr vermeintliches Scheitern eingestehen und Schuld bekennen. Der Pfarrer war ein aufmerksamer Zuhörer, nur hin und wieder schüttelte er fast unmerklich den Kopf oder zeigte Betroffenheit. Allein, dass sie sich alles von der Seele reden konnte, half Lene. Sie fühlte sich unendlich erleichtert.

"Würden Sie mit jemand anderem so streng ins Gericht gehen, wie sie es mit sich selbst tun, Frau Bittner?" fragte sie der Priester am Ende ihrer Beichte schließlich.
Die Frage verblüffte Lene und sie musste längere Zeit darüber nachdenken. Würde sie einen anderen Menschen verurteilen, es ihm verübeln, wenn er so reagiert hätte, wie sie selbst, nach allem, was vorgefallen war? Nachdenklich schüttelte sie schließlich den Kopf.
"Nein, nein ich hätte wohl Verständnis dafür...," gab sie zögernd zu.
"Dann gewähren sie dieses Verständnis und Verzeihen auch sich selbst, Frau Bittner! Haben Sie sich selbst ein bisschen mehr lieb und gönnen Sie sich das gleiche menschliche Mitfühlen, dass Sie jedem ihrer Mitmenschen ganz selbstverständlich zugestehen! Er da oben", er deutete mit dem Finger in Richtung Himmel, "schenkt auch Verständnis und Verzeihen, das sollten Sie nie vergessen! Wenn man in Ihrem Fall überhaupt von Schuld reden kann! Ich sehe das nämlich etwas anders. Das Schicksal hat Ihnen sehr viel auf die Schultern gelegt, Frau Bittner, und Sie haben tapfer standgehalten. Sie sind nicht weggelaufen, sondern haben ausgehalten.

Ihr Mann hat Sie in einer Art und Weise behandelt, wie man es niemandem wünscht, ihre Schwiegermutter hat Sie schikaniert und Ihr Vater hat Sie terrorisiert von klein auf und da setzen Sie ausgerechnet sich selbst auf die Anklagebank? Haben Sie nie daran gedacht, dass das Schicksal jetzt vielleicht wieder etwas gut machen möchte? Jetzt ist *Ihre* Zeit, Frau Bittner. Zerstören Sie sie nicht durch unnötige Selbstvorwürfe! Nehmen Sie das Geschenk des Hergotts an. Sie finden die Kraft, gegenüber den Menschen, die Sie schlecht behandelt haben, keine Rachegedanken zu hegen, ihnen zu verzeihen, um wieviel mehr also sollten Sie nachsichtig gegenüber sich selbst sein. Seien Sie ganz einfach gut zu sich! Oder trauen sie sich nicht, ihr neues Leben zu leben? Sind Sie nach soviel Leid der Meinung, man dürfe nicht ungestraft glücklich sein? Mut, Frau Bittner, ergreifen Sie die Chance und machen Sie das Beste daraus. Kramen Sie nicht in Ihrem Seelenmüll, bis Sie etwas finden, sich das Leben schwer zu machen! Haben Sie Mut zum Glück!"

Einen solchen Ratschlag hatte Lene noch nie jemand gegeben. So lange sie auch über das Gespräch nachgrübelte, kam sie doch zu keinem anderen Schluss, als dass der Pfarrer Recht hatte. Gegen Ende der Kur trafen sie nochmals zusammen. Früh am Morgen beim Spaziergang im Park. Er unterbrach seinen Lauf und spazierte mit ihr zusammen weiter.

"Wie geht es Ihnen?"

"Gut", antwortete sie und strahlte ihn an. "Das Gutsein zu mir selber bekommt mir ausgezeichnet. Ich hätte schon früher damit beginnen sollen!"

“Wie heißt es doch immer - ‚Es ist nie zu spät...!‘ Und wenn ich Sie so strahlen sehe, an diesem wunderschönen Morgen, dann muss ich sagen, es stimmt!”
“Ich danke Ihnen von ganzem Herzen, Herr Pfarrer. Sie haben mir sehr geholfen. Solche Pfarrer, wie Sie einer sind, sollte es öfter geben!”
“Danken Sie dem Herrgott”, erwiderte der Pfarrer leicht verlegen, “danken Sie *ihm*, dass er für uns da ist! Übrigens, Frau Bittner, Ihre Geschichte - sie geht mir gar nicht aus dem Kopf! Ich finde, sie ist es wert, aufgeschrieben zu werden. Sie sollten sie jemandem erzählen, der Talent dazu hat oder vielleicht - haben Sie selbst Lust dazu?”
“Was, meine Geschichte?”, Lene winkte ab, sichtlich erheitert, “wer wird sich denn für die Geschichte der Lene Bittner aus Altenbuch interessieren? O je, Herr Pfarrer! Die behalt` ich lieber für mich!”

Nach Hause zurück kam eine Lene, die mit sich selbst im Reinen war und einmal mehr staunten alle über die Veränderung, die mit ihr vorgegangen war. Lene sprühte nur so vor Unternehmungslust und kühner Ideen und in Auguste hatte sie genau die Partnerin, die sie brauchte.
Die beiden alten Damen waren unternehmungslustig wie nie zuvor in ihrem Leben. Sie besuchten Vorträge über ihre Heimat und deren Geschichte, die der Rektor der Schule hielt. Sie frischten lang Vergessenes wieder auf, wenn sie an Vorträgen des Apothekers über alte Hausmittel und Heilkräuter teilnahmen. Vor allem aber – gingen sie auf Reisen. Zunächst waren sie nur innerhalb Deutschlands unterwegs, wagten sich bis in die Alpen und schließlich schafften sie den Sprung bis in den Süden.
- Was habbe die des Geld zum Fenster rausg`schmisse!, Augustes Kommentar beim Anblick von Venedigs Pracht.

- Ich will lieber nicht wissen, wieviele deswegen leiden mussten - hungern oder sich kaputt arbeiten, der nachdenkliche Einwand Lenes.
Und doch waren sie gebannt vom Zauber dieser Stadt und dieses Landes.
- Hättest du gedacht, dass es so viel Schönes gibt auf der Welt?
- Glaubst`e, dass ich mich an den *Kaputschino* so richtig gewöhne` könnt?
Es war neben der Frankfurter Zeit wohl Lenes glücklichster Lebensabschnitt, wie ihre Tagebucheinträge bezeugen.
"Seit den Frankfurter Zeiten war ich nicht mehr so unbeschwert und sorgenfrei. Auch wenn mein Leben viele dunkle Tage hatte, es war mir wert, gelebt zu haben. Die Zeit des Unglücks hat mich reifen lassen, mich empfindsam gemacht auch für die ganz kleinen Freuden des Lebens. Ich glaube nicht, dass sich *die Jungen* noch so freuen können wie Auguste und ich und all die anderen aus meiner Zeit."

Lene lebte jetzt alleine in ihrem Haus. Monika und Werner hatten in Faulbach ein Haus gebaut und obwohl Monika ihre Mutter drängte, zu ihr zu ziehen, lehnte Lene ab.
"Es ist besser, die Jungen sind für sich", befand sie, denn aus eigener leidvoller Erfahrung wusste sie, wie sehr Schwiegereltern einer Ehe schaden konnten. Sie besuchte Monika und ihre Familie mindestens einmal die Woche, genoss ihre beiden Enkelkinder und war jedesmal tief befriedigt darüber, dass Monika ein anderes Leben führte als sie und ihre Mutter Mathilde.
Lenes geheimer Kummer war Klaus. Drei-, viermal im Jahr tauchte er auf, blieb einige Tage oder zuweilen auch Wochen, dann verschwand er wieder. Beide genossen sie die Zeit zusammen, aber Lene hatte stets das Gefühl, dass

sich Klaus verstecke. Irgendwann einmal fragte sie nach seinen Plänen für die Zukunft. Klaus gab nur vage Auskunft.
"Heiraten und Familie gründen werde ich wohl nie, Mama. Ich bin einfach anders als die meisten."
Der Klang seiner Stimme ließ Lene aufhorchen. Sie sah ihm fest in die Augen, schnaufte einige Male tief durch und nickte dann verstehend. Eine Weile sagte keiner ein Wort.
"Dann wirst du nie eine wirklich große Liebe erleben, Bub. Du weißt nicht, was du dadurch versäumst!"
"Eine große Liebe kann auch ich erleben, Mama. Ich erlebe sie gerade und bin so glücklich wie noch nie zuvor in meinem Leben."
Lenes Blick war ein Sack voller Zweifel, sie setzte zu einer Erwiderung an, als sie aber die strahlenden Augen ihres Sohnes sah, verzichtete sie darauf. Sie zuckte die Schultern und sah Klaus hilflos an.
"Auch wenn ich mir noch soviel Mühe gebe, Klaus, ich kann es mir nicht vorstellen." Lenes Stimme klang brüchig, sie wirkte verloren. Tapfer versuchte sie, ihre Enttäuschung zu verbergen. Keine Szene, kein Aufstand, mit dem sie ihren Sohn auf den rechten Weg zurückzuführen versuchte. Dankbar nahm Klaus sie in die Arme.
"Du wirst Pierre kennenlernen, dann kannst du dir ein Urteil bilden."
Klaus war ungeheuer erleichtert, seiner Mutter endlich sein Anderssein gestanden zu haben. Er hatte gefürchtet, sie könne an der Wahrheit zerbrechen.
"Ich hätte sie besser kennen sollen, meine Mutter. Ich hätte wissen müssen, wie stark sie ist und dass sie sich bemüht zu verstehen", dachte er beschämt.

“Je älter Klaus wurde, desto mehr wurde mir klar, dass er anders ist als andere Männer, trotzdem wollte ich nicht glauben, dass er ein Schwuler ist! Seit heute weiß ich es sicher. Ich werde also nie Enkelkinder von Klaus liebkosen können, das tut mir weh. Trotzdem wünsche ich ihm die große Liebe. Einer wie Klaus sollte dieses Geschenk erhalten!”
Lenes Tagebuch nahm ihren Wunsch geduldig auf, ebenso wie ihre Eindrücke von Pierre, Klaus` Lebensgefährten. Pierre zog Lene gänzlich in seinen Bann.
“Ich verstehe die Welt nicht mehr, was hätte ich darum gegeben, so einen Ehemann zu haben! Zwei so feine Burschen lieben einander, statt zwei, oder mehr, junge Frauen glücklich zu machen! So eine Verschwendung! Sogar ich, als alte Frau, könnte mich in den prächtigen jungen Mann verlieben, wieso lassen sich die jungen Frauen solch eine Gelegenheit entgehen oder liegt das tatsächlich nur an den Hormonen?”
Es war wahrhaftig nicht einfach für Lene zu verstehen. Das Einzige, was sie verstand, war dass Pierre ein Mensch war, den man liebhaben musste!

Augustes Tod war für Lene ein schlimmer Verlust. Sie trauerte sich krank und alterte in wenigen Wochen gleich um Jahre. In ihr Tagebuch schrieb sie: “Auguste ist gegangen. Ein Stück von mir ist gestorben und heute begraben worden. Mir bleibt das Warten auf das eigene Ende. Ich fürchte mich nicht davor, denn mühseliger als so mancher Lebensabschnitt hier, kann es wohl nicht werden. Es gab viele schlimme Stunden, aber es gab auch schöne.

Mein Lebensabend war ein einziges großes Geschenk. Ich bin dankbar dafür, dass die Freude zu mir zurückgekommen ist und den bösen Stunden ihre Kraft nimmt. Jetzt bin ich einfach nur müde. Zu müde, zum Leben – der Tod kann kommen."

Das war das Letzte, was Lenes Tagebuch zu berichten hatte.

Epilog

Nach Susans Abreise hatte Klaus seine Einsamkeit mit Arbeit betäubt. Das Gefühl des Verlassenseins ließ sich so besser im Zaum halten. Nach einigen Wochen hatte er Kindheit und Jugend seiner Mutter zu Papier gebracht, nach einigen weiteren, fast ihr ganzes Leben.

Erschöpft, aber auch befriedigt schickte er seine Arbeit an Susan und durchlebte in den folgenden Wochen alle Selbstzweifel eines ‚Geschichtenerzählers'. Kaum war er überzeugt eine gute Story zu Papier gebracht zu haben, plagten ihn kurz darauf Zweifel, hielt er alles für zu sentimental, seinen Stil für zu schwerfällig und viele Passagen für zu schulmeisterlich. Als nach etwa zwei Wochen keine Antwort eintraf, wurde er zusehends nervöser und niedergeschlagener. Doch die Antwort kam. Nicht als Brief, nicht als Fax, auch nicht als E-mail. Susan selbst kündigte eines Nachts ihre Ankunft an und bat am Flughafen abgeholt zu werden.

Auf der Heimfahrt im Auto war Klaus seltsam still. Es schien, als blockiere die Freude über Susans Rückkehr seine Sprache. Dafür erzählte Susan umso mehr, so dass seine Schweigsamkeit nicht auffiel.

"Weißt du, worauf ich mich ganz toll freue? Auf eine frische Bachforelle, zubereitet von dir!"

"O, wie ärgerlich! Ich dachte du wünscht dir nichts so sehr wie Scheufeli, und das habe ich jetzt vorbereitet."

"Mit oder ohne Ketchup?", seufzte sie enttäuscht, um ihm dann freundschaftlich in die Rippen zu boxen, als sie sein Grinsen sah.

"Ich habe auch einen guten Silvaner, du weißt: Fisch muss schwimmen!"

Zehn Tage hatte Susan Zeit zu bleiben. Zehn Tage, in denen sie beide das Zusammensein genossen. Viele lange Gespräche, Ausflüge, Wanderungen, meist an Orte, die in Lenes Leben bedeutsam gewesen waren. Ausführlich sprachen sie über Klaus` Kindheit und die Anstrengung, die es Lene gekostet haben mochte, ihren Kindern ein möglichst intaktes Familienleben vorzutäuschen.
“Findest du ihre Entscheidung richtig, sich bis zur Selbstaufgabe demütigen zu lassen, nur um uns zu schützen?”
Längere Zeit herrschte Schweigen. Es gab keine schnelle Antwort auf diese Frage.
“Ich denke, die Frage ist falsch! Lene hatte keine Möglichkeit, eine Entscheidung zu treffen. Es gab keine Alternative. Wo hätte sie hingehen sollen, zu einem ihrer Geschwister, die selbst Probleme genug hatten, ihre Familien zu ernähren? Ihr Selbstbewusstsein lag darnieder, sie hatte Wilhelms Jähzorn zu fürchten, zumal, wenn er betrunken war. Wie hätte sie sich ihm gegenüber behaupten sollen? Wilhelm spürte das, und es machte ihn stark. Das einzige, was sie ihm verweigerte, war ihre Liebe. Die hatte er ganz schnell wieder verspielt, noch ehe er sie richtig besessen hatte. Daran verzweifelte er und das machte ihn ungerecht, dafür ließ er Lene büßen.”

Auf dem Heimweg vom Flughafen fand sich Klaus mit einem Mal in der Innenstadt Frankfurts wieder. Wie er dorthin gekommen war, hätte er nicht sagen können. Seine Grübeleien fraßen ihn fast auf und es war gut, dass jetzt, in der Nacht, die Straßen ziemlich leer waren, so dass die spärliche Aufmerksamkeit, die er dem Verkehr widmete, genügte.

‚*Go West'*, die grelle Leuchtreklame stach ihm in die Augen und sofort flammte es in seinem Gehirn auf: *Uff Amerika mache!*. So hätten das wohl meine Vorfahren verstanden – ein kurzer Gedanke nur, aber einmal geboren, war er nicht mehr auszulöschen. Er hämmerte in seinem Kopf, machte sich breit, ein beständiges Daseinsrecht fordernd.

Klaus fuhr direkt zu Monika. Er wollte nicht in das leere Haus. Er wusste, die Einsamkeit würde in jedem Winkel lauern und ihn anspringen, wie ein hungriges Tier. Obwohl es schon spät am Abend war, schien ihn seine Schwester zu erwarten. Wortlos legte Klaus eine Packung *Go West* vor ihr auf den Tisch.

„Rauchst du neuerdings, oder...“, ein scharfer Blick und dann holte sie tief Luft, „oder ist das der Symbolgehalt einer getroffenen Entscheidung?“

„Scharfsinnig, Schwesterherz, sehr scharfsinnig“, er nickte anerkennend. „Ich denke, ich werde es tun! Habe ich denn überhaupt eine Wahl? In Altenbuch bleiben kann ich nicht. Es geht mir ein bisschen so wie unseren Vorfahren - natürlich aus anderen Gründen“, schränkte er ein.

„Und warum eigentlich nicht? Warum nicht auch das noch ausprobieren: Alle Brücken hinter sich abzubrechen und den Neuanfang wagen, den Neuanfang in jeder Hinsicht.

Go West!, also - genauso wie einst Anton-Doud und all die anderen, werde ich *uff Amerika mache!*, nicht als Hungerleider oder armer Schlucker, aber auch als ein Suchender, so wie unsere Vorfahren."
Er leerte das Glas mit Apfelmost, das Monika ihm hingeschoben hatte in einem Zug und seit langer Zeit blitzten seine Augen wieder unternehmungslustig auf, er lächelte übermütig. Monika kannte dieses Lächeln. Es gehörte ihrer Mutter, wenn sie glücklich war. Obwohl sie es nicht allzu häufig gesehen hatte, erkannte sie es sofort wieder.

Kleines Altenbücher Vokabular

Krummbernsbrei und Schnetz: Kartoffelbrei mit ausgelassenem Speck, dazu Dörrobst
Scheufeli: Bratkartoffeln
Bettseicher: Bettnässer
Klaader: Kleider
Birnenhutzel: gedörrte Birnenschnitze
Moo: Mann
Fraa: Frau
En Waschlappe sein: empfindlich sein, ein Feigling sein
G`rad a worscht sei: egal, gleichgültig sein,
Illwertritsche: (Natur-) Geister, Kobolde, Elfen
Allmei: Egoist (alles mir)
Zimberlies: empfindliche(s), wehleidige(s) Frau, Mädchen
Hoffart: Haus, Anwesen
Hemschisser: Feigling (einer, der sich vor Angst ins Hemd scheißt)
Grumbern: Kartoffeln
krötzt: kränkelt
galern: Spaß machen, herumalbern
Hohle: Hohlweg
Gelärch: Gerütsch, Gerümpel, Kram
Äppelsblootz: Apfelkuchen auf dem Blech
De` Tod scho` uff der Zunge sitze`: ein Todgeweihter sein, ernsthaft krank sein
Nachg`schwister-Kinn: Verwandte dritten Grades

Neben den Erzählungen der Spessartfrauen, verdankt dieses Buch seine Entstehung der Unterstützung von Herrn Josef Weiß aus Faulbach, der mich mit den notwendigen archivalischen Quellen versorgte und als profunder Kenner des Spessarts und seiner Geschichte wertvolle Hilfestellung leistete. Ein Dankeschön auch meinem Schwager Ingbert Graf, der mich vor dem technischen Knock-out am Computer bewahrte.
Ohne Zuspruch und Ermutigung, hätte ich den Mut zur Veröffentlichung nicht gefunden – auch hierfür ein Dankeschön.
Schließlich, sei nochmals gesagt, dass die Figuren dieses Buches Produkte meiner Phantasie sind, dass sie aber während der Arbeit an diesem Buch archivierte Realität für mich wurden. Es wäre der schönste Lohn für den Erzähler, erginge es dem Leser genauso.